WINTER RENSHAW
Fearless

WINTER RENSHAW

Roman

*Ins Deutsche übertragen
von Jeannette Bauroth*

LYX in der Bastei Lübbe AG
Dieser Titel ist auch als E-Book erschienen.

Die Originalausgabe erschien 2016 unter dem Titel »Reckless«.
Copyright © 2016 by Winter Renshaw

Für die deutschsprachige Ausgabe:
Copyright © 2019 Bastei Lübbe AG, Köln
Textredaktion: Corinna Wieja
Umschlaggestaltung: © Louisa Maggio;
© Birgit Gitschier, Augsburg unter Verwendung von Motiven
von © DaveLevins/shutterstock; © Sonja Lekovic/Stocksy
Satz: Greiner & Reichel, Köln
Gesetzt aus der Adobe Caslon
Druck und Verarbeitung: C.H.Beck, Nördlingen
Printed in Germany
ISBN 978-3-7363-0842-8

1 3 5 7 6 4 2

Sie finden uns im Internet unter www.lyx-verlag.de
Bitte beachten Sie auch: www.luebbe.de und www.lesejury.de

Ein verlagsneues Buch kostet in Deutschland und Österreich jeweils überall dasselbe. Damit die kulturelle Vielfalt erhalten und für die Leser bezahlbar bleibt, gibt es die gesetzliche Buchpreisbindung. Ob im Internet, in der Großbuchhandlung, beim lokalen Buchhändler, im Dorf oder in der Großstadt – überall bekommen Sie Ihre verlagsneuen Bücher zum selben Preis.

*Für meine Mom,
den Inbegriff eines Cougars.;-)*

1. KAPITEL

Maren

Ich hätte Nein sagen sollen.

Diese gesamte Sache war Saiges Idee, und obwohl wir seit inzwischen zehn Jahren beste Freundinnen sind, habe ich anfangs wirklich an einen Witz geglaubt, als sie darauf bestanden hat, eine Scheidungsparty für mich zu schmeißen.

Allerdings war das ein Irrtum.

Saige hat das vollkommen ernst gemeint.

Und jetzt sitze ich hier gemütlich in einer Ecke der schicksten Bar in Seattle im lächerlich vornehmen Hotel Noir und werde in wenigen Sekunden die Kerze auf meinem Scheidungskuchen auspusten.

Meine einzige Bedingung war, dass Saige die Feier nicht wie einen Junggesellinnenabschied aufzieht. Kein Partybus, keine Trinkröhrchen in Penisform. Keine Stripper. Nur ein niveauvoller Abend mit meinen Freundinnen, ein Kuchen und der beste Champagner, den man für Geld kaufen kann, denn seien wir doch mal ehrlich, das habe ich mir verdient.

»Worauf wartest du denn? Blas die Kerze aus!«, brüllt mir

Saige ins linke Ohr und erhebt breit grinsend ihre Champagnerflöte. Am dunklen Fenster hinter ihr gleiten Regentropfen hinab, und über die leise Lounge-Musik aus den Lautsprechern an der Decke hinweg höre ich ein Donnergrollen.
»Na los! Scheiß auf Nathan!«

Ich betrachte die dreistöckige Vanillebuttercremetorte mit Goldstaubfondant und der flackernden Kerze. Mein Blick fällt auf den Schriftzug: »Scheiß auf Nathan«.

»Zur Auswahl standen ›Scheiß auf Nathan‹ oder ›Alles Gute zur Scheidung‹«, erklärt Saige.

»Du hättest auch einfach eine Torte ohne Aufschrift bestellen können.« Unsere Freundin Tiffin schlägt die Beine übereinander und hebt ihr Glas an die Lippen.

»Aber wo bliebe denn dann der Spaß?«, tut Saige ihren Einwand ab. »Blas jetzt endlich die verdammte Kerze aus, Maren. Es ist vorbei. Auf Nimmerwiedersehen, du fremdgehendes Arschloch. Weiter geht's. Sein umtriebiger Penis soll vertrocknen und einen langsamen, qualvollen Tod sterben.«

Ich schüttele mir die dunklen Haare von der Schulter, hole tief Luft und puste. Die Flamme erlischt schon beim ersten Versuch. Tiffin, Lucia, Saige, Marissa und Gia klopfen auf den Tisch und prosten mir jubelnd zu.

Meine Mädels. Gemeinsam haben wir Geburtsvorbereitungskurse besucht und an Kuchenbasaren und Elternabenden teilgenommen. Wir sind zusammen mit unseren Partnern ausgegangen und haben Pyjamapartys und Zeltnächte im Garten veranstaltet. Unsere Kinder sind befreundet und einige von uns sind Nachbarn, entweder gewesen oder immer noch. Doch in diesem Moment zählt einzig und allein, dass sie mich in meinen besten Momenten gesehen und während meiner schlimmsten Zeit zu mir gehalten haben.

»Danke.« Ich lege die Hände über mein Herz, das immer noch ein wenig stolpert, sobald ich meinen linken, inzwischen nackten Ringfinger berühre. Viel zu oft erwische ich mich dabei, dass ich glaube, ich hätte meinen Ehering verloren. Dass ich ihn zum Spülen abgenommen hätte. Doch dann fällt es mir wieder ein. Wenn man etwas dreizehn Jahre lang getragen hat, gewöhnt man sich nicht über Nacht an das Gefühl, dass es fort ist. Es braucht seine Zeit, genau wie die Tatsache, dass ich jetzt für eine Person weniger kochen muss oder allein im Bett schlafe und auch Nathans Seite des großen begehbaren Kleiderschranks im Schlafzimmer »geerbt« habe. »Es bedeutet mir unglaublich viel, dass ihr heute hier seid.«

Ich straffe die Schultern und hebe das Kinn. Heute Abend will ich nicht in Selbstmitleid ertrinken, sondern meine gescheiterte Ehe zu den Akten legen und meine Zukunft mit offenen Armen willkommen heißen. Ich werde nach vorn schauen und mein neues Leben Schritt für Schritt annehmen.

»Wir haben dich lieb.« Gia prostet mir noch einmal zwinkernd zu. »Wir feiern hier nicht deine Scheidung, sondern deine Freiheit. Vergiss das nicht.«

Ich sitze am Ende unserer halbkreisförmigen Nische. Alles in dieser Hotelbar ist nachtschwarz, die Wandleuchter spenden gerade genügend Licht, damit wir die Hand vor Augen sehen. Leute gehen vorbei, hauptsächlich Anzugträger und Geschäftsreisende; sie alle wirken wie Schatten. Wenn ich Saige darum gebeten hätte, die deprimierendste schicke Bar in ganz Seattle zu finden, hätte sie einen Volltreffer gelandet.

»Was ist los, Schatz?« Saige legt einen Arm um meine Schultern und ich werde von einer Wolke teurem Parfüm und Champagneratem eingehüllt.

»Gar nichts.« Ich zwinge mich zu einem matten Lächeln und trinke einen Schluck aus meinem Glas.

Saige blinzelt und neigt den Kopf. »Du lügst.«

»Ich bin einfach nur müde. Dash hat Beck gestern Abend einen gruseligen Film schauen lassen und dann hatte Beck Albträume. Ich war die ganze Nacht auf und …«

»Stopp.« Saige legt mir eine Hand auf den Mund. »Hier bist du nicht *Mommy*. Hier bist du Maren. Und heute Abend bist du eine Frischgeschiedene mit Knackarsch und nur einer Sache im Sinn.«

Ich ziehe ihre Handfläche von meinen Lippen. »Was die eine Sache betrifft, bin ich mir nicht so sicher, aber ich habe in letzter Zeit eine Menge Kniebeugen gemacht und freue mich, dass es dir aufgefallen ist.«

Saige verdreht die Augen. »Hör auf, so Maren-haft zu sein.«

»So Maren-haft?«, wiederhole ich, eine Braue hochgezogen.

»Ja. So bescheiden und etepetete und perfekt. Lass dich mal ein bisschen gehen, tu was Verrücktes. Amüsier dich.«

Saige blickt sich suchend in der Bar um, obwohl mir völlig schleierhaft ist, wie sie hier überhaupt etwas erkennt. Ich kann es ganz sicher nicht.

»Der dort«, sagt sie und deutet auf einen Umriss am Ende des Tresens, der ein Mann zu sein scheint. Ich kann den Anflug eines Profils ausmachen, aber das war's auch schon. »Du solltest die heutige Nacht mit ihm verbringen.«

Lachend trinke ich von meinem Champagner. »So funktioniert das nicht. *Ich* funktioniere nicht so.«

»Da hast du es.« Saige legt den Kopf in den Nacken. »Hör einfach mal für zweieinhalb Sekunden deines perfekten kleinen Lebens lang auf, Maren zu sein, und vertrau mir. Der Typ da drüben ist echt heiß. Er ist mir schon beim Betreten der Bar aufgefallen. Und seit einer halben Stunde blickt er immer wieder zu dir herüber, aber du bist viel zu verkopft, um zu bemerken, was um dich herum vorgeht. Das könnte der Anfang eines gegenseitig sehr befriedigenden Arrangements sein.«

»Jetzt übertreibst du aber.«

Ich blicke verstohlen zu ihm hinüber, doch er hat das Gesicht nach vorn gerichtet, die Ellbogen auf den Tresen gestützt und scheint sich nicht für mich zu interessieren.

Saige bildet sich das ein.

Ist doch offensichtlich.

Ich trinke aus meiner Champagnerflöte und lasse meinen Blick einen Moment länger auf ihm ruhen, in der Hoffnung, dass sich meine Augen an die Dunkelheit gewöhnen werden und ich dann sein Profil erkennen kann. Je intensiver ich ihn anstarre, umso deutlicher werden seine Gesichtszüge. Sogar von hier aus kann ich sehen, dass er attraktiv ist. Er scheint groß zu sein, denn seine Knie streifen die Unterseite der Theke. Die dunkle Anzugjacke spannt sich um seine breiten Schultern. Die Haare sind gepflegt und gut geschnitten. Der Mann wirkt wie jeder andere Anzugträger hier, und trotzdem ist er der Einzige, der allein trinkt.

»Lauf doch mal wie zufällig an ihm vorbei.« Saige stupst mich mit der Schulter an. »Oder besser, geh rüber und bestell dir noch einen Drink. Stell dich neben ihn, sag Hallo. Lächle ihn an. Bau die Falle auf und platzier den Köder. Und dann gehst du wieder.«

Heftig schüttele ich den Kopf. »Das kann ich nicht. Er wird mich durchschauen. Diese Nummer ist doch total offensichtlich.«

»Wen interessiert's? Es geht doch nur um eine Nacht«, beharrt Saige. »Du musst jemanden abschleppen. Du brauchst zur Abwechslung mal einen Penis, der nicht zu einem lügenden Arschloch gehört.«

Ich blicke hinab auf mein leeres Champagnerglas und nicke. Nathan war bei allem mein Erster.

Meine erste Liebe.

Mein erster Freund.

Mein erster Verlobter.

Mein erster Ehemann.

Der erste und einzige Vater meiner Kinder.

Der Erste, der mir das Herz gebrochen hat.

Und obwohl ich nicht der Typ dafür bin, voller Selbstmitleid herumzusitzen und wehmütig an unsere glorreichen Tage zurückzudenken, bin ich ganz sicher nicht in der Lage, mich von einer schüchternen Hausfrau zu einer aufreißerischen Sexbombe zu verwandeln, nur weil ich eine Kerze auf einer Scheidungstorte ausgepustet habe.

»Ich weiß, du meinst es gut.« Ich lege Saige eine Hand auf die Schulter. »Aber ich … kann das nicht.«

Saige zieht einen Schmollmund und plötzlich erscheint wieder dieses Funkeln in ihren Augen. Sie hat große Schwierigkeiten damit, ein »Nein« zu akzeptieren. Das weiß ich aus Erfahrung. Letztes Jahr hat ihr Ehemann ihr verboten, nach Paris zu fliegen, also hat sie Paris nach Seattle geholt. Und zwar mithilfe seiner Kreditkarte und Chanel, Dior und einer eintausend Dollar teuren Torte in der Form des Eiffelturms.

Sie schlägt die Hände zusammen. »Bitte, bitte, bitte?«

»Betteln funktioniert nicht mal bei meinen Kindern. Wieso glaubst du, dass du damit bei mir Erfolg hättest?«

Ihr Blick aus den himmelblauen Augen hält meinen fest, und aus dem Augenwinkel erkenne ich, wie Tiffin neben mir den Kuchen anschneidet. Diese Frauen haben sich *meinetwegen* schick gemacht und sich *meinetwegen* in den Regen von Seattle hinausgewagt. Saige hat *meinetwegen* diesen Kuchen bestellt und diese Feier organisiert. Es wäre unglaublich unhöflich von mir, hier einfach langweilig herumzusitzen.

Verstohlen sehe ich noch einmal hinüber zu dem Mann an der Bar, aber diesmal schaut er zu mir herüber.

Ach du Scheiße.

Ich reiße den Blick los und bin sehr dankbar, dass die Dunkelheit meine brennenden Wangen verdeckt.

»Er hat rübergesehen, nicht wahr?« Saige verzieht den Mund zu einem zufriedenen Lächeln. »Ich hab es dir doch gesagt.«

»Hör auf.« Ich winke ab. Sie freut sich diebisch, aber mich nervt das ganz fürchterlich.

»Na los!«, fordert sie mich auf, im gleichen strengen Tonfall, den ich bei meinen Jungs anschlage, wenn ich ihnen zum zwanzigsten Mal sage, dass sie ihre Legos aufsammeln oder den Müll rausbringen sollen. »Geh rüber zu ihm. *Jetzt!*«

Ich umklammere den Stiel meines Glases und mein Herz pocht so heftig, dass ich womöglich gleich in Ohnmacht falle, wenn ich mich nicht beruhige. Schon allein der Gedanke, da rüberzuschlendern und etwas anzubieten, das bisher ausschließlich Nathan vorbehalten war, macht mir höllische Angst.

Normalerweise reiße ich in einer Bar keine fremden Kerle auf.

Obwohl natürlich nichts falsch daran wäre.

Ich habe lediglich nicht die geringste Ahnung, wie man das anstellt.

Saige kaut auf der Unterlippe herum und betrachtet intensiv mein Outfit. »Was?«, frage ich und folge ihrem Blick. Meine weiße Bluse steckt in einem schwarzen Bleistiftrock, dazu trage ich Lederstilettos. Bluse und Rock stammen noch von dem Bewerbungsgespräch mit dem Unternehmen, bei dem ich mich vorhin vorgestellt habe, denn leider fehlte mir die Zeit, mich umzuziehen, aber glücklicherweise hatte ich genügend Voraussicht, die High Heels ins Auto zu legen.

»Einen Moment.« Saige knöpft mir die obersten beiden Blusenknöpfe auf. »Viel besser.«

Dann klopft sie mir auf den Hintern und schiebt mich praktisch davon. Hinter mir höre ich die Mädels lachen und mich anfeuern.

Jetzt bleibt mir keine Wahl.

Ich muss das durchziehen.

Die Kehle ist mir wie zugeschnürt – vermutlich könnte ich nicht mal schlucken, wenn ich wollte, also seufze ich ergeben und mache den ersten Schritt. Angesichts der kitschigen Symbolik dieses Moments muss ich kichern.

Mein Ausschnitt steht weit offen und zum ersten Mal seit langer Zeit werden meine Brüste regelrecht zur Schau gestellt. Ich schwinge beim Gehen leicht mit den Hüften, lecke mir über die Lippen und halte den Kopf aufrecht, den Blick geradewegs auf das Ziel gerichtet und in der Hand das warme Glas, das ich bereits seit zehn Minuten umklammere.

Alles passiert wie in Zeitlupe, und je näher ich dem Tresen komme, desto entfernter klingen die Geräusche. Das Klirren der Gläser, das Lachen der Gäste. Die Stimmen der Cocktailkellnerinnen, die ihre Runden drehen und Bestellungen aufnehmen. Alles verblasst zu einem leisen, fernen Summen.

Bei jedem Schritt zittern meine Knie, aber ich gehe weiter. Schließlich bin ich nicht so weit gekommen, um jetzt einfach …

Ach du Scheiße.

Er ist ziemlich jung.

Und sehr, sehr attraktiv.

Beinahe auf eine lächerlich übertriebene Art gut aussehend.

Aber er ist wirklich *jung*.

Ich bleibe wie angewurzelt stehen, mache auf dem Stilettoabsatz kehrt und marschiere schnurstracks an unseren Tisch zurück. Vor meinen Augen dreht sich alles und meine Wangen brennen. Ich bin gleichzeitig peinlich berührt und erleichtert, als ich mich setze.

»Was? Warum kommst du zurück?« Saige verschränkt die Arme vor der Brust. »Was soll der Scheiß, Maren?«

Meine Freundinnen werfen mir enttäuschte Blicke zu.

»Er ist sehr jung«, sage ich und zwinge mich zu einem Lachen.

»Wie jung? Einundzwanzig, zweiundzwanzig?« Saige hat

die Brauen hochgezogen und die Lippen zusammengepresst, was immer ein schlechtes Zeichen ist.

Ich zucke mit den Schultern. »Keine Ahnung. Ich habe ihn nicht gefragt. Ein Blick hat genügt, um mir darüber klar zu werden, dass ich viel zu alt bin, um Mittzwanziger in einer Bar aufzureißen. Also bin ich auf schnellstem Weg gegangen.«

Stöhnend schlägt sich Saige die geballte Faust vor die Stirn. »Maren. Du bist fünfunddreißig. Selbst wenn er fünfundzwanzig sein sollte, bist du immer noch nicht alt genug, um seine Mutter zu sein. Und selbst wenn du alt genug wärst, um seine Mutter zu sein ... wen zum Teufel interessiert's?«

»Ich wüsste nicht mal, worüber ich mit ihm reden soll«, verteidige ich mich. »Wir haben vermutlich null Gemeinsamkeiten. Wahrscheinlich benutzt er eine dieser albernen Dating-Apps und verkündet immer gleich alles auf seinen Social-Media-Profilen und hat lächerlich hohe Ansprüche an Frauen, weil die Generation Y der Meinung ist, dass ihr nur das Allerbeste zusteht.«

Saige legt mir die Hände auf die Schultern. »Maren, ich hab dich wirklich gern, aber momentan gehst du mir richtig auf den Keks.«

Ich lache. »Was? Warum denn?«

»Du solltest rübergehen, ihn dir ansehen, Hallo sagen und im besten Fall einen One-Night-Stand anleiern«, erklärt sie. »Es ging nicht um die Auswahl deines nächsten Ehemanns.«

»Ich weiß nicht, wie es euch geht, aber ich finde das witzig«, verkündet Marissa in ihrem texanischen Akzent, den man ihr auch nach ihrem Umzug hierher immer noch anhört. »Hat jemand Lust auf Tequila?«

»Ich!«, meldet sich Tiffin sofort. »Ich komme mit dir.«

Die beiden gleiten aus der Nische und gehen hinüber zum Tresen. Sie lassen Gia und Lucia zurück, die in ein Gespräch vertieft sind, und mich, die sich jetzt Saiges Predigt anhören muss.

»Du hast dich nicht mal vorgestellt. Nach einem Blick auf ihn hattest du dir dein Urteil gebildet und bist hierher zurückgerannt, als wäre er unter deinem Niveau«, wettert Saige weiter.

»Was?« Ich verschränke die Arme vor der Brust. »Das stimmt doch gar nicht. Wenn überhaupt, dann bin *ich* unter *seinem* Niveau! Er ist superattraktiv. Ich bin definitiv nicht das, wonach er sucht. Das kann ich dir versprechen.«

»Das weißt du doch gar nicht!«

»Oh doch.«

Ein Mann wie er hat vermutlich noch nie in seinem Leben Cellulitis und Kaiserschnittnarben gesehen. Ich bin mir ziemlich sicher, dass er nicht mit einer Exhausfrau in ihren Dreißigern Schrägstrich alleinerziehenden Mutter Schrägstrich frisch Geschiedener mit emotionalem Ballast schlafen will.

»Geh wieder rüber!«, verlangt Saige.

»Nein.«

»Maren!«

»*Nein*«, wiederhole ich, diesmal mit mehr Nachdruck.

»Du brauchst das«, behauptet sie. »Ich kenne dich. Du fährst heute Abend nach Hause, verkriechst dich in deinem großen leeren Haus und kehrst in die Rolle der aufopfernden Mutter zurück. Und das ist ja auch in Ordnung. Eines Tages wirst du dir jedoch wünschen, du hättest dich getraut, als du die Chance dazu hattest.« Ich beiße mir auf die Lippe und wende den Blick ab.

»Du siehst scharf aus«, fährt sie fort. »Und du bist Single. Du brauchst Sex genauso sehr wie jeder andere Mensch. Keine Ahnung, wo dieses mangelnde Selbstbewusstsein bei dir herkommt, aber ich weiß zu einhundert Prozent, dass es nicht an dir liegt.«

»Es liegt nicht an meinem Selbstbewusstsein. Ich bin vernünftig«, widerspreche ich. »Man versucht nicht, jemandem einen Honda zu verkaufen, wenn er eigentlich nach einem Ferrari sucht. Das ist Zeit- und Energieverschwendung.«

Saige verdreht die Augen. Und macht ein würgendes Geräusch. »Du bist noch mal mein Ende. Du verstehst überhaupt nichts. Gar nichts.«

»Du zwingst mir das auf«, behaupte ich.

Ihr fällt die Kinnlade herunter. »Erst letzte Woche hast du dich bei mir darüber beschwert, dass du deine Zwanziger an schlechten Sex mit Nathan verschwendet hast, oder etwa nicht?«

Ich nicke. Es stimmt, das habe ich gesagt.

Mit zweiundzwanzig habe ich unmittelbar nach meinem Collegeabschluss geheiratet, mit dreiundzwanzig wurde ich Mutter, und dann noch einmal mit siebenundzwanzig. Meine Zwanziger waren beglückend und anstrengend. Mein Sexleben bestand aus der Missionarsstellung im Dunkeln unter der Bettdecke.

»Und außerdem hast du dich während des letzten halben Jahres im Fitnessstudio abgeschuftet«, fügt Saige hinzu, »weil du behauptet hast, gut auszusehen wäre die beste Rache.«

»Ist es auch.«

»Aber all das ist jetzt bedeutungslos, nehme ich an.«

Ich weiß, was sie da tut. Sie übergießt mich mit einem Cocktail aus umgekehrter Psychologie und Schuldgefühlen. Und es funktioniert sogar.

»Wir sind wieder da!« Gia stellt ein Tablett mit Tequilagläsern, Limettenvierteln und Salzstreuer auf unseren Tisch. »Dann wollen wir mal, Ladys.«

»Ja, ich bin es nämlich mehr als leid, den beiden dabei zuzuhören, wie sie sich ankeifen«, sagt Marissa und greift nach dem Salzstreuer.

»Genau.« Gia zwinkert mir zu. »Ihr beiden solltet euch darauf einigen, dass ihr in dieser Sache unterschiedlicher Meinung seid. Maren will nicht mit dem heißen Typen ins Bett und egal, was Saige sagt, sie wird ihre Meinung nicht ändern. Da entgeht Maren etwas, aber sie kann damit leben. Stimmt's, Maren?«

»Stimmt genau.« Ich nehme ein Tequilaglas, stoße Saige mit dem Ellbogen an und reiche es ihr. Sie weiß, dass ich sie trotzdem gern habe, und ich weiß, dass sie momentan sehr frustriert mit mir ist.

»Außerdem ist er jetzt weg«, wirft Tiffin ein und deutet auf den leeren Platz an der Bar, der bis eben von einem der attraktivsten Männer belegt war, die mir jemals unter die Augen gekommen sind.

Saige lässt die Schultern hängen und reißt Marissa den Salzstreuer aus der Hand, eine stumme Geste ihrer Niederlage. Wir stoßen an. Der Tequila rinnt mir leicht brennend die Kehle hinab und ich fühle mich warm und entspannt, als er in meinen Blutkreislauf übergeht.

Ich werfe einen Blick in die Runde, auf meine besten

Freundinnen, die mit mir durch die Hölle gegangen sind. Im Lauf der nächsten Stunde stopfen wir uns mit Kuchen voll, tauschen Horrormuttergeschichten aus und beschweren uns über unsere Ehemänner – aktuelle oder ehemalige.

Nach einer Weile macht sich Erschöpfung in mir breit, sicherlich ein Resultat der langen Nacht mit Beck, und während einer kurzen Gesprächspause überprüfe ich auf meinem Handy die Uhrzeit.

»Ich bin nur ungern die Erste, aber ...« Ich hänge mir meine Handtasche über die Schulter. »Es ist schon spät.«

Marissa blickt auf ihre Uhr. »Oh, wow. Es ist kurz vor elf. Ich habe meinem Mann gesagt, ich bin um zehn zu Hause. Ups.«

Saige winkt ab. »Nur, damit ihr's wisst, ihr beiden seid echt langweilig.«

»Ruf mich morgen an, ja?« Ich umarme meine beste Freundin und gebe ihr einen Kuss auf die Wange. »Danke noch mal für die Party. Ich schwöre, ich hab mich gut amüsiert.«

Dann verabschiede ich mich von den anderen Frauen und verlasse die Bar. Der Regen lässt allmählich nach. Eine ganze Reihe Taxen steht am Straßenrand und wartet auf die Bargäste, um sie sicher nach Hause zu bringen.

Ich verschwende keine Zeit und gehe zum nächstbesten Taxi. Nachdem ich dem Fahrer meine Adresse heruntergerattert habe, klettere ich auf den Rücksitz und lege die Wange an die kühle, von außen regennasse Scheibe. Während wir in die Vorstadt hinausfahren, erscheint vor meinem geistigen Auge das markante, schattenhafte Gesicht des Anzugträgers in der Bar und ich frage mich, wie der heutige Abend wohl ausgegangen wäre, hätte ich auf Saige gehört und meine Bedenken ignoriert.

Doch das spielt jetzt keine Rolle mehr, denn ich werde es nie erfahren.

***

Nachdem ich meine Schuhe ausgezogen habe, lasse ich die Füße in den üppigen Wohnzimmerteppich sinken. Das Haus ist heute Abend gespenstisch ruhig.

Nathan und ich haben uns vor einem halben Jahr getrennt und teilen uns das Sorgerecht, aber der abrupte Wechsel zwischen einem lauten, wilden Haushalt und ohrenbetäubender Stille alle paar Tage war für mich keine leichte Umstellung. Zumindest bisher nicht. Wenn meine Jungs nicht hier sind, fehlen sie mir unglaublich, aber ich weiß, dass sie sich auf die gemeinsame Zeit mit ihrem Vater freuen. Die würde ich ihnen niemals wegnehmen, auch wenn er ein Lügner und Betrüger ist. Außerdem könnte ich das gar nicht, selbst wenn ich es wollte. Nathans blaublütige Familie, alter Geldadel, hat mir kurz nach unserer Verlobung einen Ehevertrag aufgedrängt, und jung, naiv und bis über beide Ohren verliebt, wie ich damals war, habe ich natürlich unterschrieben. Unser geteiltes Sorgerecht war schon in Stein gemeißelt, bevor ich überhaupt mit dem ersten Greene-Baby schwanger war.

Ich hole das Handy aus der Tasche und lege es mit dem Schlüsselbund auf den Tisch im Foyer. Das Klirren des Metalls auf dem Marmor schallt durch das Erdgeschoss.

Während ich ins Obergeschoss hochgehe, knöpfe ich mir die Bluse auf und öffne den Reißverschluss meines Rocks. Ich ziehe mich aus und lege meine Kleidung sorgfältig über eine Sessellehne in meinem Schlafzimmer.

Auf der tadellos aufgeräumten Kommode liegt ein personalisierter Notizblock mit meinem Monogramm, zwischen einer goldenen Uhr und einem Paar Rosenquarzohrringen, die parallel nebeneinander ausgerichtet sind. Ich kann die Augen kaum noch offenhalten, dennoch schalte ich eine Lampe ein und lese mir die morgige To-do-Liste durch:

1. Personal Trainer – 8 Uhr.
2. Gerald wegen der Reparatur der Hintertreppe anrufen. Zedernholz?
3. Formulare für die Zeitarbeitsfirma ausfüllen – Abgabe bis Montag!
4. Friseurtermin ausmachen. Auch Enthaarung???
5. Tante Margaret anrufen – Geburtstag. 59? Mom fragen.
6. Pullover zu Neiman's zurückbringen. Quittung suchen!

Nachdem ich einen weißen Satinschlafanzug mit dunkelblauen Punkten aus der obersten Kommodenschublade geholt habe, mache ich mich im Bad bettfertig. In Gedanken gehe ich noch einmal die Liste für morgen durch, nicke meinem Spiegelbild zu und versichere mir, dass ich sowieso viel zu beschäftigt für Gelegenheitssex mit einem heißen Mittzwanziger bin.

Als ich fertig bin, schalte ich die Lampe auf der Kommode aus und gehe mit dem Handy ins Bett. Ich liege immer noch auf der linken Seite, wie schon seit Jahren, und lasse die rechte vollkommen unberührt. Rasch schicke ich eine SMS an Saige, danke ihr noch einmal und ermahne sie, nicht zu lange in der Bar zu versumpfen.

Sie antwortet mit einem Teufelsemoji.

Lachend beschließe ich, dass ich weder die Zeit noch die

Energie habe, ihren Code zu entschlüsseln, also schalte ich das Handy auf Stand-by und lege es auf den Nachttisch.

Und da höre ich es vibrieren.

»Saige«, stöhne ich. Gähnend drehe ich mich um und presse das Gesicht ins Kopfkissen. Wenn ich sie ignoriere, wird sie irgendwann aufhören, mir Nachrichten zu schicken.

Doch mein Handy vibriert erneut.

»Um Himmels willen!« Ich halte es mir vors Gesicht und muss die Augen zusammenkneifen, weil mich das helle Display blendet. Ich werde ihr schreiben, dass ich versuche, einen Schönheitsschlaf zu halten und dass sie vielleicht dasselbe tun sollte, da sie mich ja morgen früh zu meinem Personal Trainer begleiten will.

Zwei Nachrichten erscheinen, mit der Vorwahl von Seattle und einer Nummer, die ich noch nie zuvor gesehen habe.

In der ersten steht: HI, MAREN. ICH BIN DANTE.

In der zweiten: BIST DU WACH?

Mit heftig pochendem Herzen setze ich mich auf.

WER BIST DU? WOHER HAST DU MEINE NUMMER?, antworte ich. Ich bin mir zu neunundneunzig Komma neun Prozent sicher, dass Saige irgendwie ihre Finger im Spiel hat, aber falls das hier der Typ aus der Bar ist, dann war er lange fort, bevor ich gegangen bin.

Ich bin verwirrt.

Drei Punkte hüpfen über den Bildschirm. So müde ich vorhin auch war, so hellwach bin ich jetzt.

Eine Sekunde später leuchtet seine Nachricht auf: DARF ICH DICH ANRUFEN?

2. KAPITEL

Dante

Drei Sekunden, nachdem ich meine letzte Nachricht abgeschickt habe, klingelt mein Handy. Ich grinse. Wie es aussieht, habe ich mir völlig umsonst Sorgen gemacht, dass ich vielleicht zu aufdringlich rüberkommen könnte. Sie will das offensichtlich genauso sehr wie ich.

Ich räuspere mich und beantworte den Anruf mit einem tiefen und verführerischen »Hallo?«

Vor einer Stunde ist eine Blondine in der Bar meines Hotels an mich herangetreten und hat mir irgendwas von ihrer »sagenhaften Single-Freundin« erzählt, die mich schon den ganzen Abend über beobachten würde, hat mir ihre Nummer zugesteckt und mir geraten, sie besser nicht zu verlieren.

Wie sich herausgestellt hat, war die besagte Freundin genau die Frau, auf die ich selbst schon ein Auge geworfen hatte. Die dunkelhaarige Schönheit mit dem eleganten Schwung in ihrem Gang und der Art von Aura, die alle Männerblicke im Raum auf sich zieht.

»Was zum Teufel stimmt nicht mit dir?«, faucht mir eine

Frau ins Ohr. »Weißt du eigentlich, wie spät es ist? Und wer ruft überhaupt mitten in der Nacht wildfremde Frauen an? Saige hat dich dazu angestiftet, richtig?«

Mein Lächeln verblasst. »Falls du mit Saige die Frau mit den irre blonden Haaren meinst, dann ja. Sie hat mir deine Nummer gegeben, aber mich nicht angestiftet. Ich bin erwachsen. Ich habe dir geschrieben, weil ich das wollte.«

Einige endlose Sekunden lang herrscht Schweigen, dann höre ich sie ausatmen. »Hör zu, ich fühle mich geschmeichelt. Dante, richtig?«

»Ja.«

»Ich fühle mich geschmeichelt, Dante, aber du musst das nicht tun.«

»Was tun?« Ich unterdrücke ein Grinsen, um die Belustigung aus meiner Stimme herauszuhalten.

»Du musst nicht so tun, als wärst du an mir interessiert, nur weil dir meine Freundin irgendeine mitleiderregende Geschichte über mich erzählt hat«, erklärt sie. »Ich bin nicht der Typ für Mitleidssex. Oder jemand, der mit Fremden ins Bett geht. Oder mit Männern, die halb so alt sind wie ich.«

»Du bist vierundfünfzig?«

»Was? Nein!«, antwortet sie, ohne zu zögern, und dann ist sie erneut still, als ob sie gerade mein Alter nachrechnet. »Du bist siebenundzwanzig?«

»Ja.« Nach ihrem Alter frage ich nicht. Für mich spielt das keine Rolle. Sie ist eine wunderschöne, geradezu alterslose Frau. Als ich sie heute Abend zum ersten Mal sah, war es dunkel, doch ihr Lachen hat mich gefesselt. Es war das Erste, was mir an ihr auffiel. Sie hat dieses lebensfrohe Lachen, das die dunkle Bar wie ein Blitz durchzuckte, und ein hübsches

Lächeln, das beinahe zu breit für ihr Gesicht ist. Glänzende, dunkle Wellen fielen ihr über die schmalen Schultern und ich habe mich den ganzen Abend über dabei ertappt, wie ich mich ihr ständig zugewandt habe, immer in der Hoffnung, noch einen weiteren Blick auf sie zu erhaschen, bis ich wegen eines Anrufs in mein Hotelzimmer zurückkehren musste.

»Nimm's mir nicht übel«, sagt sie. »Du bist trotzdem zu jung für mich.«

»Doch, das nehme ich dir übel«, entgegne ich. »Das klingt total lächerlich, und das weißt du auch, nicht wahr?«

»Lächerlich oder realistisch?«, schießt sie zurück. »Du bist praktisch noch ein Baby, Dante. Du wärst mit mir völlig überfordert, das kann ich dir versprechen.«

»Das käme auf einen Versuch an«, erwidere ich.

»Einen Versuch? Mit dir?« Sie lacht. »Der ›Versuch‹ würde aber bedeuten, dass wir miteinander schlafen müssten. Und das halte ich für keine gute Idee.«

»Warum nicht?«

»Zum einen wäre es extrem leichtsinnig«, zählt sie auf. »Vielleicht bin ich ja eine Serienmörderin?«

»Bist du eine?«, frage ich.

»Nein. Aber vielleicht bist du ja ein Serienmörder?«

Ich lache. »Nein. Bin ich nicht.«

»Das hat Ted Bundy mit Sicherheit auch behauptet«, hält Maren dagegen.

Von meinem nächsten Satz hätte ich nie im Leben erwartet, dass ich ihn mal sagen würde: »Zu Ted Bundys Verteidigung: Ich glaube nicht, dass ihn jemals eine Frau gefragt hat, ob er ein Serienmörder ist. Du weißt schon, nicht zu Beginn, wenn sie sich anfreundeten.«

»Ach du liebe Güte, wir freunden uns nicht an«, erwidert Maren. »Das hier ... das ist kein Gespräch unter Freunden. Das ist das, was passiert, wenn ich versuche zu schlafen und ein Fremder aus einer Bar mein Handy mit Nachrichten bombardiert, weil er verzweifelt versucht, noch vor Mitternacht zum Zug zu kommen, bevor er am nächsten Morgen bei irgendeinem stinklangweiligen Geschäftsmeeting aufschlagen muss und dann zurück nach Kansas City fliegt, wo seine Verlobte in ihrem luxuriösen Stadthaus auf ihn wartet.«

Ich atme langsam aus und lasse die Schultern sinken. Dann reibe ich mir die Nasenwurzel und räuspere mich. »Maren, Maren, Maren.«

Ihr Name fühlt sich gut auf meiner Zunge an, was eine komische Beobachtung ist, aber ich mag den Klang. Er geht mir leicht von den Lippen.

»Was?«, will sie wissen.

»Machst du das bei jedem Mann?«

»Was denn?«

»Ich muss zugeben, deine Vorstellung meiner Biografie ist sehr kreativ, wenn auch ein wenig klischeebehaftet, aber ich kann dir garantieren, dass du dich in allen Bereichen irrst. Erstens wohne ich hier in Seattle. Ich bin nur vorübergehend im Hotel Noir eingezogen, weil meine Wohnung renoviert wird. Und zweitens habe ich morgen früh kein ›stinklangweiliges Geschäftsmeeting‹. Tatsächlich habe ich morgen frei. Und schließlich wartet in Kansas City auch keine Verlobte auf mich. Ich bin Single, und zwar ein glücklicher.«

Nach kurzem Schweigen meint Maren: »Okay, ich hab mich also geirrt. Das ändert trotzdem nichts an der Tatsache, dass ich nicht mit dir schlafen werde.«

»Das ist sehr schade«, gebe ich zu. »Ich hatte mir das in Gedanken schon alles ausgemalt ...«

Sie bleibt still. Ich merke, dass sie gern mehr darüber hören möchte, aber zu stolz ist, um danach zu fragen.

»Ich dachte, ich könnte vielleicht vorbeikommen«, fahre ich fort. »Und du würdest mich an der Haustür begrüßen und nichts weiter als einen seidenen Morgenmantel tragen. Ich würde ihn aufknoten und dir von den nackten Schultern streifen, deinen Rücken gegen die nächste Wand pressen und dich küssen. Aber es wäre keiner dieser hastigen Vorspielküsse. Ich würde meine Lippen erst hart auf deine pressen und danach ganz sanft, so, als wäre nichts weiter wichtig. So, wie eine Frau es verdient, geküsst zu werden. Dann würden meine Fingerspitzen deinen Bauch berühren und immer tiefer wandern, bis hinunter zwischen deine Schenkel. Mit einem Finger würde ich tief in dich hineingleiten und auf das Stöhnen warten, das mir verrät, dass deine Knie kurz davor sind, nachzugeben und mein Name dir atemlos auf den Lippen liegt.«

Am anderen Ende herrscht weiterhin Stille. Sie lauscht mir wie gebannt.

»Während meine Finger tief in dir versunken sind, verlässt mein Mund deine Lippen und wandert zu deinem Ohr, dann deinen Hals hinab bis zu deinem Schlüsselbein. Du reibst deine Hüften an mir, dein Körper bettelt um mehr, um echte Erlösung. Deine Hände greifen nach meinem Gürtel, streifen über die Ausbuchtung in meiner Hose und spüren, was du mit mir machst ...«

»Oh Gott!«, bricht Maren atemlos ihr Schweigen.

»Nicht Gott«, widerspreche ich. »Nur ein Mann aus einer Bar, mit dem du nichts zu tun haben willst.«

Und mit diesen Worten lege ich auf.

Ich hatte das nicht geplant und ganz sicher auch nicht vorbereitet. Es hat sich in diesem Moment einfach richtig angefühlt. Sobald das Gespräch beendet ist, spüre ich einen Funken Bedauern.

Ich hätte natürlich weiter mit ihr telefonieren können, meine Geschichte beenden und darauf warten, bis sie mich anfleht und darum bettelt, dass ich vorbeikomme und diese Fantasie mit ihr auslebe, aber ich bin es nicht gewohnt, eine Frau am Telefon verführen zu müssen. Außerdem ist es spät und ich bin müde.

Vor meinem geistigen Auge erscheint Marens Gesicht und ich denke an all das, was wir miteinander anstellen könnten. Doch dann verblasst diese Vorstellung. Eigentlich schade. Wir hätten eine Menge Spaß miteinander haben können. Und natürlich wäre es leichtsinnig gewesen, aber genau dafür war ich in der Stimmung.

Leichtsinniges Verhalten.

Sex ohne Gefühle.

Ohne Bedingungen.

Ohne Erwartungen.

Ein wenig Risiko und eine Menge Spaß. Gerade das Thema Spaß ist in den letzten Jahren bei mir massiv zu kurz gekommen.

Ich lege das Handy auf den Nachttisch. Zu gerne würde ich jetzt Marens Gesichtsausdruck sehen. Da das nicht möglich ist, stelle ich ihn mir stattdessen vor. Ihre vollen Lippen formen in meinen Gedanken ein »O«. Ihre dunklen Augen sind rund und ihr Brustkorb hebt und senkt sich heftig, während sie versucht, wieder zu Atem zu kommen. Und dann stelle ich mir ihr brennendes Verlangen vor, das nur durch echten Sex gestillt werden kann. Aber genau das hat sie abgelehnt. Sie hat sehr deutlich gemacht, dass so etwas für sie nicht infrage kommt. Und dann stelle ich mir vor, wie sie unter die Bettdecke rutscht, ihre Hand nach unten wandert und sie in Gedanken meine Worte noch einmal auf sich wirken lässt und ihre bedauert.

Ich schalte die Lampe aus und krieche unter die luxuriöse Baumwolldecke. Den Kopf auf ein Federkissen gebettet, stehe ich knapp davor, ins Reich der Träume hinüberzugleiten.

Kurz bevor ich wegdrifte, höre ich mein Handy vibrieren und auf dem Nachttisch herumrutschen. Als ich die Augen öffne, erkenne ich das schwache Bildschirmlicht, das die Stelle neben meinem Wecker erleuchtet. Ich greife danach und warte, bis sich meine Augen an das helle Licht gewöhnt haben. Grinsend lese ich Marens Nachricht:

ICH WILL WISSEN, WIE ES WEITERGEHT

3. KAPITEL

Maren

»Er hat nicht geantwortet«, berichte ich Saige am nächsten Tag im Fitnessstudio. Wir liegen auf dem Rücken und mein Trainer Axel zählt unsere Wiederholungen bei den Sit-ups. Noch sieben in dieser Runde. »Ich habe ihn gefragt, was bei seinem kleinen Szenario als Nächstes passiert, und da kam … nichts.«

»Blicke zur Decke, meine Damen!«, ruft Axel. »Nicht den Nacken drehen. Position halten!«

»Jawoll, Drillsergeant, Sir«, antwortet Saige und unterdrückt ein Grinsen. Wenn ich könnte, würde ich sie mit dem Ellbogen anstoßen, aber ich will nicht zusammengestaucht werden. Axel ist ein ehemaliger Marine und nimmt diese Unterrichtsstunden als mein Personal Trainer sehr ernst. Und ich sollte das auch. Schließlich kosten sie mich ein kleines Vermögen.

»Schreibst du ihm noch mal?«, will Saige wissen.

»Sollte ich?« Ich stoße den Atem aus, als Axel endlich bei dreißig angelangt ist und uns eine zwanzigsekündige

Pause gestattet. »Das würde mich doch total irre aussehen lassen.«

Saige grinst. »Irre wirkst du schon, seit du ihm die Hölle heißgemacht hast, weil er dich angerufen hat und du ihm dann unterstellt hast, ein Serienmörder zu sein.«

Lachend lege ich wieder die Hände in den Nacken und bereite mich auf die nächste Runde Sit-ups vor. »Da könntest du recht haben.«

»Noch zwei Runden, meine Damen«, verkündet Axel, »und dann machen wir mit Liegestützen weiter.«

Gott, ich hasse Liegestütze.

Beinahe so sehr, wie ich Sushi hasse.

Und Sushi hasse ich abgrundtief.

Saige müht sich beim Hochkommen ab. »Schreib ihm noch mal. Was kann schon passieren?«

Ich verziehe den Mund und halte den Blick fest auf die weißen Deckenpaneele gerichtet.

»Eigentlich sollte ich die Sache einfach auf sich beruhen lassen«, erwidere ich. »Ich habe schon genug zu tun. Ich versuche immer noch, wieder auf die Füße zu kommen und mich in meinem neuen Leben einzurichten. Am Montag trete ich meine neue Stelle an. Ich muss mich um mich, Dash und Beck kümmern. Mir bleibt gar keine Zeit, um mich auf wildfremde Männer einzulassen.«

Inzwischen hat Axel bis dreißig gezählt und gestattet uns eine weitere kurze Pause. Ich setze mich auf und nehme einen Schluck Wasser aus der Flasche neben mir. Die lauwarme Flüssigkeit rinnt mir die Kehle hinab und ich schmecke Salz auf meinen Lippen.

»Da verpasst du aber was«, behauptet Saige mit seltener

Ernsthaftigkeit in der Miene. »Ich denke, du hättest viel Spaß mit ihm haben können.«

»Nun ja.« Ich trinke noch einen letzten Schluck und verschließe die Flasche. »Das werden wir nun wohl nie mehr erfahren, nicht wahr?«

»So, meine Damen, genug geplaudert.« Axel reibt sich die Hände. Ich habe das Gefühl, als ob wir gleich bestraft werden. »Uns bleiben nur noch vierzig Minuten, die wollen wir ausnutzen.«

»Vierzig Minuten Hölle«, flüstert Saige. Ich habe keine Ahnung, warum sie überhaupt mitkommt. Vermutlich hat sie einfach gern einen Grund, um samstagmorgens aus dem Haus zu gehen, wenn ihr Mann mit seinen Kollegen Golf spielt.

Gehorsam schweigen wir bis zum Ende des Trainings. Vor dem Verlassen des Studios legen wir einen Zwischenstopp an der Saftbar ein. Saige bestellt den fruchtigsten Drink auf der Speisekarte und jammert dann die nächsten fünf Minuten darüber, dass er viel zu süß ist und dass Fitnessstudios absichtlich solche Getränke verkaufen, von denen man zunimmt und die alles zunichtemachen, was man sich kurz zuvor erarbeitet hat und man nun deswegen wiederkommen muss.

»Niemand hat dich gezwungen, einen Smoothie zu kaufen«, erinnere ich sie, als wir durch die Tür gehen.

Kurz darauf haben wir den Parkplatz erreicht. Saige lehnt sich gegen die Fahrertür ihres weißen Lexus. »Kommst du klar am Wochenende ohne die Jungs?«

Ich lache. »Das fragst du mich alle zwei Wochen, und meine Antwort ist immer dieselbe. Aber danke, dass du dir Sorgen machst.«

»Das ist quasi mein Job«, erwidert sie zwinkernd und saugt an ihrem pinkfarbenen Smoothiestrohhalm. »Schließlich habe ich weder Kinder noch einen Hund. Rob kann es nicht leiden, wenn ich mich dauernd nach seinem Wohlbefinden erkundige. Meine Eltern leben in Cocoa Beach und lassen es sich dort gut gehen. Bleibst also nur noch du.«

»Was hab ich doch für ein Glück.« Ich fische meinen Autoschlüssel aus der Tasche.

»Was hast du denn am Wochenende vor?« Saige hat den Kopf zur Seite geneigt und die Brauen hochgezogen. Das erinnert mich an ein Facebook-Video, das ich mir heute Morgen angesehen habe. Darin ging es um einen süßen kleinen Mops, der jedes Mal den Kopf zur Seite gelegt hat, sobald sein Besitzer das Wort »Sandwich« sagte. In letzter Zeit habe ich mir eine Menge solcher Videos angeschaut. Facebook scheint sie mir wie eine Art Verzögerungstaktik in die Timeline zu spülen, damit ich noch ein wenig länger auf der Seite bleibe. Das macht man vermutlich so, wenn man plötzlich viel zu viel Freizeit hat und die »Mom, kannst du mal kommen!«-Rufe im Hintergrund fehlen.

»Keine Ahnung.« Ich kratze mit der Spitze meiner Turnschuhe an dem kaputten Asphalt herum. »Vielleicht ein bisschen putzen? Wäsche? Oder ich sehe mir einen kitschigen Liebesfilm mit richtig schlechten Sexszenen an. Das kann ich jetzt. Zumindest die Hälfte der Zeit.«

Saige macht ein würgendes Geräusch. »Und genau deshalb brauchst du Sex. Weil du an einem Samstagabend zu Hause sitzen und dir *9 ½ Wochen* ansehen willst, während der Rest der Welt sich da draußen amüsiert.«

»Saige.« Ich hebe das Kinn und lege ein wenig liebevolle

Großspurigkeit in meine Stimme. »Du weißt, dass das nicht stimmt. Die anderen amüsieren sich nicht, sie tun bloß so. Deshalb sehen auch alle online so glücklich aus. Es ist alles nur Show.«

»Und deshalb fühlst du dich besser, wenn du an einem Samstagabend zu Hause bleibst?«

Unser Gespräch hat eine Sackgasse erreicht und deshalb schweigen wir einige Sekunden lang.

Saige hebt die Hände. »Ich sage ja nur, dass du vielleicht das Haus ein wenig häufiger verlassen solltest, wo du jetzt die Zeit dafür hast. Während der letzten zwölf Jahre warst du in Momville eingesperrt, und was tust du, sobald deine Ketten gesprengt sind? Du bleibst zu Hause. Du benimmst dich wie ein Hund, der sein ganzes Leben lang hinter einer alten Hütte angekettet war, und nachdem ihn jemand befreit, bleibt er einfach weiter auf dem Hof, als ob er nirgendwo anders hin will. Wovor hast du solche Angst? Was kann denn schon passieren?«

»Ich habe keine Angst.« Ich stütze die Hände in die Hüften und blicke über ihre Schulter hinweg auf ein Bilderbuch-Fitness-Pärchen, das Händchen haltend das Studio betritt. »Ganz ehrlich, ich fürchte mich nicht. Ich habe es lediglich nicht eilig. Momentan denke ich nicht mal über die Zukunft nach, sondern lebe einfach nur im Moment. Ich verarbeite das alles noch.«

Sie leckt sich die Lippen und zieht die Brauen zusammen. »Na schön. Dann verarbeite. Aber sag später nicht, ich hätte dich nicht gewarnt. In der einen Minute bist du noch fünfunddreißig und lebst im Moment, in der nächsten bist du vierzig ... und dann fünfundvierzig ... deine Jungs gehen aufs

College und du bist ganz allein. Und dann bist du fünfzig, und dann …«

»Schon gut, schon gut. Ich verstehe ja, worauf du hinauswillst. Meine Scheidung ist gerade erst rechtskräftig geworden. Das vergangene Jahr war die Hölle. Was ist denn so falsch daran, es momentan ein wenig ruhiger angehen zu lassen?«

»Was ist denn falsch daran, sich ein wenig zu amüsieren, während du es ruhiger angehen lässt?«, stellt sie mir ohne zu zögern eine Gegenfrage.

»Geht es jetzt wieder um den Typen von gestern Abend?« Ich kneife die Augen ein Stück zusammen. »Sind wir jetzt wieder bei diesem Thema? Denn ich war der Meinung, das hätten wir beendet, weil ich beschlossen hatte, die Sache auf sich beruhen zu lassen.«

Saige packt den Griff ihrer Autotür. »Irgendwann in naher Zukunft wirst du zugeben, dass ich die ganze Zeit über recht hatte. Und dass du kaum fassen kannst, was du alles verpasst hast. Dann wird es dir leidtun, nicht früher auf mich gehört zu haben.«

Sie wirft mir einen Luftkuss zu und steigt in ihr Auto. Mit heruntergelassenem Fenster und unter lautstarker Popmusik fährt sie davon, als wäre sie ein Teenager.

Ich weiß, sie meint es gut, aber ich habe Prioritäten. Bedeutungsloser Sex gehört nicht dazu, zumindest aktuell nicht. Was eigentlich schade ist, denn ich bin mir vollkommen bewusst, dass sie recht hat. Und mit Dante wäre es ganz sicher interessant geworden.

Doch dafür bin ich noch nicht bereit.

Vielleicht werde ich es eines Tages sein.

Allerdings nicht jetzt. Nicht heute.

4. KAPITEL

Maren

»Hi, sind Sie Keegan? Ich bin Ihre neue Aushilfskraft.« Montagmorgen stehe ich vor dem Personalbüro von Starfire Industries und bin mit Bleistiftrock und passender Kostümjacke ganz offensichtlich overdressed. Das Mädchen hinter dem großen Schreibtisch in der Mitte des Raums trägt hautenge Jeans und eine Bluse mit tiefem Ausschnitt. Ihre straßenköterblonden Haare laufen in weißblond gefärbte Spitzen über und sind sorgfältig gelockt.

Ich glaube, das ist meine neue Chefin.

Zumindest meine vorübergehende Chefin.

Sie sieht aus, als wäre sie vierundzwanzig. Maximal fünfundzwanzig, und das ist schon hoch gegriffen.

Und das passiert, wenn man beinahe zehn Jahre lang nicht mehr zur Arbeitswelt gehört. Früher war ich einmal stellvertretende Personalchefin einer örtlichen Versicherungsgesellschaft. Als ich mit unserem zweiten Kind schwanger wurde, hat Nathan darauf bestanden, dass ich zu Hause bleibe. Wir wussten beide, dass wir mein Einkommen nicht brauchten und damals waren wir rasend ineinander verliebt und sahen eine strahlende, familienorientierte Zukunft für uns voraus.

Also bin ich zu Hause geblieben, um mich um unsere Jungs zu kümmern.

Und jetzt bin ich hier und melde mich als Bürohilfe bei einer Vierundzwanzigjährigen mit künstlichen Brüsten und gerahmten Selfies auf dem Schreibtisch zum Dienst.

»Sie müssen Maren sein.« Sie steht weder auf, um mich zu begrüßen, noch gibt sie mir die Hand. Stattdessen mustert sie mich von oben bis unten und lässt den Blick ein wenig länger als beruflich akzeptabel auf meinen Schuhen ruhen. »Ich liebe Ihre Pumps. Sind die von Valentino?«

»Nein«, erkläre ich. »Das ist die Supermarktversion von Valentino.«

Sie verzieht die Miene. »Oh. Okay. Ihr Schreibtisch ist dort drüben.«

Sie deutet auf einen leeren Arbeitsplatz mit einem grauen Laptop darauf. Er steht an der Wand, weit weg von den Fenstern und unter einer flackernden Neonröhre. Es handelt sich ganz offensichtlich um den hässlichsten Teil des Raums und er gehört ganz allein mir.

Keegans Arbeitsbereich hat eine Menge Tageslicht, Topfpflanzen, Sukkulenten und goldene Lampen mit warmen, hellen Glühbirnen.

»Sie können Ihre Sachen in eine der Schubladen legen«, bietet sie mir an und deutet auf den Schreibtisch. Endlich steht sie auf, streicht sich über die Vorderseite ihrer durchsichtigen Bluse, um die Falten zu glätten, und lächelt mich an.

Vielleicht ist sie ja doch gar nicht so übel.

»Ich habe so viel Ablage, die liegen geblieben ist«, fährt sie fort. »Ich bin unglaublich froh, dass wir Sie einstellen konnten.«

»Ablage?«

Keegan macht mir ein Zeichen, dass ich ihr zu einer Tür im hinteren Teil des Büros folgen soll. Dort holt sie einen Ausweis aus ihrer Gesäßtasche und zieht ihn über einen elektronischen Sensor. Das Schloss piept und sie stößt die Tür auf, bis die an einem Hindernis hängen bleibt.

»So viele Kartons.« Keegan lacht und stöhnt gleichzeitig.

Ich stecke den Kopf in den Raum. Er ist bis unter die Decke mit alphabetisch beschrifteten Kartons und Archivschränken gefüllt.

»Moment«, sage ich. »Das hier ist doch eine Computerfirma. Erledigen Sie nicht alles elektronisch?«

»Das stimmt.« Keegan zwinkert mir zu. »Sie sollen auch keine herkömmliche Ablage machen. Ihre Aufgabe ist es, all diese Dokumente einzuscannen und dann virtuell zu archivieren.«

»Und wofür sind dann die Aktenschränke?«

»Wenn Sie die Dokumente gescannt und archiviert haben, stopfen Sie einfach alles dort rein.«

»Oh, okay. Also ohne ein bestimmtes System?« Ich brauche genauere Angaben.

»Genau, allerdings müssen Sie die Dokumente in alphabetischer Reihenfolge zurücklegen.«

Ich beiße mir auf die Zunge und zwinge mich, ruhig zu atmen. Ist ihr denn nicht klar, dass genau das die Definition von »ablegen« ist?

Ich balle die Hände zu Fäusten. Worte können nicht beschreiben, wie sehr ich mich darüber freue, vier Jahre an der Oregon State University Wirtschaft studiert zu haben, damit ich jetzt Akten scannen und ablegen kann, während meine vierundzwanzigjährige Chefin mir dabei zusieht.

Beim leisen Geräusch ihres Handys auf dem Schreibtisch horcht sie auf. Sie sieht an mir vorbei, wie ein Hund, der darauf trainiert wurde, auf jedes Handygeräusch zu reagieren.

Keegan legt mir ihre knochige Hand auf die Schulter. »In Ordnung, meine Liebe, fangen Sie einfach in der Ecke dort drüben bei A-C an und sagen Sie mir Bescheid, falls Sie Fragen haben.«

Ich nicke und sie stolziert davon. Ihre schwindelerregend hohen Stilettos klackern auf dem gebeizten Betonboden. Es besteht keinerlei Zweifel daran, dass dieses Büro von einem Mann entworfen wurde.

Ich schnappe mir den ersten Karton, hebe ihn an und schiebe mein Knie darunter, bis ich ihn richtig zu fassen kriege. Er ist schwer und wiegt vermutlich genauso viel wie mein Achtjähriger. Ich schleppe das Ding zu meinem Schreibtisch und will Keegan gerade nach dem Weg zum Scanner/Kopierer fragen, aber sie hat die Füße auf den Schreibtisch gelegt und quasselt ins Telefon.

Also stelle ich den Karton auf meinen Schreibtisch und warte, bis sie ihr Gespräch beendet hat. Eine Minute vergeht, dann eine zweite, und es sieht nicht so aus, als ob sie in nächster Zeit fertig würde. Nach einer Weile hält sie sich das Handy an die Brust.

»Brauchen Sie irgendwas, Mary?«, fragt sie.

Ich räuspere mich. »Maren.«

»Wie bitte?«

»Mein Name ist Maren.« Sie wirft mir einen rehäugigen Blick zu. »Ich wollte fragen, wo der Scanner ist.«

Sie beugt sich vor. »Ach ja, richtig. Den Flur entlang und dann links. Vierte Tür. Der Code lautet 48 275.«

»Können Sie mir das vielleicht aufschreiben?« Ich lächle frustriert.

Keegan reißt ein neonpinkfarbenes Post-it von einem Block auf ihrem Schreibtisch, kritzelt hastig die Nummer darauf und reicht sie mir.

»Und wo soll ich die Dokumente nach dem Scannen speichern?«, erkundige ich mich.

»Schicken Sie sie einfach per Mail an general at Starfire Industries dot com«, erwidert sie und atmet betont aus, als ob es sie nervt, dass ich keine hellseherischen Fähigkeiten besitze.

Ich bedanke mich, aber sie ist schon wieder in ihr Gespräch vertieft und hat sich in ihrem Schreibtischstuhl umgedreht, sodass mir jetzt ihr Rücken zugewandt ist. Ich bleibe nicht länger, um mir den Bericht über ihr Wochenende anzuhören. Mit dem schweren Karton unterm Arm mache ich mich auf den Weg zum Kopierraum.

Zwei Stunden später habe ich erst einen sehr kleinen Bruchteil der Dokumente geschafft und mein Magen beginnt zu knurren. Ich hätte mehr frühstücken sollen, aber heute Morgen war es mir wichtiger, pünktlich meine neue Stelle anzutreten als darüber nachzudenken, ob ein Blaubeermüsliriegel mich bis zur Mittagspause über Wasser hält.

Ich lasse den Karton zurück und marschiere zurück ins Büro, wo ich von der Tür aus beobachte, wie Keegan mit leerem Blick ihren Computerbildschirm betrachtet.

Nach einem Räuspern warte ich darauf, dass sie aufsieht, doch sie ist viel zu vertieft.

»Keegan?«, mache ich mich bemerkbar. »Gibt es hier irgendwo einen Verkaufsautomaten? Einen Pausenraum oder etwas in der Art?«

Sie zuckt zusammen und schlägt sich die Hand vor die Brust. »Oh Gott, Mary. Sie haben mich erschreckt.«

»Maren«, korrigiere ich sie, diesmal nur flüsternd, weil ich sowieso nicht glaube, dass sie zuhört.

»Der Pausenraum ist ein Stockwerk höher«, erklärt sie. »Nehmen Sie den Fahrstuhl und gehen Sie dann nach rechts. Nicht nach links! Dort ist die Chefetage. Halten Sie sich von dort fern. Der Oberboss gibt sich sowieso nicht mit uns ab.« Keegan verdreht die Augen. »Er ist der Meinung, dass dieses Unternehmen eine gut geölte Fortune-500-Maschine ist und er nicht mit ›Kleinigkeiten‹ belästigt werden sollte.« Seufzend wickelt sie sich eine zweifarbige Haarsträhne um den Zeigefinger. »Er hat für niemanden außer für die Programmierer und die Marketingabteilung Zeit. Alle anderen sind Luft für ihn.«

Sie lässt sich die Strähne über die Schulter fallen und wendet sich wieder ihrem Computer zu. Ich hole einen Fünfdollarschein aus meiner Tasche in der unteren Schreibtischschublade.

Einige Minuten später verlasse ich im neunten Stock den Fahrstuhl. Hier oben ist es dunkler und auch ruhiger. Vor mir steht ein silberfarbener Empfangstresen und dahinter erstreckt sich ein Labyrinth an Fluren und Bürotüren. Ein strahlender Bronzestern, das Logo von Starfire Industries, ist hinter dem Tresen an der Wand befestigt. Die Empfangssekretärin sieht auf, doch sie telefoniert. Ich finde den Pausenraum und verschlinge dort mehr Junkfood aus dem Automaten, als mir lieb ist, bevor ich mich auf den Rückweg mache.

Im Magen spüre ich jetzt einen Knoten, der zu gleichen Teilen aus Grauen und Zucker besteht. Der Gedanke, geradewegs hinaus zum Parkplatz zu gehen und nie mehr wiederzukommen, schießt mir nicht nur einmal, sondern sogar zwei Mal durch den Kopf.

Ich bin völlig überqualifiziert für diese Aufgabe, und allein für ein Viertel des ersten Kartons habe ich zwei Stunden gebraucht. Es wird Monate dauern, alles zu scannen und zu archivieren.

Aber so ist das Leben. Und ich bin erwachsen, eine realistische Erwachsene, und werde tun, was getan werden muss.

Wenn ich Glück habe, laufe ich eines Tages vielleicht den Entscheidern da oben über den Weg. Dann wird ihnen hoffentlich auffallen, dass Maren Greene um einiges kompetenter ist als die Personalchefin Keegan Wie-heißt-sie-gleich-nochmal.

5. KAPITEL

Dante

»Du hättest mir sagen sollen, dass deine Wohnung renoviert wird.« Mein jüngerer Bruder Cristiano steht vor meinem Hotelzimmer im Noir, eine vollgepackte Reisetasche über der Schulter. »Wie geht's, *fratellone*?«

»Schön dich zu sehen, Cristiano, alter Weltenbummler.« Ich lege einen Arm um ihn. »Komm rein, leg die Füße hoch. Möchtest du was trinken?«

Nachdem er seinen Abschluss in Jura gemacht und festgestellt hatte, dass er doch lieber kein Anwalt sein wollte, war er den Großteil des Jahres mit dem Rucksack unterwegs.

»Wie ich sehe, nimmst du dir immer noch freitags frei«, zieht er mich auf, lässt seine Tasche fallen und geht hinüber zur Minibar. Seine Haare sind länger als beim letzten Mal und seine Haut weist einen dunkleren Bronzeton auf als sonst.

»Und wie *ich* sehe, bist du immer noch ohne festen Wohnsitz.«

»Gut gekontert. Ja, Couchsurfing ist die beste Art, was von

der Welt zu sehen«, erklärt er, schraubt eine kleine Whiskyflasche auf und schnüffelt daran. »Puh. Starkes Zeug.«

Ich deute auf die Tür. »Ich war gerade auf dem Weg zum Fitnessstudio. Ich bin zum Racquetball verabredet. Möchtest du mitkommen?«

Cristiano schüttelt den Kopf, streift die staubigen Turnschuhe ab, kriecht in mein Bett und legt die Hände unter den Kopf. »Nein, ich bleibe eine Weile hier. Vielleicht mache ich zur Abwechslung mal ein Schläfchen in einem richtigen Bett. Ich war den ganzen Tag lang unterwegs. Wollen wir später um die Häuser ziehen?«

»Klar.« Ich schnappe mir meine Brieftasche und den Autoschlüssel von der Kommode und blicke zum fünfzehnten Mal heute auf mein Handy. »Das können wir gern machen.«

Ich verspüre dauernd den Drang, Maren eine SMS zu schreiben und die Sache weiterzuspinnen. Ich möchte dort weitermachen, wo wir aufgehört haben, doch meine innere Stimme sagt mir, dass diese Gelegenheit verstrichen ist. Sie hat angeklopft und Maren hat sie mit einem lauten »Nein« abgewiesen.

Um ehrlich zu sein, ich habe nicht die geringste Ahnung, wie es weitergegangen wäre.

Alles wäre möglich gewesen.

Wir werden es nie erfahren.

Einige Minuten später stehe ich vor dem Hotel Noir unter der nachtschwarzen Markise und warte darauf, dass der Parkservicemitarbeiter mein Auto vorfährt. Normalerweise bin ich kein Fan vom Parkservice, aber in der Innenstadt von Seattle einen Parkplatz zu finden ist eine Kunst, und da es hier zum Hotelservice gehört, mache ich eine Ausnahme.

Der Fahrer stellt mein Auto vor dem Eingang ab und ich stecke ihm ein Trinkgeld zu, bevor ich mich hinters Lenkrad setze. Einen Moment bevor ich den Gang einlege, vibriert mein Handy, und verrückterweise setzt mein Herzschlag eine Sekunde lang aus.

KOMMST DU JETZT ODER NICHT?

Es ist mein Racquetballpartner Ridley.

Wer sonst?

Ich muss über mich lachen. Es ist schon lustig, dass ich auch nur einen Augenblick lang geglaubt habe, Maren würde mir noch mal schreiben. Warum sollte sie das tun? Ich habe sie abgefertigt wie ein Blödmann, der unbedingt das letzte Wort behalten muss.

Ich antworte Ridley, dass ich unterwegs bin, und fahre in westlicher Richtung davon. Ich brauche jetzt eine gute Stunde Schwitzen, Stöhnen und Bälleschlagen, was sich obszön anhört, aber ich schwitze gern, bis ich außer Atem bin, und das muss nicht unbedingt etwas mit Sex zu tun haben. Danach werde ich nach Hause fahren, duschen und mit meinem kleinen Bruder etwas trinken gehen, denn ich sehe ihn nur einmal im Jahr. Und wenn ich es richtig anstelle, werde ich vielleicht den restlichen Tag nicht mehr dauernd an Maren denken müssen.

Aus irgendeinem verrückten Grund habe ich es den ganzen Tag über nicht geschafft, sie aus meinen Gedanken zu verbannen.

Das muss aufhören, und zwar sofort.

Es gibt keine gute Erklärung, warum sie so viel Platz in meinem Kopf einnimmt, wo sie doch nichts mit mir zu tun haben will. Und jedes Mal, wenn ich an diese Sexbombe mit der weiblichen Figur denke, erinnere ich mich auch an ihre Abfuhr.

Die war knallhart.

Es ist schon ziemlich lange her, dass mich eine Frau hat abblitzen lassen. Eigentlich kann ich mich gar nicht erinnern, wann das letzte Mal war. Auf der Highschool vielleicht?

***

Als ich endlich auf den Parkplatz einbiege, juckt es mich vor Vorfreude in den Fingerspitzen und ich sehne mich nach dem klatschenden Geräusch, das der Racquetball macht, wenn er gegen die Wand knallt. Innerhalb von zehn Minuten bin ich umgezogen und mache gerade ein paar Aufwärmübungen, als mir Ridley von seiner Ecke des Platzes aus zuwinkt.

»Na endlich. Wurde ja auch verdammt noch mal Zeit.« Ridley streicht mit dem Daumen über sein Handydisplay, liest eine Nachricht und steckt das Telefon dann in seine Sporttasche. »Ich hab schon geglaubt, du kommst nicht mehr.«

»Und warum nicht?«

»Weil ich dich letzte Woche haushoch geschlagen habe.«

»Es gibt für alles ein erstes Mal.« Ich schnappe mir einen Ball, lasse ihn einige Male auf dem Boden aufspringen und fange ihn mit der typischen Geschicklichkeit eines Amato auf. Mein ältester Bruder ist ein ehemaliger Profibaseballspieler. Sportlichkeit liegt uns in den Genen. »Ich bin hergekommen, um dich wieder zu schlagen, Rid. Damit du nicht vergisst, wer der Boss ist.«

»Ha.« Kopfschüttelnd umfasst Ridley den Griff seines

Racquetschlägers und hält den Blick fest auf den Ball gerichtet, der von der Wand abprallt und zu uns zurückfliegt. Er springt ihm entgegen und schlägt ihn geschmeidig. »Die Zeiten, wo du mal Boss warst, sind bald vorbei, wenn du mein Angebot annimmst.«

»Oh Mann«, erwidere ich grunzend und schlage den Ball, als er in meine Richtung geschossen kommt. »Warum geht es bei dir immer ums Geschäftliche?«

»Weil ich Geschäftsmann bin.« Ridley knallt den Schläger gegen den Ball. Schweiß tropft ihm von der Schläfe. Könnte allerdings auch Haargel sein. Die Haare dieses Mannes sehen immer glänzend und feucht aus und bewegen sich keinen Millimeter. Normal ist das nicht.

Statt einer Antwort folge ich dem Ball mit Blicken. Jedes Mal, wenn ich mich mit diesem Blödmann treffe, will er das Kaufangebot besprechen, das er mir letztes Jahr unterbreitet hat. Ridley ist das Kind reicher Eltern, hat zum Uniabschluss an unserer Alma Mater, der Washington State University, mehrere Millionen Dollar geschenkt bekommen und keine Zeit verschwendet, junge, aufstrebende Softwarefirmen aufzukaufen und damit stinkreich zu werden.

Mein Unternehmen ist auch erfolgreich, aber ich habe es aus dem Nichts aufgebaut. Da stecken lange Nächte und viele Arbeitsstunden drin. Harte Arbeit. Ich habe nicht aus der Arbeit von anderen Kapital geschlagen. Mein Erfolg ist nicht vom Himmel gefallen. Ridley will meine Firma.

Und er kann es nicht ertragen, dass ich sie ihm nicht verkaufen will.

Außerdem weiß ich, dass sie mehr als die lausigen zehn Millionen wert ist, die er mir dafür geboten hat.

»Bis du mir ein Angebot machst, das ich nicht ablehnen kann«, erkläre ich atemlos, »ist diese Unterredung vertagt.«

Ich schlage den Ball so fest, dass er so heftig und schnell von der gegenüberliegenden Wand abprallt, dass Ridley keine Zeit hat, zum Schlag auszuholen.

Wir spielen gewöhnlich drei Sätze; Sieger ist, wer als Erstes zwei davon gewinnt. Heute wirkt Ridley jedoch abgelenkt, regelrecht frustriert, daher bin ich sicher, dass nach zwei Sätzen Schluss sein wird.

»Hier.« Ich hole den Ball und werfe ihn zu ihm hinüber. Er rollt ihn in der Hand hin und her und bereitet sich auf seinen Aufschlag vor.

»Was gibt's Neues? Wie geht's deiner Freundin? Tierney?«

»Pff.« Ridley atmet aus, lässt den Ball springen und schlägt auf. »Wir haben Schluss gemacht. Ich hatte ihre Spielchen satt. Heiß in der einen Minute und in der nächsten eiskalt. Für so einen Scheiß habe ich keine Zeit.«

Der Ball springt von der Wand zurück und ich packe meinen Schläger fester. »Ich habe gestern Abend eine Frau kennengelernt.«

»Ach ja?« Ridley sieht zu mir herüber.

»Heiß. Teuflisch sexy. Sie war in der Bar in meinem Hotel. Ihre Freundin hat mir ihre Nummer zugesteckt.«

»Ohne Scheiß? Hast du ihr geschrieben?«

»Hab ich.«

»Und?« Ridley schlägt den Ball nur locker.

Ich erspare ihm die Details, denn von außen betrachtet muss Maren wie eine Verrückte wirken. Und ich glaube nicht, dass sie eine ist. Ich halte sie für sehr eigensinnig und vielleicht ein kleines bisschen kontrollsüchtig, aber nicht verrückt. Mit Verrückten kenne ich mich aus. Ich bin schon mit welchen ausgegangen. Sie ist keine.

»Wir haben uns eine Weile geschrieben, aber am Ende ist es im Sand verlaufen«, sage ich und mache einen weiteren Punkt. »Na komm schon, Rid, streng dich an. Das hier ist armselig.«

»Du lenkst mich ab«, beschwert er sich stöhnend. »Ich dachte, jetzt kommt eine deiner berühmten Dante-Geschichten, aber *das* war armselig. Du tust mir sogar richtig leid.«

Ich lache. Genau genommen tue ich mir selbst ein bisschen leid.

»Startest du noch einen Versuch?«, will er wissen. »Normalerweise schreckst du doch vor keiner Herausforderung zurück. Das ist mehr oder weniger dein *Modus Operandi*.«

Einen Moment lang bin ich abgelenkt und er macht einen Punkt.

»Shit.« Ich reibe mir übers Kinn, das sich ziemlich kratzig anfühlt. »Ja. Da hast du eigentlich recht.«

6. KAPITEL

Maren

Das Ticken der Standuhr im Flur füllt am Freitagabend mein leeres Haus. Es war eine anstrengende Woche, und wenn ich noch ein einziges Dokument scannen muss, fange ich an zu schreien. Aber ich habe auch einen Teil der Kartons abgearbeitet und das fühlt sich eigentlich gut an.

Mit den Fingern trommele ich auf den Beistelltisch im Wohnzimmer, nur wenige Zentimeter von einem halb gefüllten Glas Riesling entfernt. Ich weiß, dass ich mich verwöhnen sollte. Ich sollte mir einen kitschigen Liebesfilm gönnen, eine Gesichtsmaske auflegen, mir die Nägel lackieren und dann Saige anrufen und mich mit ihr zu einem mindestens zweistündigen Einkaufsbummel bei *Target* verabreden.

Doch aus irgendeinem verrückten Grund habe ich auf nichts davon Lust.

Die Jungs kamen am Montagabend zurück, waren die ganze Woche über in der Schule und sind heute Nachmittag zurück zu ihrem Dad gefahren. Das ist schon das zweite Wochenende am Stück ohne sie, aber in diesem Monat hat sich die Planung verschoben, weil mein Ex es für nötig hielt, mit seiner Freundin ein Skiwochenende in Aspen zu verbringen.

Meine Jungs sind erst wenige Stunden fort, aber sie fehlen mir trotzdem schon.

Auch, wenn sie manchmal komisch riechen und mir die Haare vom Kopf fressen.

Oder ich Streitereien zwischen ihnen schlichten muss, für die sie eigentlich viel zu alt sind.

Und jetzt sitze ich hier. Regungslos und unmotiviert.

Keine Ahnung, ob ich einfach nicht in Stimmung bin oder ob ich mich ausschließlich nach mehr Zeit für mich sehne, wenn ich keine Zeit dafür habe. So oft habe ich schon erschöpft auf diesem Sofa gelegen, nachdem ich die Kinder zum Baseball oder zum Karate gefahren und die Wäsche gemacht habe, und davon geträumt, was ich mit ein paar freien Stunden anfangen würde. Und jetzt, wo ich die habe, fühle ich mich wie gelähmt.

Ich schnappe mir das Handy und frage Saige per SMS, was sie gerade macht.

Die Antwort kommt innerhalb von Minuten: PFLICHTBEWUSSTE GASTGEBERIN SPIELEN. ROB VERANSTALTET EINE POKERPARTY. MÖCHTEST DU MIR BEIM NACHFÜLLEN DER CHIPSSCHALEN HELFEN? DAS MACHT RICHTIG VIEL SPASS. ICH HABE DIE NORMALEN NACHO CHEESE DORITOS GEGEN DIE EXTRASCHARFE VERSION AUSGETAUSCHT UND ICH MERKE, DASS ROB DAVON GENERVT IST, SICH ABER VOR SEINEN KUMPELS KEINE BLÖSSE GEBEN WILL. ICH BIN HEUTE ABEND LEICHT ZU ERHEITERN.

Ich lache und spüre einen leichten Schmerz in der Brust.

Solche Dinge habe ich früher für Nathan gemacht. Mindestens zweimal im Monat hat er eine UFC-Party für Kampfsportfans veranstaltet und für unsere Super-Bowl-Partys waren wir geradezu berühmt. Die Leute kamen für meinen Dip nach Geheimrezept extra meilenweit angereist.

Ich antworte: DANKE, ICH VERZICHTE. ABER FALLS DIR SPÄTER LANGWEILIG WIRD, KANNST DU RÜBERKOMMEN.

Drei Punkte hüpfen über das Display und dann erscheint ihre Nachricht: WÜRDE ICH JA, SCHATZ, ABER ICH BIN SCHON BIEMLICH ZETRUNKEN.

Das lässt mich laut lachen.

Ich schreibe auch meine anderen Freundinnen an, aber ich weiß, dass sie alle mit ihren Kindern, Ehemännern und gesellschaftlichen Verpflichtungen beschäftigt sind. Und wer sich mit Gia treffen will, muss das sowieso monatelang im Voraus anmelden.

MACH HEUTE ABEND ETWAS VERRÜCKTES, schreibt Saige. ICH FORDERE DICH ZU EINER MUTPROBE HERAUS.

MUTPROBEN MACHE ICH SCHON SEIT DER SIEBTEN KLASSE NICHT MEHR, antworte ich.

Saiges Erwiderung besteht aus einer Reihe Emojis. Zuerst ein Huhn, dann ein Kackhaufen. Danach ein wütendes rotes Gesicht und ein blaues Herz. Zum Schluss ein Haus und ein Häkchen. Ich kichere über diese scheinbar willkürliche Zeichenfolge, aber trotzdem verstehe ich sehr gut, was sie mir damit sagen will.

Übersetzung: »Das ist doch Hühnerkacke und macht mich sauer. Trotzdem hab ich dich lieb. Du solltest ausgehen. Meinen Segen hast du.«

Ich antworte mit zwei pinkfarbenen Herzen und blicke auf

die Uhr. Es ist neun. Was meine Jungs wohl gerade machen? Eigentlich müssten sie im Bett sein, aber Nathan versucht in letzter Zeit krampfhaft, den coolen Vater ohne Regeln zu spielen und lässt sie bei jedem Besuch essen, wann und was sie wollen, und auch ins Bett müssen sie erst gehen, wenn ihnen danach ist.

Bei ihm ist immer alles ein Wettstreit, ständig versucht er, mich zu übertrumpfen. Manchmal glaube ich, er hat vergessen, dass *er mich* betrogen hat. All das hat er ausgelöst, nicht ich. Keine Ahnung, was er glaubt, beweisen zu müssen. Ich habe versucht, mit ihm über Routine und Regeln zu reden, und auch betont, wie wichtig diese Dinge bei geteiltem Sorgerecht sind. Nathan sagt mir immer das, was ich hören will, und hält sich dann doch nicht an seine Versprechen.

Wochenlang habe ich vorgeschlagen, dass wir uns professionell beraten lassen, um zu lernen, wie wir als getrennte Eltern am besten unsere Kinder erziehen können. Hier geht es nicht um uns, es geht um die Jungs. Doch Lauren, die Frau, die mich ersetzt hat, hat ihm das offensichtlich ein übers andere Mal ausgeredet. Bisher habe ich sie nicht kennengelernt, weil Nathan befürchtet, dass ich ihr etwas Unbesonnenes an den Kopf werfen könnte, aber mein Bauchgefühl verrät mir, dass sie sich von mir bedroht fühlt und daher die Zeit und Aufmerksamkeit nicht teilen will, die sie mir so furchtlos gestohlen hat.

Hat die eine Ahnung!
Ich will Nathan nicht. Nicht mehr.
Er gehört ganz ihr.
Sie kann ihn haben.
Ich habe mich innerlich genau in dem Moment von ihm

verabschiedet, als ich ihre Nachrichten auf seinem Handy entdeckte und den »Oh Shit«-Ausdruck in seinem Gesicht sah, als ihm klar wurde, dass ich ihn erwischt hatte.

Ich will lediglich das Beste für unsere Kinder, die wir schließlich gemeinsam in die Welt gesetzt haben.

Irgendwann werde ich Lauren kennenlernen, und dann werde ich ihr das sagen, was gesagt werden muss. Aber auf eine so erwachsene Art wie möglich.

Weil vernünftige Menschen das so machen.

Ich weiß nicht genau, wie alt Lauren eigentlich ist. Beck behauptet, sie wäre zwanzig, aber das kann nicht stimmen. Ein anderes Mal habe ich Dash gefragt, für wie alt er sie hält, doch er hat nur mit den Schultern gezuckt, als wäre er zu cool, um sich dafür zu interessieren, und fände die Frage sowieso total unwichtig. Dabei war ich nur neugierig.

Die Jungs mögen sie. Sehr.

Normalerweise bin ich nicht eifersüchtig, aber manchmal durchzuckt es mich wie ein glühender Pfeil, wenn ich sie über Lauren reden höre. Meistens zwinge ich mich dann zu einem Lächeln und wechsle das Thema.

Mir bleibt keine andere Wahl, als mich mit meiner neuen Realität abzufinden, so chaotisch und kompliziert sie auch sein mag, und mich auf die Dinge zu konzentrieren, die ich tatsächlich kontrollieren kann.

Lauren kann ich nicht kontrollieren.

Ich kann nicht kontrollieren, dass sie Nathan mit der einen Hand fest im Griff hat und ihr meine Jungs aus der anderen fressen. Sie kann meinen abgelegten Mann gern haben, aber Gnade ihr Gott, falls meine Söhne irgendwann auch nur andeuten sollten, dass sie sie lieber haben als mich.

Ich kuschle mich in die Couchkissen und ziehe am Saum meines Laufshirts. Den ganzen Tag über habe ich Leggings getragen, und das hat sich super angefühlt. Vielleicht sollte ich das öfters tun.

Ich lasse meine Gedanken schweifen, und nachdem mir alles Mögliche durch den Kopf geschossen ist, kehren sie zu dem Mann aus der Bar von vergangener Woche zurück. *Dante*. Das gesamte letzte Wochenende über habe ich an ihn gedacht, und den Großteil der Woche war ich frustriert, weil er sich nicht noch einmal bei mir gemeldet hat.

Vielleicht liegt die Schuld zum Teil bei mir. Bei unserem Gespräch habe ich mich nicht unbedingt vor Freundlichkeit und Begeisterung über seine Kontaktaufnahme überschlagen. Aber verdammt, ich wollte den Rest seiner Geschichte hören. Ich musste unbedingt wissen, was als Nächstes passiert. Er hat sich gerächt, indem er mich auf dem Trockenen sitzen gelassen hat. Der Mann ist definitiv kein Amateur und macht das offensichtlich nicht zum ersten Mal.

Und genau deshalb fange ich nichts mit jüngeren Männern an.

Sie sind manipulativ.

Spielen Spielchen.

Aber zum Spielen bin ich zu alt.

Für so was hab ich keine Energie. Ich muss mich um ein Haus kümmern und meine Söhne erziehen. Und mich bei meiner vierundzwanzigjährigen Chefin einschleimen.

Ha.

Ich nehme die Fernbedienung vom Couchtisch, scrolle durch die Senderliste und entscheide mich für einen Fernsehfilm über eine Psychonanny, weil mir heute Abend nach

Schund ist. Als gerade der Vorspann läuft, geht eine SMS auf meinem Handy ein. Ich setze mich auf und lese.

NATHAN: DASH HATTE EINEN UNFALL. WIR TREFFEN UNS IN DER NOTAUFNAHME VOM GRACETOWN HOSPITAL.

Mein Herz klopft wie wild und meine Gedanken wirbeln herum wie Blätter im Herbststurm. Ich rase von der Couch in die Küche, werfe das Handy in meine Handtasche und reiße den Autoschlüssel vom Haken neben der Hintertür.

Eine Minute später steigen mir heiße Tränen in die Augen und erschweren mir die Sicht, doch ich lasse den SUV an und drücke auf den Garagentüröffner an der Sonnenblende über meinem Kopf. Erst als ich mit dem rechten Fuß aufs Bremspedal trete, fällt mir auf, dass ich barfuß bin.

Auf dem Rücksitz entdecke ich ein Paar Baseballschuhe von Dash. Sie sind dreckig und stinken, aber er hat große Füße und sie könnten mir passen. Ich werde sie anziehen, sobald ich beim Krankenhaus bin. Nur Sekunden später rase ich aus der Einfahrt, die Sycamore Street hinab und versuche mich zu erinnern, wie man von hier zum Gracetown Hospital kommt. Meine Jungs sind nie krank oder verletzt. Ich bin sehr stolz darauf, dass sie die gesündesten, unfallfreiesten Kinder diesseits des Mississippi sind.

Mit vor Anspannung weißen Fingerknöcheln umklammere ich das Lenkrad. Unterwegs entdecke ich einige Hinweisschilder und folge ihnen zum Krankenhaus. Bei meiner Ankunft dort weiß ich schon überhaupt nichts mehr von der Fahrt. Ich steuere das Auto in einen schmalen Parkplatz in der ersten Reihe und vergesse beinahe, den Gang herauszunehmen, bevor ich den Motor ausschalte.

Eine Minute später marschiere ich mit schnellen Schritten

auf die Schiebetür unter den grellroten Buchstaben NOT-AUFNAHME zu. Meine Kehle ist trocken, ich bekomme kaum Luft und kann nicht schlucken. Denken auch nicht.

Das Klacken der Stollen unter den Baseballschuhen geht mir gehörig auf die Nerven, aber ich versuche, es auszublenden. Ganz sicher sehe ich total lächerlich aus. Stollenschuhe. Leggings. Ein neonorangefarbenes Laufshirt mit einem grelllilafarbenen Sport-BH darunter. Null Make-up, dicke Bibliothekarinnenbrille. Meine Frisur besteht aus einem unordentlichen Haarknoten auf dem Kopf.

Aber all das ist unwichtig.

Ich muss Dash finden.

Am Empfangstresen begrüßt mich die überlastete Rezeptionistin mit einem müden Blick.

»Kann ich Ihnen helfen?«, fragt sie mit Roboterstimme.

»Ja«, bestätige ich schwer atmend. »Ich bin Maren Greene. Dashiell Greenes Mutter.«

Sie antwortet nicht. Blinzelt nicht mal.

»Er ist hier. Mein Mann – mein Exmann – hat gesagt, er wäre hier. Ich muss zu ihm. Wo ist er? Ich will zu ihm.« Meine Worte sind panisch, aber nicht halb so panisch wie der unkontrollierte Herzschlag in meiner Brust.

Die Rezeptionistin gähnt, greift langsam nach der Computermaus und blickt dann mit zusammengekniffenen Augen auf den Bildschirm vor sich.

Ungeduldig tippe ich mit den Stollenschuhen auf den Fliesenboden. Um mich herum sitzen wartende Patienten, manche stehen kurz vorm Einschlafen, einige umklammern ihre Gliedmaßen und andere starren mit ausdruckslosem Blick auf den Fernseher in der Ecke.

Ich trommele auf den Tresen und starre die Rezeptionistin eindringlich an, als könnte ich sie dadurch zur Eile bewegen.

»Wie heißt er noch mal?«, fragt sie.

»Dashiell«, wiederhole ich. »Mit Doppel-L.«

Sie tippt den Namen mit beiden Zeigefingern ein und kneift die Augen zusammen. »Ich finde nichts.«

»D-A-S-H-I-E-L-L«, buchstabiere ich langsam und betone jeden Buchstaben überdeutlich.

»Oh.« Die Frau schlägt sich die Hand vor den Mund. »Ich hatte das I nicht eingegeben.«

»Das I ist stumm«, erkläre ich.

Sie tippt den Namen erneut ein und schüttelt dann den Kopf. »Ich finde ihn trotzdem nicht.«

»Zeigen Sie mal.« Ich lege mir die Hand an die Stirn. »Bei Greene fehlt noch das E am Ende.«

»Gibt es hier ein Problem?«, fragt eine Männerstimme hinter mir. Der autoritäre Ton sorgt dafür, dass sich die Rezeptionistin ein wenig aufrechter hinsetzt. Ich beobachte, wie sie ihn anstarrt, und drehe mich um, um zu sehen, welcher Ritter gerade zu meiner Rettung herbeigeeilt ist.

Mein Blick hält seinen fest und einige endlose Sekunden lang erstarrt alles um mich herum. Seine smaragdgrünen Augen werden von dunklen Wimpern umrahmt.

»Maren«, sagt er. »Dachte ich mir doch, dass du das bist.«

Mein Herzschlag dröhnt und übertönt meine Gedanken. Ich habe völlig vergessen, warum ich hier bin.

»Dante.«

Obwohl ich ihn an dem Abend neulich nicht aus der Nähe gesehen habe, zumindest nicht so nah, weiß ich, dass er es ist.

»Alles okay?«, will er wissen.

»Mein Sohn ...«, setze ich an. »Er ist hier. Ich versuche, ihn zu finden.«

Dante zieht die dunklen Brauen zusammen und blickt an mir vorbei zur Rezeptionistin. »Und warum können Sie ihr nicht sagen, wo er ist?«

»Ich glaube, sie schreibt seinen Namen falsch«, murmele ich leise.

Er geht an mir vorbei und nimmt sich einen Stift und einen Zettel mit Xanax-Logo vom Schreibtisch der Frau.

»Hier.« Er reicht mir beides. »Schreib seinen Namen auf. Ich bleibe, bis du weißt, wo er ist.«

Als ich fertig bin, schiebt sich die Rezeptionistin die toupierten blonden Haare hinter die Ohren und reißt mir den Zettel aus der Hand. Diesmal tippt sie schneller und eine Minute später erhellt sich ihre Miene.

»Er ist in Zimmer zweiunddreißig«, sagt sie.

»Na siehst du.« Dante lächelt und ich spüre seine warme Hand auf meinem Rücken. Einen Moment lang frage ich mich, wie lange sie wohl schon dort liegt. Alles fühlt sich momentan sehr surreal an und ich habe Mühe, das alles zu verarbeiten. Reizüberflutung.

»Da... danke«, stottere ich und suche nach der Tür, die mich aus dem Wartebereich und näher zu meinem Sohn bringt.

Dante nickt, die Hände in die Hüften gestützt. Alles ist ein wenig verschwommen, doch ich erkenne, dass er eine schmale graue Hose mit schwarzem Gürtel und ein weißes Hemd trägt. Er lächelt ein wenig und sein Blick hält meinen fest.

Ich habe keine Zeit, um ihn zu fragen, warum er hier ist und ob es ihm gut geht. Ich nehme es einfach an, er sieht nicht gerade krank aus. Bevor ich weiß, wie mir geschieht, stehe ich vor Zimmer zweiunddreißig und entdecke den vertrauten Fuß meines ältesten Sohns, der nackt unter einer weißen Krankenhausdecke auf einer Liege herausschaut.

»Oh Gott!« Ich eile ins Zimmer. »Nathan, was ist passiert?«

Mein Sohn blickt mit seinen dunklen Augen ernst zwischen seinem Vater und mir hin und her. Er scheint soweit in Ordnung zu sein – er lebt, ist bei Bewusstsein. Das sind gute Zeichen. Ich mustere ihn von oben bis unten und bleibe mit dem Blick an dem riesigen Eisbeutel auf seinem linken Knöchel hängen.

Zum Glück nichts Schlimmeres.

»Dash, möchtest du deiner Mutter vielleicht erzählen, was heute Abend geschehen ist?« Nathan schlägt einen strengen Ton an, aber ich weiß, dass es nur Show ist.

Dash leckt sich über die Lippen und wendet beschämt den Blick ab.

»Was ist passiert, Schatz?«, frage ich und setze mich neben sein Bett. Ich nehme seine Hand in meine, und da ist überhaupt kein Größenunterschied mehr. Falls überhaupt, sind seine Hände sogar ein kleines bisschen größer als meine. Wann ist das denn passiert? Ich streiche ihm die dunklen, welligen Haare aus dem Gesicht und beuge mich vor. »Erzähl's mir.«

Mein Sohn schaut noch einmal hinüber zu seinem Dad und dann wieder zu mir. »Beck war in meinem Zimmer. Er hat mein iPad genommen. Also bin ich in sein Zimmer rüber, um es ihm wieder abzunehmen, und er hat mich den Flur entlanggejagt, bis ich über das Geländer gesprungen bin. Eigentlich wollte ich auf dem Sofa landen, aber ich habe mich verschätzt. Stattdessen bin ich auf dem linken Fuß aufgekommen.«

Nathan lacht. »So sind Jungs nun mal.«

»Und wo warst du in dieser Zeit?«, fahre ich ihn an und werfe ihm einen bösen Blick zu.

Er hebt abwehrend die Hände. »Mensch, Maren, sie sind keine Babys mehr.«

»Richtig. Es sind Kinder. Und die müssen beaufsichtigt werden.« Ich wende mich wieder meinem Sohn zu. »Bei mir wäre das nicht passiert.«

»Jetzt geht das wieder los«, murmelt Nathan.

»Wo ist Beck?«, will ich wissen, obwohl ich die Antwort darauf längst kenne.

»Zu Hause, mit Lauren.«

»Liegt er im Bett?« Ich sehe hinüber zur Uhr an der Wand. Es ist beinahe halb zehn. »Denn das sollte er.«

»Keine Ahnung.« Nathan macht sich nicht die Mühe, die Gereiztheit in seiner Stimme zu verstecken.

»Die Jungs brauchen Ordnung und Aufsicht und Regeln«, erkläre ich durch zusammengepresste Zähne. Das ist das Muttertier in mir. Sobald es hervorgekommen ist, kann man es kaum wieder zurück in seinen Käfig sperren.

»Mom.« Dashs gequälter Blick besänftigt mich sofort. Ihm zuliebe gebe ich Ruhe. Es tut mir weh, ihn mit Schmerzen zu sehen und zu wissen, dass man das hätte verhindern können.

»Tut mir leid, Schatz.« Ich streiche ihm über den Kopf und gebe ihm einen Kuss auf die Stirn. »Wie fühlst du dich?«

»Es tut weh«, gibt er zu. »Aber das Eis hilft.«

»Bist du schon geröntgt worden?«, will ich wissen.

»Nein«, antwortet Nathan. »Sie müssten jeden Moment kommen, um ihn zu holen.«

»Mom?«, fragt Dash mit hochgezogenen Augenbrauen.

»Ja?«

»Hast du … hast du meine Baseballschuhe an?« Er versucht, ein Grinsen zu unterdrücken.

Lachend blicke ich an mir herab. »Ja, ja, das hab ich. Ist das okay, Dash?«

»In Ordnung, wir sind jetzt für Sie bereit, Mr Dashiell«, verkündet eine Krankenschwester von der Tür her. Sie kommt herein und schiebt den weißen Vorgang zur Seite. »Dann wollen wir uns den Knöchel mal ansehen.«

»Ich bin hier, wenn du zurückkommst«, verspreche ich, küsse meine Fingerspitzen und winke ihm hinterher.

Nathan nickt ihm zu und zieht dann sein Handy aus der Tasche. Vermutlich schickt er Lauren jetzt ein Update, als ob Dashs Knöchel sie auch nur ansatzweise interessieren würde.

Ich werfe mir den Riemen meiner Handtasche über die Schulter und gehe auf den Flur hinaus, um einen Verkaufsautomaten zu suchen. Dash liebt Snickers, und falls ich einen dieser Riegel für ihn auftreiben kann, wird ihm das vielleicht bei seiner Rückkehr ein kleines Lächeln entlocken.

Vermutlich sollte ich ihn für seinen bescheuerten Stunt nicht auch noch belohnen, aber ein verstauchter oder gebrochener Knöchel ist Bestrafung genug. Außerdem gebe ich immer noch Nathan die Schuld daran. Er hätte auf die Jungs aufpassen müssen, statt sie in seinem lächerlich großen Protzhaus einfach machen zu lassen, was sie wollen.

In meinen auffällig lauten Stollenschuhen marschiere ich den Flur entlang und entdecke am Ende des Ganges einige

Automaten. Schon beim Laufen fische ich in meiner Tasche nach Geld und hole einen Dollarschein und ein wenig Kleingeld hervor. Sobald ich die Maschine erreicht habe, beginne ich meine Suche nach den Snickers.

»D7«, murmele ich leise vor mich hin, werfe das Geld ein und drücke die Knöpfe. Der Riegel fällt problemlos nach unten und ich bücke mich, um ihn herauszuholen. Das Gefühl, die Mutter des Jahres zu sein, hält nur ungefähr zwei Sekunden lang an. Als ich aufstehen will, fällt mein Blick auf zwei glänzende schwarze Anzugschuhe und es schnürt mir die Kehle zu. Räuspernd richte ich mich auf und suche seinen Blick. »Dante.«

»Maren.«

Himmel, ich liebe die Art, wie er meinen Namen ausspricht. Tief und kehlig.

»Hast du Hunger?«, erkundigt er sich.

»Der ist für Dash«, erkläre ich lächelnd. Ich schiebe mir die Brille hoch und rufe mir in Erinnerung, wie ich aussehe. Hitze steigt mir in die Wangen. Ich bin eine selbstbewusste Frau – meistens jedenfalls –, aber dass ich in so schlampigem Aufzug vor einem Mann stehe, der aussieht wie aus einem Katalog entsprungen, kratzt an meinem Selbstvertrauen. Schließlich bin ich auch nur ein Mensch.

»Wie geht es ihm? Ist alles okay?«

»Ja, das wird wieder. Danke. Er hat sich bei einem Streit mit seinem Bruder am Knöchel verletzt.«

Dantes Lippen, die – wie mir jetzt auffällt – weich und voll und von einem Anflug von Bartschatten umrahmt sind, verziehen sich zu einem Lächeln. »Ich weiß, was du meinst. Ich bin mit einem ganzen Haus voller Brüder aufgewachsen.

Einige Jahre lang haben wir praktisch in der Notaufnahme gewohnt.«

»Was ist mit dir?«, frage ich. »Ist bei dir alles okay?«

Sein Lächeln verblasst und er verdreht die smaragdgrünen Augen. »Ja. Mein kleiner Bruder war der Meinung, dass der heutige Abend bestens dazu geeignet ist, sich in einer Bar mit einem besoffenen Blödmann anzulegen, der etwas gesagt hat, was ihm nicht gefiel.«

»Geht's ihm gut?«

Dante nickt. »Gebrochene Nase, aber die wird gerichtet. Einige Tage lang wird er noch ein blaues Auge mit sich rumtragen und dann ist er wieder so gut wie neu.«

Aus dem Augenwinkel bemerke ich eine Bewegung über Dantes Schulter hinweg. Als ich aufblicke, entdecke ich Nathan, der uns aus einiger Entfernung beobachtet. Ich versuche, nicht zu lächeln, aber insgeheim gefällt es mir, dass er so neugierig ist.

Es gibt eine Karmagöttin und heute Abend steht sie auf meiner Seite.

Nathan bleibt auch weiterhin reglos dort stehen, das Gesicht verzogen und das Handy in der Hand.

»Ich sollte besser zurückgehen. Ich habe Dash versprochen, da zu sein, wenn er zurückkommt. Alles Gute für deinen Bruder.« Ich lächle Dante an, drücke mich an ihm vorbei und marschiere in den schmutzigen, stinkenden Baseballschuhen meines Sohnes davon wie eine Königin.

Falls dieser Mann jemals mit mir ins Bett wollte, hat er seine Meinung jetzt garantiert geändert.

Nun ja.

Zumindest hat es Spaß gemacht, mit ihm zu reden.

Auf dem Weg zurück zu Dashs Zimmer gehe ich an Nathan vorbei, der mir mit entgeisterter Miene folgt.

»Wer war das?«, will er wissen, sobald wir den Raum betreten haben, genau wie ich es vorausgeahnt habe.

Ich verkneife mir ein Lächeln und antworte lediglich: »Nur ein Bekannter.«

Nathan steckt das Handy ein, setzt sich auf den Besucherstuhl und mustert mich. »Ach ja? Wie heißt er?«

»Ist das wirklich wichtig?« Ich gebe meiner Stimme einen sinnlichen Klang.

Mein Ex räuspert sich und setzt sich auf. »Ja? Wie habt ihr euch kennengelernt? Benutzt du etwa diese, diese Dating-App? Swiper oder wie die heißt?«

»Über Saige«, erkläre ich. Es stimmt zur Hälfte, also ist es nicht wirklich gelogen. Außerdem ist es völlig in Ordnung, ihn anzulügen, weil er mich während der letzten Jahre unserer Ehe nach Strich und Faden betrogen hat.

Nathan lacht arrogant, als fände er es urkomisch, dass ich mit jemandem rede, den ich durch Saige kennengelernt habe. Er lehnt sich zurück und verschränkt die Arme vor der Brust. Den Greene-Männern liegt die Arroganz im Blut, habe ich im Lauf der Jahre festgestellt. Und sie halten sich für klüger als alle anderen. Nathans Vater ist genauso, seine älteren Brüder ebenfalls. Deshalb achte ich sehr darauf, dass sich meine Söhne eher an ihren kubanischen Wurzeln orientieren, wenn es um Charakterfragen geht.

»Wir sind wieder da!« Dashs Krankenschwester schiebt seine Liege durch die Tür. »Gute Nachrichten, der Knöchel ist nur verstaucht. Der junge Mann hatte viel Glück.«

»Gott sei Dank!« Sobald die Schwester das Bett arretiert

hat, stelle ich mich daneben. »Dash, mein Junge, mach das bloß nie wieder!«

Dash lächelt mich erleichtert an und nickt. »Versprochen.«

»Ich werde Beckett noch mal sagen, dass er dir nicht deine Sachen wegnehmen darf«, wirft Nathan ein, als ob er plötzlich versucht, einen Preis als bester Vater zu gewinnen. »Ihr beiden müsst euch besser vertragen. Früher standet ihr euch so nah. Was ist passiert?«

Die Scheidung ist passiert, möchte ich ihm am liebsten sagen. Das Leben unserer Söhne wurde auf den Kopf gestellt. Sie verarbeiten es durch auffälliges Benehmen und das ist ein Schrei nach Hilfe, aber sicher wird Nathan das wieder abtun und mir sagen, dass es nun mal Jungs sind.

Schnaubend verdrehe ich die Augen. Dass Nathan mir mal recht gibt, wird nie passieren.

»Ich hab was für dich.« Ich hole das Snickers aus meiner Tasche und reiche es Dash. Sein Gesicht leuchtet auf.

»Danke, Mom.«

»Gern geschehen.«

»Wir verbinden seinen Knöchel«, erläutert die Krankenschwester. »Halten Sie sich an die PECH-Regel: Pause, Eis, Compression, Hochlagern.«

Wir lauschen den Instruktionen, die sie uns mit auf den Weg gibt. Oder genauer gesagt, ich lausche. Nathan sieht ständig auf sein Handy und tut nur so, als ob er zuhört. Einige Minuten später bringt die Schwester einen Rollstuhl und fordert Nathan auf, Dashs Entlassungspapiere am Empfangstresen abzuholen.

»Kommst du zurecht, Schatz?« Ich streiche Dash noch mal die Haare aus dem Gesicht. Ich umsorge ihn gern und dazu bietet sich mir kaum noch Gelegenheit. Je älter er wird, desto weniger cool ist es, seine Mom für was anderes als saubere Klamotten und warme Mahlzeiten zu brauchen.

»Ja, Mom. Fahr nach Hause. Mir geht's gut.« Er setzt sich in seinem Rollstuhl auf und für einen Sekundenbruchteil sehe ich keinen kleinen Jungen, sondern einen jungen Mann. Er ist so tough, so stark. Und ich liebe ihn so sehr, dass mir das Herz wehtut. Ich wünschte, ich wäre diejenige, mit der er heute Abend nach Hause fährt.

»In Ordnung. Wir sehen uns in einigen Tagen«, sage ich und werfe ihm einen Luftkuss zu, weswegen er feuerrot wird. Ich habe ihn vor all diesen heißen Krankenschwestern total blamiert und das bringt mich zum Kichern.

Als ich einige Minuten später zum Parkplatz gehe, machen meine Schuhe ein schlurfendes Geräusch auf dem schwarzen Asphalt. Ich wühle nach dem Schlüssel und drücke auf den Türöffner. Die Scheinwerfer leuchten zweimal auf.

Leise Schritte hinter mir wecken meine Aufmerksamkeit und aus dem Augenwinkel erkenne ich den Umriss eines Mannes, der nur wenige Meter hinter mir geht. Als ich mich umdrehe, um einen besseren Blick auf ihn zu erhaschen, muss ich ein Lächeln unterdrücken.

Ich verlangsame meinen Schritt. »Man könnte beinahe glauben, dass du mich verfolgst.«

Ich höre ihn leise lachen. »Sieht tatsächlich fast so aus.«

An einem schwarzen Sportwagen zwei Autos neben meinem leuchten die Scheinwerfer auf.

»Ich bin nur rausgekommen, um mein Handyladekabel zu holen«, erklärt er grinsend. »Wir werden wohl noch eine ganze Weile hierbleiben müssen. Wie sich herausgestellt hat, sind gebrochene Nasen nicht lebensbedrohlich, daher stehen wir ziemlich weit unten auf der Behandlungsliste.«

Er hat mich jetzt eingeholt und der Duft seines herben Aftershaves steigt mir in die Nase. Mein Magen schlägt einen Purzelbaum, aber ich zwinge mich, mir nichts anmerken zu lassen.

»Du weißt, dass ich immer noch darauf warte, den Rest deiner Geschichte zu hören.« Vor meinem Auto bleibe ich stehen. Er ebenfalls.

Grinsend dreht er sich zu mir um. »Ja, nun, ich habe darüber nachgedacht. Deshalb habe ich so lange gebraucht. Ich finde, du solltest die Geschichte beenden.«

»Ich?!« Ich zeige auf meine Brust, in der mein Herz wild klopft, und hoffe, dass er nur einen Witz macht.

»Ja«, bestätigt er. »Bei deiner Begabung fürs Geschichtenerzählen und so.«

Ich habe nicht die geringste Ahnung, wovon er spricht, und ziehe fragend eine Augenbraue hoch.

»Du weißt schon, diese lächerliche Geschichte über meine Verlobte in Kansas City, die du dir ausgedacht hast«, erinnert er mich. »Du bist kreativ. Sag du mir, was als Nächstes passiert.«

Mir glühen die Wangen. Im Flirten bin ich schrecklich schlecht und er hat ganz offensichtlich viel Erfahrung darin. Ich habe das schon lange nicht mehr machen müssen und für ihn scheint es so selbstverständlich zu sein, als läge es ihm im Blut. Und genau das ist der Grund, warum ich in mein Auto steigen und nach Hause fahren sollte, statt hier herumzulungern und kurz davor zu stehen, eine sehr leichtsinnige Entscheidung zu treffen.

»Du sagst mir, wie es weitergehen soll«, beharrt er. »Ich glaube, wir haben an der Stelle aufgehört, wo ...«

»Es ist deine Geschichte«, wehre ich mit brennenden Wangen ab. In meinem ganzen Leben habe ich nicht mal schriftlich ein obszönes Wort benutzt, geschweige denn gesagt. Schon allein beim Gedanken daran werden mir die Knie weich und mein Magen rebelliert, wie bei einem Teenager, dessen Highschoolschwarm gerade sein Tagebuch gelesen hat. Ich bin unheimlich dankbar für die Dunkelheit, die mein gerötetes Gesicht verbirgt. »Da kann ich dir doch unmöglich das Ende vorwegnehmen.«

»Maren.« Er neigt den Kopf zur Seite und mustert mich. Einen Moment lang schweigt er, dann strafft er die Schultern. »Du fürchtest dich, nicht wahr? Du hast Angst davor, was als Nächstes passiert.«

»Was? Nein.« Ich mache einen Schritt nach hinten, die Schuhe kratzen über den Asphalt, und ich stoße gegen die Motorhaube meines Autos. »Glaub mir, es gehört schon eine ganze Menge mehr dazu als ein flotter Fremder, um mir Angst einzujagen.«

Ich überlege, ob ich ihm sagen soll, dass ich zwei Kaiserschnitte, eine Scheidung und eine Blinddarmentzündung überstanden habe, und dass sein markantes Gesicht mit den Grübchen und seine muskulösen Arme mich nicht im Geringsten einschüchtern, aber dann entscheide ich mich dagegen, weil er nicht noch mehr unschöne Bilder für sein Kopfkino braucht.

Er lacht. »*Flott* hat mich bisher noch nie jemand genannt.«

Plötzlich komme ich mir alt vor. Ich habe keine Ahnung, was die Mittzwanziger heutzutage zueinander sagen. Die letzten zwölf Jahre habe ich mit der Nase in Kinderbüchern und bis zum Ellbogen in Kotze, Kacke und Windeln verbracht. Ich musste mich um wichtigere Dinge kümmern als modernen Slang.

»Hat dich schon mal jemand einen Sexbolzen genannt?«

Ich rümpfe die Nase. »Nein. Noch nie.«

Klingt anrüchig.

Und irgendwie heiß.

»Es bedeutet, dass du sexy bist«, sagt er, zuckt lässig mit den Schultern und leckt sich leicht über die Lippen. »Es ist ein Kompliment, keine Beleidigung.«

Wie ich hier so in meiner Aufmachung stehe und aussehe wie der Müll von gestern, kann ich kaum glauben, dass dieser griechische Adonis mich immer noch als »Sexbolzen« bezeichnet.

»Hat dir schon mal jemand gesagt, dass du verrückt bist?«, frage ich, gehe um mein Auto herum und öffne die Fahrertür.

Grinsend mustert er mich mit einer Eindringlichkeit, die mir den Mund trocken und das Gesicht taub macht. »Nein. Noch nie.«

»Aber das bist du. Total verrückt.« Ich kämpfe gegen ein Lächeln an, steige ein und tue so, als ob ich nicht bemerke, wie er die Hände in die Taschen schiebt und zusieht, wie ich fortfahre.

7. KAPITEL

Dante

Cristiano sitzt in einer Ecke des Wartezimmers, einen Eisbeutel auf der Nase, und wartet darauf, aufgerufen zu werden. Er ist halb eingeschlafen und halb betrunken und schnarcht ein wenig vor sich hin. Ich habe gerade mein Ladekabel in eine Steckdose gesteckt.

Seit Marens Abgang ist eine halbe Stunde vergangen. Ich weiß nicht, wie weit entfernt sie wohnt, aber ich würde wetten, sie ist noch wach.

Ich streiche über das Display meines Handys, rufe ihre Nummer auf und beginne eine Nachricht. Nach einigen Wörtern halte ich inne, weil ich nicht genau weiß, was ich sagen will. Ich weiß nur, dass ich mit ihr reden möchte.

Sie ist witzig und charismatisch. Sie sieht keinen Grund, sich für irgendwas zu rechtfertigen. Sie ist ehrlich, und sie ist verdammt sexy. Sogar in diesem verrückten Outfit mit den unordentlichen Haaren und ohne Make-up. Und am besten gefällt mir daran, dass sie nicht mal zu merken scheint, wie heiß sie eigentlich ist.

Ich tippe weiter und entscheide mich für: WILLST DU WIRKLICH WISSEN, WIE ES WEITERGEHT?

Eine Minute vergeht. Mit Adleraugen beobachte ich das Display und warte mit angehaltenem Atem.

MAREN: ICH WÜRDE GERN EINE GUTENACHTGESCHICHTE HÖREN. BITTE. DU HAST MEINE VOLLE AUFMERKSAMKEIT.

Lächelnd denke ich darüber nach, mit einem Witz über Schlafenszeiten und Gutenachtgeschichten zu antworten, aber dann fällt mir unser Altersunterschied wieder ein. Für mich ist er keine große Sache, überhaupt nicht. Aber ich weiß, dass Frauen bei so einem Thema sensibel sein können, und ich möchte keinesfalls, dass sie glaubt, ich hätte eine Art Mutter-Fetisch.

MAREN: ICH WARTE …

Cristiano schnaubt und schnarcht, wacht davon immer mal wieder auf und zuckt dann unter dem Schmerz seiner gebrochenen Nase zusammen.

»Lass das Eis drauf, Kumpel«, rate ich ihm, drücke ihm den Eispack fest in die Hand und hebe sie an sein Gesicht. Mit wild klopfendem Herzen wende ich mich danach wieder meinem Handy zu. Die Frau hat mich richtig schwer für ihre Aufmerksamkeit arbeiten lassen, und jetzt, wo ich sie habe, weiß ich nicht so recht, was ich tun soll.

Das sieht mir eigentlich überhaupt nicht ähnlich.

Normalerweise bin ich cool und gefasst, selbstsicher und schlagfertig, und jetzt sitze ich hier, sprachlos und lege alles, was ich ihr sagen möchte, auf die Goldwaage.

Ich will nicht, dass die Sache in die Hose geht.

Ich will ihr ans Höschen!

Zu gegebener Zeit natürlich.

Als ich aufsehe, fange ich den Blick einer kleinen alten Dame mit lockigen weißen Haaren auf. Sie trägt einen Strickpullover und schenkt mir das breiteste Zahnersatzlächeln, das ich je gesehen habe.

»Sie erinnern mich an meinen Urenkel Benjamin«, erklärt sie stolz.

»Äh, danke«, erwidere ich.

Sie blickt mich weiterhin lächelnd an und plötzlich kommt es mir irgendwie obszön und völlig deplatziert vor, in ihrer Gegenwart eine schmutzige kleine Geschichte an die Frau zu tippen, mit der ich unbedingt ins Bett will. Noch unangemessener wäre es, sollte sich dabei bei mir etwas regen.

Die Uroma hier erstickt alle meine erotischen Fantasien.

»Er war Soldat, wissen Sie«, fügt die Frau hinzu, die Stimme genauso brüchig und faltig wie die Haut an ihren zittrigen Händen.

»Das ist wunderbar. Ich bin ihm sehr dankbar für seinen Dienst für unser Land.«

Ihr Lächeln wird breiter. »Früher hat er mich ständig besucht, aber dann hat er geheiratet. Die beiden sind in den Osten des Landes gezogen, nach Connecticut. Waren Sie schon mal dort?«

Ach du liebe Zeit. Ich bin in einem Gespräch gefangen, das ich nicht führen will, und ich sehe keine Möglichkeit, ihm zu entfliehen.

Das Handy vibriert in meiner Tasche. Maren hat mir eine Reihe Fragezeichen geschickt.

»Er hat vier Kinder«, fährt sie fort. »Jaylin ... Janaya ... Jenson ... und wie heißt der Letzte gleich noch mal? Ach du liebe Zeit, ich vergesse das immer. Ach ja, richtig. Jacoby. Nein,

Moment. Das stimmt nicht ... diese Kinder und ihre Namen heutzutage! Früher haben wir den Kindern richtige Namen gegeben.«

»Cristiano Amato?«, ruft eine Krankenschwester mit rabenschwarzem Haar aus dem Durchgang vor uns.

Ich tippe Cristiano auf den Arm und er wacht erschrocken auf. Einige Sekunden lang scheint er nicht zu wissen, wo er ist.

»Das sind wir«, sage ich zu der Oma. »Es war sehr nett, mit Ihnen zu plaudern.«

Ihr Blick wird traurig und einen Moment lang tut sie mir leid, aber wenige Sekunden später folge ich Cris den Flur entlang. Die Schwester stellt ihm eine Million Fragen, denen er nicht folgen kann. *Wann ist das passiert? Wie ist das passiert? Wer war das?*

Ich antworte für ihn. Wir waren in einer Bar. Ein Typ ist über unseren ältesten Bruder Alessio hergezogen und hat behauptet, er hätte es sich mit seinem frühen Karriereende leicht gemacht. Für alle Fans der Baltimore Firebirds wäre er damit eine Schande.

Das hat Cristiano mit angehört und keine Zeit verloren, ihm eine zu verpassen.

Leider war der andere Typ sehr reaktionsschnell und ist wie ein betrunkener Kampfsportler von seinem Barhocker aufgesprungen, um Cris ebenfalls eine reinzuhauen.

Bis ich ihm vom Boden aufgeholfen hatte, war der andere Kerl längst weg und der Barkeeper hat uns geraten, uns ganz schnell zu verziehen, bevor er die Bullen ruft.

»Wie nobel«, findet die Krankenschwester und schenkt meinem Bruder lächelnd ihre volle Aufmerksamkeit. »Ihr

Bruder ist Ace Amato? Ich liebe Baseball und bin ein großer Fan der Cardinals. Bitte hassen Sie mich nicht dafür.«

Die beiden lachen und sie untersucht ihn mit sanften Händen, wobei sie unnötig nah bei ihm steht. Ihr Parfüm erfüllt den kleinen Raum, eine fruchtige Kokosnuss-Kombination und ich vermute, dass sie gerade erst ihre Schicht angetreten hat.

Sie ist jung, ungefähr in Cristianos Alter und ich merke, dass sie den Mann hinter der gebrochenen Nase sieht. Es ist ziemlich offensichtlich, dass er ihr gefällt. Ich verdrehe die Augen und unterdrücke ein Grinsen. Daran bin ich gewöhnt. Wo wir auch hingehen, die Leute tun immer so, als wäre Cristiano eine Art Gott. Ich bin sicher, dass die Hälfte der Sofas, auf denen er während der letzten Jahre geschlafen hat, Mädchen gehört hat, die auf ihr Glück mit diesem Ladykiller hofften.

Während Cristiano damit beschäftigt ist, bei der Krankenschwester Pluspunkte zu sammeln, schicke ich Maren eine Nachricht.

BIST DU NOCH WACH? SORRY. WIR WURDEN AUFGERUFEN.

Innerhalb von Sekunden kommt ihre Antwort: JA, ABER NICHT MEHR LANGE.

KANN ICH DIR SCHREIBEN, SOBALD WIR HIER RAUS SIND? DAS WIRD HOFFENTLICH BALD SEIN. SIE MÜSSEN NUR NOCH SEINE NASE RICHTEN.

Diesmal dauert es ein wenig länger, bis sie antwortet, und bei meinem Glück ist sie bereits eingeschlafen. Aber siehe da, eine Minute später vibriert mein Handy, und es ist nicht nur eine Nachricht, sondern ein Anruf.

»Hey«, begrüße ich sie und halte die Stimme gesenkt. Ich drehe Cristiano und der Schwester den Rücken zu.

»Ich musste dich anrufen«, sagt sie und ich höre das leichte Lächeln aus ihrer Stimme heraus. »Jedes Mal, wenn ich das Wort ›du‹ tippe, macht die Autokorrektur ›du bist ein stinkender Blödmann‹ daraus. Offensichtlich waren die Jungs an meinem Handy.«

Ich lache. So etwas hätte mein jüngster Bruder Fabrizio in seiner Kindheit auch getan.

»Ich wollte keine falsche Botschaft senden«, fährt sie fort. »Buchstäblich.«

»Das weiß ich zu schätzen. Vermutlich hättest du mir einen Komplex beschert. Eigentlich dachte ich nämlich, ich hätte meine Tage als stinkender Blödmann seit der Grundschule hinter mir gelassen.«

»Ich bin jedenfalls noch auf«, erwidert sie seufzend. »Wenn man zu seinem Sohn in die Notaufnahme gerufen wird, löst das offensichtlich eine Art Adrenalinrausch aus. Keine Ahnung, wann ich zur Ruhe kommen werde.«

»Kann ich dich anrufen, wenn wir hier fertig sind?« Aus dem Augenwinkel sehe ich hinüber zu Cris.

Maren hält kurz inne und atmet dann aus. »Ja. Du kannst mich anrufen.«

Der Sieg ist mein.

»Schlaf nicht ein«, bitte ich. »Wir müssen unsere Geschichte besprechen.«

»Unsere Geschichte?«, spottet sie. »Ich bin nicht der Erzähler dieser Geschichte. Ich dachte, das hätte ich vorhin klargestellt.«

»Oh doch. Ich habe sie dir geschenkt und damit den Staffelstab weitergegeben. Wir sind jetzt Co-Autoren. Das hier ist ein Gemeinschaftsprojekt. Wie eine Gruppenarbeit.«

»Ich *hasse* Gruppenarbeit.« Sie stöhnt, aber ich kann sie auch beinahe lächeln hören. »Dabei gibt es immer den einen, der versucht, dem anderen seine Ideen aufzuzwingen, und der andere muss am Ende die ganze Arbeit machen.«

»So arbeite ich nicht«, verspreche ich. »Ich bin eher der Fifty-fifty-Typ. Deshalb habe ich die Geschichte begonnen und lasse sie von dir beenden. Fifty-fifty.«

»Ist Ihr Bruder ein Autor?«, höre ich die Krankenschwester Cristiano fragen.

Cris hustet. »Oh Gott, nein. Nein, nein, nein.«

Ich entschuldige mich und gehe mit dem Handy auf den Flur.

»Denk darüber nach«, bitte ich leise. »Denk darüber nach, was als Nächstes passieren soll.«

Ich höre, wie sie langsam den angehaltenen Atem ausstößt und hoffe, dass es ein Seufzer ist und kein Gähnen.

»Ich rufe dich an, sobald ich zu Hause bin«, verspreche ich.

»Das kommt mir wie eine Menge Arbeit vor«, erwidert sie nach einer Weile nachdenklichem Schweigen.

»Wie bitte?«

»Sexuell kreativ zu sein«, erklärt sie. »Manchmal möchte ich einfach nur genommen werden, verstehst du? Im Stil von ›schieb mich mit dem Rücken gegen die Wand, presse deinen Mund auf meinen, greif mir unter den Rock und nimm mich‹. Wie im Liebesroman.«

Ihre Worte törnen mich an und ich versuche zu antworten, aber kein Wort kommt über meine Lippen.

»Ich habe mehr als ein Jahrzehnt lang Sex in der Missionarsstellung im Dunkeln mit dem ersten Mann gehabt, der mich je geküsst hat«, fährt sie fort. »Und dabei war der Sex nicht mal gut. Ich bin nie gekommen. Kein einziges Mal.«

»Das tut mir leid. Das ist ... völlig inakzeptabel.«

Ich könnte ihr einen Orgasmus bescheren. Einen richtig guten.

»Himmel, was rede ich denn da. Keine Ahnung, warum ich dir das überhaupt erzähle.« Sie klingt jetzt peinlich berührt und durcheinander, und ihre Stimme ist zittrig. »Ich weiß nicht mal, worauf ich hinauswollte. Tut mir leid, ich bin müde. Ich sollte ins Bett gehen.«

»Nein! Geh nicht ins Bett, Maren!«

Diesmal gibt es keine Frage, ich höre sie gähnen. So viel zu ihrem Adrenalinrausch.

»Ich werde die verdammte Geschichte selbst beenden«, verspreche ich aus lauter Verzweiflung. »Du musst lediglich aufbleiben. Geh ans Telefon, wenn ich anrufe. Ich werde dir erzählen, was als Nächstes passiert.«

»Na schön.« Ihr Tonfall klingt zufrieden. »Abgemacht.«

***

»Wo zum Teufel bleibt der Arzt?« Ich marschiere im Untersuchungszimmer auf und ab. Inzwischen warten wir seit mehr als anderthalb Stunden. »Natürlich musstest du ja verlangen, dass ein plastischer Chirurg deine verdammte Nase richtet!«

»*Gesù Cristo*, Dante, beruhige dich.« Cristiano lehnt an einer Wand, die Augen halb geschlossen. »Wir reden hier über mein Gesicht. Und das ist der Grund dafür, warum die Frauen mit mir schlafen wollen. Das muss ich mir bewahren.«

Schnaubend werfe ich einen Blick auf die tickende Uhr über seinem Kopf. »Tu mir einen Gefallen. Wenn das nächste Mal jemand irgendeinen Scheiß über Alessio redet, halte dich da verdammt noch mal raus. Fans haben ein Recht auf ihre Meinung, und eine Menge von ihnen waren über sein Karriereende enttäuscht. Es ist nicht deine Aufgabe, die im Zaum zu halten.«

»Schon gut, schon gut.«

»Es ist ja nicht so, dass ich dem Blödmann nicht auch gern eine reingehauen hätte«, füge ich hinzu. »Aber er war nicht der Erste, der so einen Scheiß über unseren Bruder geredet hat, und er wird auch nicht der Letzte sein. Da müssen wir drüberstehen. Wir müssen besser sein als diese Misterzählenden Idioten.«

»Ich hatte ganz vergessen, dass du jetzt ein feiner Millionär bist.« Cristiano verdreht die Augen.

Ich stoße langsam den Atem aus. »Fang ja keinen Streit mit mir an.«

»Was zum Teufel ist denn dein Problem? Du bist heute Abend total gereizt.«

Mein Problem ist, dass ich vor beinahe zwei Stunden eine Frau anrufen wollte, und wegen Brad Pitt dort drüben schläft sie inzwischen vermutlich längst tief und fest.

Es ist beinahe Mitternacht.

Jetzt kann ich sie nicht mehr stören.

So, wie sie schon vor zwei Stunden gegähnt hat, ist sie inzwischen definitiv im Bett.

Verdammte Scheiße.

8. KAPITEL

Maren

Er hat Freitagnacht nicht angerufen.

Bis zwei Uhr morgens habe ich gewartet.

Das habe ich nun davon, dass ich geglaubt habe, ein Weiberheld Mitte zwanzig würde tatsächlich sein Versprechen halten. Ihm ging es lediglich um Sex. Ich würde eine Million Dollar darauf wetten, dass er eine andere Frau gefunden hat, die ihm das Bett wärmt, und daher seine Zeit nicht mehr mit Pseudotelefonsex mit mir verschwenden musste.

Verdammter notgeiler Arsch.

Verdammter notgeiler scharfer Arsch.

Das habe ich nun davon, dass ich mitgespielt und eine Millisekunde lang geglaubt habe, er wäre meine Zeit wert. Sein eindringlicher Blick hat mein Urteilsvermögen getrübt.

Er hat Samstagabend versucht, mich anzurufen, aber das habe ich ignoriert.

Ein Mann, der seine Versprechen bricht, ist meine Energie nicht wert.

Montagmorgen marschiere ich an meinen Arbeitsplatz.

Ich fühle mich kein bisschen erholt und wünschte, ich hätte am Wochenende etwas Produktiveres getan, als herumzusitzen und mich über Freitagabend aufzuregen. Ich werfe meine Handtasche in die unterste Schreibtischschublade und spüre Keegans Blick im Rücken.

»Guten Morgen«, sage ich und halte ihr auch weiterhin den Rücken zugewandt. »Hatten Sie ein schönes Wochenende?«

Das Klappern ihrer Absätze auf dem Betonfußboden kommt näher und ihr Umriss erscheint in meinem Sichtfeld. Ihr Schweigen beunruhigt mich, und als sie sich seufzend auf der Kante meines Schreibtischs niederlässt, überschlage ich im Kopf in Blitzgeschwindigkeit alle Szenarien, warum ich möglicherweise in Schwierigkeiten stecken könnte.

Als ich aufblicke, stelle ich fest, dass sie gerade ihr Make-up im Spiegel einer Puderdose überprüft. Sie schiebt die Brauen zusammen und wirkt unzufrieden.

»Wirken meine Lippen ungleichmäßig?« Sie zieht einen Schmollmund und betrachtet ihn von allen Seiten. »Ich habe sie gerade machen lassen, aber jetzt habe ich das Gefühl, dass diese Seite größer ist als die andere.«

»Oh. Äh.« Ich kneife die Augen zusammen und versuche, mir ihre geschwollenen, aufgeblähten und mit malvenfarbenem Lippenstift bedeckten Lippen genauer anzusehen. »Meiner Meinung nach sehen sie gut aus.«

»Das habe ich nun davon, dass ich zu einem Schönheitschirurgen gegangen bin, der Rabattmarken annimmt.« Sie macht ein kehliges, rasselndes Geräusch und klappt die Puderdose zu. »Aber um Ihre Frage zu beantworten, Mary, nein, ich hatte kein schönes Wochenende.«

»Maren«, korrigiere ich sie. »Und das tut mir leid.«

»Gott, warum kann ich mir bloß Ihren Namen nicht merken?« Keegan lacht und legt die Hände in den Schoß. »Ich hatte Samstagabend dieses Date. Der Typ war total krank. Ich meine, was hab ich erwartet? Schließlich habe ich ihn bei Swiper gefunden, der App. Ich hätte es besser wissen müssen. Aber auf den Bildern sah er so normal aus, und wir haben uns eine Weile geschrieben und er kam witzig rüber.«

»Wo sind Sie denn hingegangen?« Ich habe null Interesse an diesem Gespräch, aber jede Minute, in der ich Keegans Geplapper über ihre miese Verabredung lausche, ist eine Minute weniger, die ich vor dem Scanner stehen muss.

Keegan zieht eine Grimasse. »Er hat mich in ein japanisches Steakhouse eingeladen. Kennen Sie das, mit Hibachi-Grills, wo man neben Leuten sitzt, die man gar nicht kennt? Wer macht denn so was? Das ist die unromantischste Umgebung für ein intimes Date, bei dem man sich besser kennenlernen will.«

»Da stimme ich Ihnen zu.«

»Jedenfalls haben wir dort gegessen, und ich habe ihn gefragt, ob er Lust hat, sich danach noch einen Film anzusehen. Ich habe ihm von dem Indie-Film erzählt, der in den Flix Market Cinemas in der Innenstadt läuft, und da fing er an, dass das ein viel zu langer Fußmarsch für ihn ist, weil er an Senkspreizfüßen leidet und seine Einlagen nicht trägt …«

Ich zucke zusammen und habe schreckliches Mitleid mit dem Mann, der ganz offensichtlich noch nie zuvor ein Date hatte.

»Und dann drehte sich das Gespräch plötzlich um das Vogelhäuschen, das er gebaut hat«, fährt sie fort. »Ich weiß gar nicht, wie wir darauf gekommen sind, aber anscheinend besitzt er eine Holzwerkstatt und dort baut er kleine Vogelhäuser für Zaunkönige und Finken und verkauft sie online.«

»Das ist ja süß.«

Keegan verzieht die Miene. »Nein. Ist es nicht. Es ist sonderbar.«

»Also ich zumindest finde es süß.«

Sie verdreht die Augen. »Warum kann er kein normales Hobby haben? Dabei hat er richtig heiß ausgesehen. Wir hätten total schöne Kinder zusammen haben können.«

»Glauben Sie nicht, dass Sie vielleicht die falschen Prioritäten setzen?«

Keegans malvenfarbene Lippen formen ein O. »Ganz sicher nicht. Ich will nichts weiter vom Leben als Ehefrau und Mutter sein, und ich steuere geradewegs auf die besten Jahre dafür zu. Ich muss die Sache ins Rollen bringen. Dazu brauche ich einen Mann, der eine Familie ernähren kann und dessen Gene gut zu meinen passen. Das sind im Prinzip meine einzigen Prioritäten.«

Ein Blick auf die Uhr verrät mir, dass unser Gespräch inzwischen beinahe zehn Minuten dauert. Die Kartons im Lagerraum rufen quasi schon meinen Namen, aber ich möchte dem Ruf überhaupt nicht folgen.

»Wer ist denn Ihr Traummann?«, frage ich und tue so, als ob es mich interessiert.

»Unser Chef.« Die Antwort kommt ohne Zögern und sie lächelt. »Er ist perfekt. Gott, ist der Mann perfekt. Dunkle Haare. Groß. Sportlich. Ernst, aber trotzdem nett. Intelligent. Alles, wonach man bei einem Ehemann sucht.«

»Werde ich ihn jemals kennenlernen?«

»Das bezweifle ich. Er verbringt den Großteil seiner Zeit

oben in seinem Teil des Gebäudes.« Sie wickelt sich eine Haarsträhne um den Finger und starrt gedankenverloren zum Fenster auf der gegenüberliegenden Zimmerseite hinaus. »Aber das ist egal. Er verabredet sich nicht mit Mitarbeitern, das hat er ausdrücklich klargestellt. Im Starfire Mitarbeiterhandbuch gibt es ein ganzes Kapitel zu innerbetrieblichen Beziehungen. Ich habe es selbst getippt.«

»Vielleicht ist es besser so. So was endet nie gut.«

Keegan wendet sich mir zu. »Mit ihm würde es nie enden. Dafür würde ich sorgen. Ich würde mich mit allem, was ich habe, an ihn klammern. Seine Kinder kriegen und ihn damit an mich binden.«

»Nun ja, da er nicht zur Verfügung steht, sollten Sie vielleicht einfach versuchen jemanden zu finden, der ihm ähnelt.«

Sie stößt den Atem aus und neigt den Kopf. »Es gibt keinen wie ihn. Glauben Sie mir, ich habe ausgiebig gesucht.«

Keegan erhebt sich von meinem Schreibtisch und schiebt sich die Haare über eine Schulter. »In Ordnung. Ich muss ein paar Hochzeitseinladungen beantworten. Können Sie bitte mit dem Scannen anfangen?«

Sie geht zu ihrem Schreibtisch zurück und mir fällt die Kinnlade herunter. Schon vergangene Woche ist mir aufgefallen, dass sie nicht besonders viel zu tun zu haben scheint, aber dass sie es geradeheraus zugibt, als wäre es die normalste Sache der Welt, macht mich wütend.

Das ist nicht in Ordnung.

Ich hasse diesen Job. Ich hasse ihn wirklich.

Genauso wie die Tatsache, dass Keegan meine Chefin ist.

Ich gehe hinüber in den Lagerraum, hole den nächsten Karton und schleppe ihn zum Kopierer.

Natürlich könnte ich bei der Zeitarbeitsfirma anrufen und ihnen sagen, dass die Stelle nicht zu mir passt. Ich könnte um einen anderen Auftrag bitten. Aber es gibt keine Garantie, dass sie auf die Schnelle etwas für mich finden würden, und außerdem darf ich keinesfalls so rüberkommen, als wäre ich eine schwierige Mitarbeiterin. Dann stehe ich schneller auf der schwarzen Liste, als ich *Lebenslauf* sagen kann.

Der Vormittag ist gefüllt mit stundenlangem Scannen und mein Nachmittag besteht darin, zwischen dem langweiligen elektronischen Archivieren auf die Uhr zu sehen. Als ich am Ende des Arbeitstages endlich die Papierakten in den Schrank sortiere, dringt das Geräusch von Keegans Lachen und Geplauder am Handy zu mir in den Lagerraum.

Ich bezweifle, dass sie den ganzen Tag über auch nur eine einzige Stunde gearbeitet hat.

Eigentlich verdiene ich ihre Stelle.

»Mary.« Ich bin gerade halb fertig mit der Ablage aus dem Karton M-P und Keegans Stimme beschert mir beinahe einen Herzinfarkt.

Ich zwinge mich zu einem kleinen Lächeln.

»Ich gehe heute ein bisschen früher«, verkündet sie und überprüft auf ihrem Handy die Uhrzeit. »Ich habe einen Termin zur Enthaarung und dann treffe ich mich mit einigen Freunden zur Happy Hour in der Slate Bar.«

»Viel Spaß«, murmele ich, drehe ihr den Rücken zu und greife nach dem nächsten Stapel Akten.

Aus irgendeinem Grund steht sie immer noch hinter mir. »Gute Arbeit heute.«

»Danke.«

Ich kann ihren Blick in meinem Rücken spüren.

»Ich wollte nur sagen, dass ich es schön finde, Sie hier zu haben.«

Ich halte inne und drehe mich zu ihr um.

»Unsere letzte Aushilfe hat sich die ganze Zeit über beschwert«, fährt Keegan fort. »Sie beschweren sich nicht. Und ich durfte mich heute Morgen bei Ihnen über mein Wochenende ausheulen, das hat mir eine Menge bedeutet. Vielen Dank.«

»Gern geschehen.«

»Das klingt jetzt vielleicht wie eine sehr komische Frage und ich stelle sie auch nicht beruflich. Rein privat. Eine persönliche Frage von Freundin zu Freundin.« Sie kratzt an ihren braungrau lackierten Fingernägeln herum und verlagert ihr Gewicht auf eine Seite.

»Ja?«

»Sind Sie verheiratet?«

»Geschieden, warum?«

»Ich hoffe, dass ich jetzt keine Grenze überschreite«, sagt sie, »aber meine Eltern sind geschieden und mein Dad ist Single. Er ist sehr einsam und ich habe das Gefühl, dass Sie beide gut zusammenpassen würden.«

Ich muss all meine Kraft aufbieten, damit mir nicht die Gesichtszüge entgleisen. Keegan kennt mich doch überhaupt nicht. Wieso glaubt sie, dass ihr Dad mich mögen würde? Und wieso denkt sie, dass ich überhaupt mit ihrem Dad verkuppelt werden will?

»Ich habe das Gefühl, Sie wären eine richtig coole Stiefmutter«, fährt sie fort. »Ich meine, Sie wären eine dieser jungen Stiefmütter. Sie sind nicht alt genug, um meine Mutter zu sein, das ist mir klar, aber mein Dad ist echt modern und hip und sieht gar nicht aus wie Anfang fünfzig. Ich bin sicher, er würde Sie anbeten. Er verabredet sich gern mit jüngeren Frauen. Ich meine, nicht superjung, aber jünger als er.«

Ich bin momentan nicht in der Lage, einen zusammenhängenden Satz zu bilden. Ich ziehe die Brauen hoch, lächle und blicke zur Seite. Angestrengt warte ich, dass mir die richtigen Worte einfallen, aber darauf hoffe ich vergebens.

»Denken Sie einfach mal darüber nach«, schlägt sie vor. »Sein Name ist Rick und er lebt hier in Seattle.«

»Ich freue mich, dass Sie so große Stücke auf mich halten, Keegan«, erwidere ich, »aber ich bin momentan noch nicht bereit für eine neue Beziehung.«

Sie legt sich die Hand auf die Brust. »Das verstehe ich. Ich wollte es nur mal gesagt haben. Denken Sie darüber nach, und wenn Sie möchten, dass ich ein Date arrangiere, dann lassen Sie es mich wissen.«

Keegan atmet tief aus, als hätte ihr dieser Vorschlag den ganzen Tag über schwer auf der Seele gelegen, und winkt mir dann zu, ehe sie auf dem Absatz kehrtmacht und für heute verschwindet.

Ich weiß nicht genau, ob ich geschmeichelt oder beleidigt sein soll, also entscheide ich mich für beides.

Worauf ich bei meiner Scheidung nicht vorbereitet war, sind die vielen Menschen, die mich dauernd verkuppeln wollen. Ich kann beim besten Willen nicht verstehen, warum alle zu glauben scheinen, dass ich als Single unglücklich bin.

Mir geht's gut.

Ich bin nicht einsam – ich gewöhne mich lediglich noch an die neue Situation.

Sobald ich die letzte Papierakte archiviert habe, schließe

ich den Lagerraum ab und gehe an meinen Schreibtisch. Dort beobachte ich wachsam die Uhr. Um Punkt fünf schließe ich auch den Rest des Büros ab und marschiere zum Fahrstuhl.

Auf dem Weg dorthin gehe ich an einem Mann im Anzug vorbei und sein Aftershave erfüllt den Flur. Es riecht vertraut herb und in diesem Sekundenbruchteil wandern meine Gedanken zurück zu Freitagabend, als ich mit Dante auf dem Parkplatz stand.

Ich habe es heute geschafft, nicht allzu viel an ihn zu denken. Natürlich hat sich ab und zu ein Gedanke an ihn eingeschlichen, aber nichts wirklich Störendes. Im Großen und Ganzen mache ich weiter, als wäre die ganze Sache nie geschehen.

9. KAPITEL

Maren

Am Dienstagabend parke ich in Nathans Einfahrt. Die Garagentür ist offen und von Laurens weißem Audi ist weit und breit nichts zu sehen. Seit sechs Monaten transportieren wir die Kinder ständig hin und her, und sie schafft es jedes Mal, abwesend zu sein, wenn sie weiß, dass ich komme.

Eine Minute später gehe ich den gepflasterten Fußweg entlang zur Haustür und klingele. Ich höre Nathan nach den Jungs rufen und dann Becks trappelnde Fußschritte auf der Treppe.

»Mom!« Beck reißt die Tür auf und springt mir praktisch in die Arme. Ein schneller Blick über seine Schulter hinweg verrät mir, dass Dash im Wohnzimmer in einem Sessel sitzt, immer noch einen Kühlpack auf dem hochgelegten Knöchel.

»Wie geht's dir?«, frage ich und gehe zu ihm hinüber, während Beck an meiner Seite herabhängt wie ein Äffchen.

Auf dem Couchtisch steht ein hellrosafarbenes Blumenarrangement. Das muss Laurens Idee gewesen sein. Sogar die Sofas sind hellbeige. Nathan hat mich nie so dekorieren lassen, wie ich wollte. Dieses gesamte Haus wirkt, als hätte es ein Starlet aus den Zwanzigern eingerichtet. Alles glänzt und ist verschnörkelt und glamourös und es hängen Kronleuchter an Stellen, wo gar keine hingehören.

»Hey.« Nathan kommt aus dem Flur. Er hält sorgfältig Abstand und schiebt die Hände in seine teure Jeans. So eine hätte er noch vor einem Jahr niemals getragen. Ein weißes T-Shirt mit V-Ausschnitt schmiegt sich an seinen Körper und verdeutlicht, dass er in letzter Zeit einige Kilos verloren hat. Die grauen Strähnen an den Schläfen hat er dunkel überfärbt. Komisch, dass mir nichts davon am Freitagabend im Krankenhaus aufgefallen ist. »Jungs, habt ihr eure Sachen? Beck, nimm die von Dash.«

Das Handy in meiner Tasche vibriert, und dann gleich noch mal. Ich warte, während Beck sich beide Taschen über die Schulter wirft. Für einen Achtjährigen hat er viel Kraft. Er ist beinahe stärker als Dash. Dash wird einmal groß und schlank werden, mit Läuferstatur. Beck ist mein kleiner Linebacker, ein Ausbund an Geschwindigkeit, Beweglichkeit und brachialer Kraft.

»Seid ihr fertig?«

Mein Handy vibriert erneut. Ich hole es aus der Tasche und werfe einen schnellen Blick darauf, um sicherzugehen, dass es nichts Dringendes ist. Da ich Saiges Name auf dem Display erwarte, stockt mir für einen Moment der Atem. Die Nachricht kommt von Dante.

DANTE: NA SCHÖN. DA DU WEDER MEINE ANRUFE ANNIMMST NOCH ZURÜCKRUFST, WERDE ICH DIR DIE GESCHICHTE EBEN SCHREIBEN. SIE IST NÄMLICH ZIEMLICH GUT UND VERDIENT ES, ZU ENDE ERZÄHLT ZU WERDEN. ALSO

WERDE ICH DAS ÜBERNEHMEN, AUCH WENN ICH ES ALLEIN TUN MUSS.

In der zweiten Nachricht steht: WIR HABEN AUFGEHÖRT, ALS ICH MEINE LIPPEN AUF DEIN SCHLÜSSELBEIN GEDRÜCKT HABE. DU HAST NACH MEINEM SCHWANZ GEGRIFFEN UND DICH MIT DEINEM BECKEN AN MIR GERIEBEN, IN STUMMEM FLEHEN NACH DER EINEN SACHE, DIE DU DIR MEHR WÜNSCHST ALS ALLES ANDERE JE ZUVOR.

Ich werde feuerrot.

Erneutes Vibrieren.

DU BIST NACKT UND STEHST MIT DEM RÜCKEN AN DER WAND. ICH ZIEHE EINE SPUR SANFTER KÜSSE ÜBER DEINE HAUT UND SENKE DEN KOPF AUF DEINE BRÜSTE. DANN NEHME ICH EINEN NIPPEL ZWISCHEN DIE ZÄHNE UND BEISSE VORSICHTIG ZU, WÄHREND MEINE HÄNDE ÜBER DEINE HÜFTEN STREICHELN UND DEINEN HINTERN UMFASSEN. ICH DRÜCKE IHN FEST, UM DICH DARAN ZU ERINNERN, DASS DU ZU MIR GEHÖRST.

»Mom?« Dash steht jetzt vor mir, lehnt sich an das Sofa und stützt sich auf zwei Krücken.

»Maren, ist alles in Ordnung mit dir?« Nathan mustert mich eindringlich.

Mein Handy vibriert erneut.

ALS NÄCHSTES HEBE ICH DICH HOCH, DAMIT DU DEINE LANGEN BEINE UM MICH SCHLINGEN KANNST. DU LEGST MIR DIE HÄNDE UM DEN NACKEN UND DRÜCKST DEINE VOLLEN LIPPEN AUF MEINE. UNSERE ZUNGEN TREFFEN SICH UND DU VERSTÄRKST DEINEN GRIFF. ICH KANN KAUM ERWARTEN, DICH ZU KOSTEN. ICH WILL SCHMECKEN, WAS ICH MIT DIR ANSTELLE …

Mein Herz schlägt so schnell, dass sich um mich herum alles dreht. Ich bekomme kaum Luft. Nathan, Dash und Beck starren mich fragend an.

»Ist alles in Ordnung?« Nathan greift nach meiner Schulter, doch bevor er mich berühren kann, presse ich mir das Handy an die Brust und mache einen Schritt nach hinten.

»Ja«, behaupte ich mit belegter Stimme. »Ja. Alles ist prima. Jungs, wir gehen.«

Wieder spüre ich das Vibrieren des Handys in meiner Hand.

Ich kann mich nicht daran erinnern, wie ich von Nathans Haus zum Auto gekommen bin, oder daran, worüber sich die Jungs stritten, während sie einstiegen. Ich weiß nicht mehr, was sich Dash zum Abendbrot gewünscht hat. Ich konzentriere mich ausschließlich darauf, schnellstmöglich nach Hause zu fahren, damit ich die restlichen Nachrichten lesen kann.

»Mom, du hast doch gesagt, wir können zum Abendbrot Hühnchen essen«, jammert Dash, als wir an seinem Lieblingsrestaurant vorbeifahren.

»Oh, Mist. Tut mir leid.« Ich biege nach rechts ab und kehre um. Rasch besorge ich uns ein schnelles Abendessen zum Mitnehmen, denn in meinem derzeitigen Gemütszustand sollte ich vermutlich nicht mit Hitze, Feuer oder Geräten hantieren, die meine volle Aufmerksamkeit erfordern.

In meiner Tasche vibriert das Handy.

***

Ich schaffe es, während des Abendessens nicht auf mein Handy zu sehen. Es kommt mir falsch und befremdlich vor, mich so in eine Fantasie hineinzusteigern, während mir meine Kinder gegenübersitzen und sich gegrilltes Hühnchen, Krautsalat und Brötchen schmecken lassen.

Dazu ist zwar die Geduld einer Heiligen nötig, aber ich kriege es hin.

Doch jetzt liegen die Kinder im Bett und mein Körper steht von den Haarspitzen bis zu den Zehen unter Strom.

Ich mache es mir im Bett gemütlich, rufe meine Nachrichten auf und lese den Rest.

… ICH TRAGE DICH ZUM BETT UND LEGE DICH VORSICHTIG DARAUF AB. DABEI KANN ICH EINFACH NICHT DIE AUGEN VON DIR NEHMEN. DU FÄHRST MIT DEN FINGERN ÜBER MEINE ARME BIS HINAB ZU MEINEM GÜRTEL UND UNSERE BLICKE TREFFEN SICH. DEINE HÄNDE FINDEN MEINEN HARTEN SCHWANZ UND DU SETZT DICH AUF, PRESST DEINE LIPPEN AUF DIE SPITZE UND NIMMST IHN ZENTIMETER FÜR ZENTIMETER IN DEN MUND. MEINE HÄNDE WÜHLEN SICH IN DEINE HAARE, ICH VÖGELE DEINEN MUND, ABER EIGENTLICH WILL ICH DEINE PUSSY. DEINE SÜSSE, ENGE PUSSY …

… ICH WERDE DICH RICHTIG HART VÖGELN, MAREN. DU WIRST MEINEN NAMEN STÖHNEN UND MICH UM MEHR ANFLEHEN. DOCH ZUERST WILL ICH DICH SCHMECKEN. DAHER ZIEHE ICH MEINEN SCHWANZ AUS DEINEM FEUCHTEN MUND UND DU LÄSST DICH ZITTERND AUF DIE LAKEN FALLEN UND BEOBACHTEST JEDE MEINER BEWEGUNGEN …

… ICH KNIE MICH HIN, SCHIEBE SO WEIT WIE MÖGLICH DEINE SCHENKEL AUSEINANDER UND FAHRE MIT DER HANDFLÄCHE VON DEINEN BRÜSTEN BIS ZU DEINEM BAUCH HINAB, UND DANN WEITER BIS ZUM DREIECK ZWISCHEN DEINEN BEINEN …

… ALS ICH MIT DEM FINGER ÜBER DEINE PUSSY STREICHE, SPÜRE ICH, WIE HEISS UND FEUCHT DU BIST, UND DANN BRINGE ICH DEINEN GESCHMACK AN MEINE LIPPEN. DIE GANZE ZEIT ÜBER TRAGE ICH DAS LÄCHELN EINES MANNES ZUR SCHAU, DER GLEICH DAS VERGNÜGEN HABEN WIRD, DIE EROTISCHSTE FRAU ZU BEFRIEDIGEN, DIE ER IN SEINEM GESAMTEN LEBEN JE GESEHEN HAT. UND GLAUB MIR, DIESER MANN IST SEHR WÄHLERISCH, WEM ER SEINE »AUFMERKSAMKEIT« ZUKOMMEN LÄSST …

Mein Herz rast wie verrückt und zwischen meinen Schenkeln pulsiert Hitze. Ich spüre eine Sehnsucht, die sich nicht unterdrücken lässt.

Dieser verdammte Kerl.

ICH VERSCHLINGE GERADEZU DEINE PUSSY. ICH SCHMECKE DICH. ICH VÖGELE DICH MIT MEINER ZUNGE UND DRINGE MIT DEN FINGERN IN DICH EIN. DU SPANNST DICH UM MICH HERUM AN UND BEMÜHST DICH VERZWEIFELT, NICHT ZU KOMMEN, WÄHREND IN DIR WELLEN DER LUST PULSIEREN, DEREN WUCHT DICH BEINAHE ÜBERWÄLTIGT …

… DU GREIFST NACH MIR, ZIEHST MICH AUF DICH UND REISST MIR DAS SHIRT ÜBER DEN KOPF. UNSERE KÖRPER PRESSEN SICH ANEINANDER UND UNSERE LIPPEN TREFFEN SICH ERNEUT, DEINE HÄNDE GLEITEN AN MIR HINAB, WÄHREND ICH MICH ÜBER DIR AUFSTÜTZE. DU SPÜRST MEINE SCHWANZSPITZE AN DEINER FEUCHTEN MITTE UND SEUFZT. SCHON ALLEIN BEI DEINEM ANBLICK WERDE ICH NOCH HÄRTER – DIESER WARME GLANZ AUF DEINEN WANGEN UND DAS VERZWEIFELTE FLEHEN IN DEINEN AUGEN …

… ICH HEBE DEINE SCHENKEL AN UND MIT EINEM HARTEN STOSS VERSENKE ICH MEINEN SCHWANZ TIEF IN DIR …

Ich lege mein Handy einen Moment zur Seite, um mir Zeit zu geben, meine Gedanken zu sammeln und wieder zu Atem zu kommen. In meiner obersten Nachttischschublade befindet sich ein selten genutzter lilafarbener Vibrator, und innerhalb einer Sekunde habe ich ihn herausgeholt. Hoffentlich schlafen die Jungs schon.

... ICH FICKE DICH, MAREN. ICH FÜLLE JEDEN ZENTIMETER VON DIR MIT JEDEM ZENTIMETER VON MIR, UND ICH BIN SO VERDAMMT HART FÜR DICH. DU SPÜRST, WIE ICH IN DICH STOSSE UND WIE MEINE HITZE DICH VON INNEN HERAUS WÄRMT. DEINE BRÜSTE STREIFEN MEINE HAUT, DEINE HARTEN NIPPEL FLEHEN DARUM, GESAUGT UND GELECKT ZU WERDEN. DEIN MUND IST HALB GEÖFFNET UND BITTET STUMM UM EINEN WEITEREN KUSS, EINEN WEITEREN TANZ MIT MEINER ZUNGE, UND ICH GEHORCHE NUR ZU GERN ...

... ICH ROLLE UNS HERUM UND DU REITEST MICH. DEIN BECKEN REIBT SICH KREISEND AN MIR UND MIT DEN HÄNDEN UMFASST DU DEINE BRÜSTE. DIE AUGEN FEST GESCHLOSSEN, REITEST DU MICH IMMER HÄRTER. ICH PACKE DEINE HÜFTEN UND PUMPE IN DICH HINEIN, BIS WIR UNSEREN PERFEKTEN RHYTHMUS FINDEN ...

... KEINER VON UNS WILL AUFHÖREN, ALSO MACHEN WIR EINFACH WEITER. WIR VÖGELN STUNDENLANG. WIE TANTRAKARNICKEL. EINMAL MIT DIR IST MIR NICHT GENUG, ICH BRAUCHE DICH IMMER WIEDER. ICH BRAUCHE MEHR VON DIR, ALLES VON DIR. WIR VÖGELN DIE GANZE NACHT, UND ALS DER MORGEN GRAUT, SCHLAFEN WIR ERSCHÖPFT EIN. DOCH NACH DEM AUFWACHEN BEGINNEN WIR WIEDER VON VORN ...

Unbenutzt liegt der Vibrator neben mir. Bisher hatte ich nicht den Mut, ihn einzuschalten. Genau genommen liege ich hier und bin gleichzeitig gelähmt und höchst erregt. Ob mein lilafarbener Freund der Sache gerecht werden kann, wage ich zu bezweifeln. Außerdem kann ich ihn schon aus Prinzip nicht benutzen. Das ist genau das, was Dante will. Damit hätte er gewonnen.

Daher setze ich mich auf, atme tief durch, sammle meine Gedanken und beschließe aus irgendeinem verrückten Grund, ihn anzurufen.

10. KAPITEL

Dante

Ich stehe gerade inmitten meiner entkernten Küche, als Maren anruft. Ein Grinsen zieht über mein Gesicht. Offensichtlich hat sie meine Nachrichten gelesen.
»Habe ich jetzt deine Aufmerksamkeit?«, begrüße ich sie.
»Um Himmels willen, Dante …«
Sie ist atemlos.
»Ich bin eindeutig kein Poet«, gebe ich zu. »Ich bin nicht allzu kreativ und ich weiß, dass meine Geschichte alles andere als perfekt war, aber das sind die Dinge, die ich mit dir anstellen würde. Wenn du mich lässt.«
»Niemand hat jemals so was zu mir gesagt.« Ihre Stimme klingt tiefer als sonst, gedämpfter. »Du hast meinen Körper Dinge fühlen lassen, die ich seit Jahren nicht mehr gespürt habe.«
»Wenn das so ist, dann stell dir doch erst mal vor, wie sich das in echt anfühlen würde.« Ich gehe an einer Leiter vorbei und steige über ein Labyrinth aus Verlängerungskabeln. Anfang des Jahres habe ich mich von meiner Verlobten getrennt

und deshalb war ich ganz wild auf einen Umbau. Dieses Haus ist mein Stolz und meine Freude, aber sie hatte überall ihre Spuren hinterlassen. Ich wollte einfach nicht, dass sich hier noch alles nach ihr anfühlt. Es sollte wieder mein Zuhause sein.

Ich verlasse die Küche und überprüfe die Arbeiten im Flur. Mit der Hand fahre ich über das glatte, frisch abgeschmirgelte Treppengeländer. Eine Spur aus Sägespänenfußabdrücken folgt mir und ich gehe zur Haustür, wo ich das Licht ausschalte und hinter mir abschließe.

»Was machst du heute Abend?«, will ich wissen.

»Moment, Moment, Moment«, erwidert sie, diesmal mit lauterer Stimme. »Glaubst du wirklich, ich wäre so leicht zu haben? Dass einige schlüpfrige Nachrichten ausreichen, damit ich Feuer fange?«

»Stimmt das etwa nicht?«, ziehe ich sie auf. »Schließlich hast du mich angerufen. Daher hab ich angenommen ...«

»Ich habe dich angerufen, weil es mir ein wenig zu förmlich vorkam, dir eine Nachricht mit ›gut gemacht‹ zu schicken.«

»Hast du dich gestreichelt?«, frage ich rundheraus und steige ins Auto.

»Wie bitte?«

»Als du *unsere* Geschichte gelesen hast, hast du dich da gestreichelt?«

»Das geht dich gar nichts an.«

»Da ich SMS-Sex mit dir habe, geht es mich definitiv etwas an.«

Maren lacht. »Clever. Ich sage es dir trotzdem nicht.«

»Na schön«, gebe ich nach. »Dann werde ich eben einfach

annehmen, dass du dich beim Gedanken an meinen Schwanz in dir und meinen Lippen überall auf deinem nackten Körper angefasst hast.«

Sie lacht erneut, und es klingt locker und gelöst. Ich habe das Gefühl, als ob ich gerade einige Mauern einreiße, aber vielleicht ist es auch noch zu früh für so eine Einschätzung.

»Ich habe mich nicht gestreichelt«, behauptet sie einen Moment später.

»Lügnerin.«

»Ich lüge nicht!« Diesmal legt sie mehr Überzeugung in ihre Stimme.

»Ich glaube dir trotzdem nicht.«

»Ich konnte nicht, hauptsächlich aus Prinzip«, erklärt sie seufzend.

»Was meinst du damit?«

»Du hast mich Freitagabend nicht angerufen. Du hast es versprochen und dann nicht getan. Ich bin extra aufgeblieben«, fährt sie fort. »Ich halte nicht viel von Männern, die nicht zu ihrem Wort stehen.«

»Wir sind erst kurz vor drei aus der Notaufnahme rausgekommen«, antworte ich. Ich sitze jetzt seit geraumer Zeit im Dunkeln in der Einfahrt, weil ich meine ganze Aufmerksamkeit Maren schenken will und nicht dem Straßenverkehr. »Ich habe das für nobel gehalten. Es sollte dir Respekt demonstrieren.«

»Respekt? Du hast mich gebeten, aufzubleiben. Und genau das habe ich getan. Ich habe deinen kleinen notgeilen Wunsch respektiert, allerdings völlig umsonst. Es ist mir egal, wie sexy du bist oder wie gern du mit mir schlafen möchtest, ich lasse mich nicht mit unzuverlässigen Männern ein.«

»Ach komm schon.« Ich streiche mit der Hand übers Lenkrad und lege dann meine Stirn darauf. »Das ist nicht fair. Ich habe lediglich versucht, das Richtige zu tun, und jetzt willst du mich dafür bestrafen, dass ich mich wie ein Gentleman verhalten habe?«

Das erklärt, warum sie meinen Anruf am Samstag nicht angenommen hat.

Maren schweigt eine Sekunde lang. »Ich glaube nicht, dass es eine gute Idee ist.«

»Was ist keine gute Idee?«

»Das hier«, sagt sie mit Nachdruck, als müsste ich Gedankenleser sein. »Telefonieren. SMS-Sex, oder was immer wir da auch tun. Ganz offensichtlich haben wir unterschiedliche Erwartungen. Du glaubst, ich müsste sofort auf die Knie fallen und dir einen blasen, weil du unglaublich attraktiv bist, und so läuft das vermutlich auch in deiner Welt, aber ich bin zu alt und zu beschäftigt, um für jemanden der Gelegenheitssexpartner zu sein. Glaub mir, Dante, wir wollen nicht dasselbe. Die Sache wird für keinen von uns beiden funktionieren.«

»In Ordnung, Maren, sprich ruhig weiter. Lass dir noch einige Ausreden einfallen, ich habe Zeit.«

Sie schnaubt durchs Telefon. »Das sind keine Ausreden, ich bin lediglich realistisch.«

»Du hast verdammt noch mal Angst«, werfe ich ihr in scharfem Ton vor, weil ich spüre, wie sie mich wegstößt. Es macht mir mehr aus, als ich erwartet hätte. »Du willst mich und das jagt dir eine Heidenangst ein. Durch die Ausreden fühlst du dich einfach wohler mit deiner Entscheidung. Ich hab's kapiert.«

Maren atmet aus, als ob sie gerade eine Erwiderung vorbereitet.

Doch dann sagt sie: »Warte einen Moment.«

Ich höre gedämpfte Stimmen. Sie spricht mit jemandem, aber den genauen Wortlaut kann ich nicht verstehen.

»Ich muss Schluss machen. Hier wird eine Mutter verlangt.«

Stöhnend greife ich nach dem Zündschlüssel und lasse den Motor an.

»Gute Nacht, Dante«, sagt sie und beendet den Anruf, ehe ich Gelegenheit habe, etwas zu erwidern.

II. KAPITEL

Maren

»Wünschst du dir manchmal, du würdest mit einem Millionär ins Bett gehen? Ich habe den Eindruck, das würde alle deine Probleme auf einen Schlag lösen.« Saige wischt sich eine Kiefernnadel vom Rock. Wir sitzen auf einer Bank im Skulpturenpark in der Innenstadt von Seattle. Da ihr Büro nur einige Häuserblocks von meinem entfernt liegt, haben wir uns heute hier zur Mittagspause verabredet.

Ich hole die Suppe vom Feinkostladen aus der braunen Papiertüte und reiche sie ihr. »Nein. Ich wünsche mir nicht, ich würde mit einem Millionär schlafen. Und ich habe keine Ahnung, welches meiner Probleme das aus der Welt schaffen könnte.«

»Nun, erst mal müsstest du dann nicht mehr bei einer Firma arbeiten, die dir zehn Dollar die Stunde fürs Archivieren zahlt«, erklärt sie. »Und deine Chefin wäre nicht Keegan, die Swiper-Königin von ganz Seattle und Umland. Außerdem wärst du in der Lage, deinen Interessen nachzugehen, eine richtige Karriere zu verfolgen. Du müsstest nicht mehr jeden Cent umdrehen und deine Hypothek aus den Alimenten bezahlen.«

»Ich lebe doch gut«, widerspreche ich. Der Ehevertrag sorgt dafür, dass alle Greene-Kinder und ihre Mutter versorgt sind. Außerdem wurde mir bei der Scheidung das Haus zugesprochen, das über drei Schlafzimmer verfügt und in einer schönen Vorstadtsiedlung liegt. Darüber hinaus ein ansehnlich gefülltes Sparkonto und monatlicher Unterhalt für die Kinder, der großzügiger ausgefallen sein dürfte als in den meisten Familien. Ich bin zwar nicht reich, aber ich komme über die Runden. Zumindest im Moment noch.

»Ja, aber in zehn Jahren wird es mit diesen Alimenten schlagartig vorbei sein.«

»Ich bleibe ja nicht für immer Aushilfskraft bei Starfire Industries. Das ist lediglich ein Sprungbrett für mich. Weil ich so lange nicht gearbeitet habe, muss ich mir erst wieder Referenzen aufbauen.«

»Ja.« Saige schiebt die Unterlippe vor und kostet einen Löffel voll Linsensuppe. »Das ist echt Mist. Du bist fünfunddreißig und musst noch mal ganz von vorn anfangen. Dein Ex ist so ein Arsch.«

»So glücklich war ich mit ihm gar nicht, Saige«, gebe ich etwas zu, das ich jahrelang für mich behalten habe.

Sie senkt den Löffel und dreht sich langsam zu mir um. »Was? Ihr beiden habt immer so zufrieden gewirkt, zumindest, bis alles in die Brüche ging.«

»Es war in Ordnung«, sage ich. »Einige Jahre hing es am seidenen Faden. In anderen Jahren haben die Kinder uns zusammengehalten. Dazwischen gab es auch gute Zeiten. Letztendlich waren wir nie dauerhaft füreinander bestimmt. Ich hasse ihn nicht. Ich bin zwar sehr unglücklich darüber, wie es geendet hat, aber ihn hasse ich nicht. Er hat mir Dash und Beck geschenkt. Es wäre ihnen gegenüber nicht fair, wenn ich ihren Vater hassen würde.«

»Gott, manchmal bist du geradezu unerträglich vernünftig«, erwidert Saige und wendet sich wieder ihrer Suppe zu. Sie beobachtet die Männer und Frauen in einer Million Schattierungen von Schwarz und Grau und mit Aktentaschen in der Hand auf dem Gehweg. »Nur ein einziges Mal möchte ich dich richtig in Rage sehen. Total irrational wütend, verstehst du? Super angepisst, schreiend und um dich tretend und rasend sauer.«

Ich lache. »Warum? Was sollte denn das für einen Sinn haben?«

Sie zuckt mit den Schultern. »Keine Ahnung. Ich denke nur, dass du sehr viel in dich reinfrisst. Du wirst nie sauer, bist immer so ausgeglichen. Ich glaube, dass du viel zu viel unterdrückst und das kann nicht gesund sein. Wut, in mäßiger Dosierung, ist sehr gesund. Es ist völlig in Ordnung, ab und zu mal angefressen zu sein, wenn das Leben dir übel mitspielt.«

Der Pappbehälter mit der Suppe in meiner Hand ist beinahe kochend heiß. Ich sehe zum Himmel auf. Den ganzen Tag schon ist es bewölkt, als ob es regnen wird, aber jetzt scheint allmählich die Sonne durchzukommen.

»Ich meine ja nur«, fügt Saige hinzu, »dass es vielleicht am besten wäre, alles rauszulassen, falls du etwas unterdrückst.«

»Vielen Dank, Oprah Winfrey, für diesen erhellenden Moment.« Ich löffle mir ein wenig Suppe in den Mund. »Hab ich dir eigentlich die Nachrichten gezeigt?«

»Welche Nachrichten?«

»Die mir Dante letztes Wochenende geschickt hat?«

»Äh, nein, ganz sicher nicht.« Saige klingt beleidigt.

Ich hole das Handy aus der Tasche und gebe es ihr. Sie ruft meine Nachrichten auf, wie sie es schon Tausende Male zuvor getan hat.

Ihr Gesichtsausdruck verwandelt sich von leicht amüsiert zu bestens unterhalten bis hin zu komplett geschockt.

»Oh mein Gott.« Sie gibt mir das Handy zurück. »Das ist so heiß. Du musst mit ihm schlafen, Maren, du musst! Wenn du es schon nicht für dich tust, dann wenigstens für alle Frauen weltweit, die momentan nicht die ungeteilte Aufmerksamkeit dieses Mannes genießen.«

»Aber genau da liegt das Problem. Ich habe keine Ahnung, ob ich derzeit als einzige Frau seine Aufmerksamkeit genieße. Ein Mann wie Dante hat vermutlich den gesamten Kurzwahlspeicher voll mit rehäugigen, großbrüstigen Frauen, die geduldig darauf warten, dass sie dran sind.«

»Diesen Eindruck hat er eigentlich nicht auf mich gemacht«, widerspricht Saige. »Er kam mir nicht berechnend vor. Er wirkte selbstsicher, aber nicht arrogant. Und du solltest wissen, dass ich als deine beste Freundin niemals deine Telefonnummer an einen überheblichen, sexbesessenen Casanova rausgeben würde. Du hast etwas Besseres verdient.«

»Ich habe gestern Abend eine Liste gemacht«, gebe ich zu. »Ich hatte ihn angerufen und wir haben eine Weile miteinander gesprochen, aber dann kam Beck ins Zimmer, weil er seinen Rucksack gesucht hat. Ich habe den Anruf beendet, Becks Tasche im Kofferraum meines Autos gefunden und ihn zurück ins Bett geschickt. Anschließend habe ich alle

Gründe aufgeschrieben, warum ich keinen Sex mit Dante haben sollte.«

»Oh Gott, du immer mit deinen Listen!« Saige verdreht die Augen und zieht den Löffel durch ihre Suppe. »Welche Gründe gibt es denn?«

Ich hole ein kleines, jägergrünes Notizbuch aus einem Seitentäschchen meiner Handtasche, schlage die entsprechende Seite auf und gebe es ihr. Sie hält es sich dicht vors Gesicht und überfliegt die Notizen in blauer Tinte.

Ich kenne nicht mal seinen Nachnamen.
Er ist acht Jahre jünger als ich und ich weiß nicht genau, wie ich das finde.
Vermutlich ist er im Bett besser als ich.
Ich habe meine Bikinizone schon lange nicht mehr enthaaren lassen.
Er wäre erst der zweite Mann für mich, was mir das Gefühl gibt, eine fünfunddreißigjährige Jungfrau zu sein.
Ich habe keine Zeit für Gelegenheitssex.
Vielleicht hat er ja eine Geschlechtskrankheit?!?!?!?
Er findet mich vielleicht im Bett schrecklich.
Er flirtet zu gut, das sollte ein Warnsignal sein.
Vermutlich hat er einen MILF-Fetisch. Das ist die einzig logische Erklärung, warum er nicht jüngeren, attraktiveren Frauen ohne Schwangerschaftsstreifen und Kaiserschnittnarben nachjagt.

»Okay, gut.« Saige setzt sich räuspernd auf. »Jetzt schreibst du noch eine Liste: Alle Gründe, warum du mit ihm schlafen solltest.«

Ich verziehe die Nase. »Da fällt mir keiner ein.«

Sie schnaubt. »Ach ja? Versuch's einfach mal. Mir fallen spontan mehrere ein.«

Saige stellt ihre Suppe auf die Armlehne neben sich und fischt einen Stift aus ihrer Handtasche.

»Nummer eins«, zählt sie auf. »Er ist richtig, richtig, richtig heiß.«

Ich verdrehe die Augen.

»Nummer zwei«, fährt sie fort. »Er weiß ganz eindeutig, was er tut, was er durch die vielen Nachrichten bewiesen hat, in denen er all die schönen Dinge beschreibt, die er mit deinem nackten Körper anstellen will.«

Ich werde rot und vergrabe mein Gesicht in den Händen. Hoffentlich belauscht das Paar auf der Bank neben uns nicht unser Gespräch.

»Müssen wir nicht allmählich zurück? Ich glaube, wir sind schon fast eine Stunde weg«, werfe ich ein und überprüfe auf dem Handy die Uhrzeit. Saige nimmt es mir aus der Hand und rückt einige Zentimeter von mir ab.

»Nummer drei«, macht sie weiter. »Es wäre ein amüsant und du brauchst dringend mehr Spaß im Leben. Viertens: Er kann vermutlich jede Frau haben, aber er will dich. Fünftens: Es würde Nathan unglaublich eifersüchtig machen, erst recht, weil Dante jünger und schärfer ist als er. Und wenn Nathan sich was Jüngeres suchen kann, kannst du das auch.«

Lachend hole ich mir das Handy zurück und sehe auf die Uhr. »In Ordnung, Schluss damit. Ich muss zurück an die Arbeit. Ich möchte nicht, dass sich meine zukünftige Stieftochter Sorgen um mich macht, weil ich mich einige Minuten verspäte.«

Grinsend sammelt Saige ihre Sachen ein. »Ich sage dir, such dir einen netten Millionär, dann musst du nie wieder für jemanden wie Keegan arbeiten.«

Ich hänge mir den Riemen meiner Handtasche über die Schulter, winke Saige zu und mache mich auf den Rückweg zum Büro.

12. KAPITEL

Dante

»Wie lange hast du eigentlich vor, hierzubleiben?«, frage ich Cristiano am Dienstag beim Mittagessen. »Ich freue mich über deinen Besuch, aber allmählich wird es mir mit dir im Hotelzimmer zu eng.«

»Zu meiner Verteidigung möchte ich vorbringen, als wir vor einiger Zeit darüber gesprochen haben, dass ich dich diesen Monat besuche, hast du nichts davon gesagt, dass dein Haus renoviert wird.« Mein Bruder steckt sich ein Stück Brot in den Mund.

»Ja, das war eine spontane Entscheidung.«

»Warum mietest du dir nicht vorübergehend was?«, will er wissen. »Oder möchtest du wirklich noch mehrere Monate lang in einem fünfundvierzig Quadratmeter großen Hotelzimmer wohnen?«

Ich reibe mir über den Nasenrücken.

Erst vor Kurzem hat mich mein Bauunternehmer um eine zweimonatige Terminverschiebung gebeten, zusätzlich zu den sechs Wochen Verlängerung, die er schon vorher angekündigt hat. Wenn es in diesem Tempo weitergeht, kann ich erst im neuen Jahr wieder einziehen.

»Soll ich dir was suchen?«, bietet Cristiano an. »Ich habe mehr Freizeit als du. Sag mir einfach, was du möchtest und ich sehe mich um. Wenn ich es gut finde, rufe ich dich an, damit du es in Augenschein nehmen kannst.«

»Darf ich Ihnen Wasser nachschenken?«, fragt die Kellnerin meinen Bruder und klimpert mit den Wimpern. Sie erinnert mich an die italienischen Mädchen aus dem Wohnviertel unserer Kindheit in Jersey. Die langen, dunklen Haare reichen ihr bis auf den Rücken, sie spricht mit leichtem Akzent und ihre dunklen Augen sind mandelförmig.

»*Per favore.*« Cristianos Miene leuchtet auf und er verzieht den Mund zu einem einladenden Grinsen. »*Grazie.*«

»Sind die Herren hier aus der Gegend?«, erkundigt sie sich an meinen Bruder gewandt.

»Nein, eigentlich nicht«, antwortet er und dreht sich ihr zu. »Wir sind in Jersey aufgewachsen, aber ich war schon überall. Er wohnt hier. Ich bin nur zu Besuch da.«

»Und wohin geht's als Nächstes?«, will sie wissen. »Ein aufregendes Ziel?«

»In Richtung Süden. Ich habe noch einen Bruder in Kalifornien.«

»Klingt toll.« Ihre Augen leuchten und sie bleibt noch ein wenig bei uns stehen, als ob sein Blick sie magnetisch festhält. »Ihr Essen müsste gleich kommen.« Mit diesen Worten geht sie.

Cristiano nimmt sich ein weiteres Stück warmes Brot aus dem Körbchen zwischen uns.

»Wird dir das nie langweilig?«, frage ich.

»Was denn?«

»Bei jeder Frau, die dir über den Weg läuft, deinen Charme spielen zu lassen, damit du sie ins Bett kriegst?«

Er zieht die linke Braue hoch, als ob ich Blödsinn rede. »Wie wär's, wenn du dich um dich kümmerst und ich mich um mich?«

Schnaubend blicke ich auf mein Handy. Seit Maren den Anruf gestern Abend so abrupt beendet hat, bin ich unruhig. Ich weiß, dass sie Mutter ist und ihr Kind etwas von ihr brauchte, aber unser Gespräch hat ohne eine Form von »Ruf mich später noch mal an« oder »Wir reden morgen« geendet.

Es war ... einfach vorbei.

Als ob wir Tennis auf zwei Plätzen spielen, und der Ball geradewegs auf der Trennungslinie zwischen den beiden entlangrollt. Es frustriert mich ohne Ende.

»Wer war denn die heiße Braut, mit der du letzte Woche im Krankenhaus gesprochen hast?«, erkundigt sich Cristiano. »Auf dem Weg zur Toilette habe ich gesehen, wie du sie angequatscht hast.«

»Eine Frau aus einer Bar«, erwidere ich. Dass ich sie in einer Bar getroffen habe, wäre gelogen, denn offiziell kennengelernt habe ich sie dort nicht. Ich habe sie lediglich in einer Bar gesehen.

»Du hast wohl Probleme, deine Schäfchen ins Trockene zu bringen?«, will er mit klugscheißerischem Grinsen wissen. »Mensch, wenn du sie nicht willst, dann gib mir ihre Telefonnummer. Ich kriege das hin.«

Spöttisch trinke ich einen Schluck Wasser und sehe mich im Restaurant um. »Du bist nicht ihr Typ.«

Er lehnt sich zurück. »Woher willst du das wissen?«

»So eine rassige Frau steht nicht auf couchsurfende, obdachlose italienische Jungs.«

»Tu nicht so, als wärst du nicht ebenfalls obdachlos«, erwidert er. »Mr Hotel Noir.«

Ein Kellner kommt in unsere Richtung, das Tablett voller Köstlichkeiten. Bellino gehört zu den besten italienischen Restaurants in ganz Seattle und erinnert mich am meisten an die Kochkünste unserer Mutter.

»Brauchen Sie noch etwas?« Unsere Kellnerin ist wieder aufgetaucht, und diesmal klingt ihr Akzent beinahe noch stärker. »Frischen Parmesan?«

»Sehr gern.« Cristiano fängt ihren Blick auf. Kopfschüttelnd sehe ich zu, wie sie rot wird. Verdammter Casanova.

»Sagen Sie einfach Stopp«, bittet sie kichernd und hält die Käsereibe über seine Lasagne. Käsestückchen regnen auf seinen Teller, während die beiden sich anstarren. Sie beißt sich auf die Unterlippe.

Ich warte, bis sie ihren Moment ausgekostet haben und sie fort ist, dann gebe ich meinem Bruder einen Auftrag.

»Such mir was zur Miete. Bezugsfertig, möbliert. Gutes Viertel. Mindestens zwei oder drei Schlafzimmer, viel Platz. Renoviert. In ausgezeichnetem Zustand und nicht weiter als eine halbe Stunde von der Innenstadt weg.«

»Betrachte es als erledigt.«

***

Den ganzen Tag über war ich nicht in der Lage, zu arbeiten. Meine Gedanken kreisen um Maren und ich stelle mir ständig ihr Gesicht vor …

… und ihren Körper …

… natürlich nackt.

Und dann denke ich an all die Dinge, die ich mit ihr anstellen möchte, die sie mir aber nicht gestattet, und schon allein das verstärkt mein Verlangen nach ihr noch um ein Hundertfaches.

Stöhnend vergrabe ich das Gesicht in den Händen, die Ellbogen auf die Glasplatte meines Schreibtischs aufgestützt. Es ist beinahe Feierabendzeit, aber ich habe nichts geschafft, weil ich ständig an die Zwickmühle denken muss, in der ich mich befinde.

Ich will sie.

Sie will mich nicht.

Sie will nicht mal eine Kostprobe.

Sie will nicht mal über eine Kostprobe nachdenken.

Während der vergangenen siebenundzwanzig Jahre bin ich noch keiner Herausforderung aus dem Weg gegangen, und ganz sicher fange ich nicht jetzt damit an. Diese kontraproduktive Einstellung muss ich sofort ändern.

Ich bin ein Mann, der Gelegenheiten beim Schopf packt.

Nur selten grübele ich mehr als nötig, und ich handele, wenn ich muss.

Ich hole mein Handy heraus, rufe ihre Nummer auf und schreibe eine Nachricht.

Ich: WAR GESTERN ABEND ALLES OKAY BEI DEINEM SOHN? ICH HABE DANACH GAR NICHTS MEHR VON DIR GEHÖRT.

Drei springende Punkte erscheinen und mir stockt einen Moment das Herz.

Und dann verschwinden sie.

Mir zieht sich der Magen zusammen.

Gerade will ich mein Handy zur Seite legen, als ich ihren Namen auf dem Display sehe.

Sie ruft an.

Ich räuspere mich, ehe ich mich in unterschwelligem, betont unaufgeregtem Ton melde. »Hey.«

Die Hintergrundgeräusche sind laut, als wäre sie draußen. Ich höre hauptsächlich Wind und hupende Autos.

»Hey, ich fahre gerade von der Arbeit nach Hause«, erklärt sie. »Beim Fahren schreibe ich keine Nachrichten.«

»War gestern Abend alles in Ordnung?« Ich lehne mich in meinen Bürostuhl zurück und drehe mich zum Fenster um, das auf den Skulpturenpark von Seattle hinausgeht.

»Klar.«

»Ich habe angenommen, dass du mich zurückrufst.«

»Ach ja? Hab ich denn gesagt, ich würde dich zurückrufen?«

»Nein.«

»Na dann.«

Ein entferntes Prasseln ertönt im Hörer; es klingt nach Regen. Einen Moment später höre ich das schabende Geräusch ihrer Scheibenwischer. Aus dem Fenster sehe ich die Sturmwolken näher kommen. Sie muss ganz in der Nähe sein.

»Wo arbeitest du, Maren?«, erkundige ich mich.

»Downtown Seattle.«

»Ich auch.«

Der Regen im Hintergrund wird stärker, lauter und übertönt das Geräusch der Scheibenwischer.

»Hör mal, ich sollte Schluss machen. Ich muss mich um das Abendessen für die Jungs kümmern und es regnet so stark, dass ich kaum das Auto vor mir sehen kann.«

»Ich rufe dich heute Abend an«, werfe ich schnell ein, bevor sie den Anruf beenden kann.

Sie schweigt und ich höre nichts weiter als Regentropfen, die auf Glas trommeln.

»Dann schreibe ich dir eben eine Nachricht.«

»Welche Absicht verfolgst du damit?« Ich kann kaum noch ihre Stimme hören.

»Absicht? Ich hab keine Absicht. Ich halte dich für interessant. Und ich denke, mit dir könnte es … lustig sein.«

»Im Bett«, sagt sie. Es ist keine Frage.

»In jeglicher Hinsicht«, erwidere ich. Könnte sie mir ihre volle Aufmerksamkeit schenken, würde ich noch mehr dazu sagen, aber ich weiß, dass sie sich jetzt erst mal aufs Fahren konzentrieren muss. »Ich melde mich heute Abend. Versprochen.«

Mit diesen Worten beende ich den Anruf. Ihre Antwort warte ich erst gar nicht ab, weil sie keine Rolle spielt. Heute Abend rufe ich sie an.

13. KAPITEL

Maren

»Wie lautet eigentlich dein Nachname?« Dienstagabend liege ich im Bett und drücke mir das Handy ans Ohr. Dabei kämpfe ich darum, wach zu bleiben. Die Nachttischlampe habe ich ausgeschaltet und der Fernseher läuft lautlos.

»Amato«, antwortet Dante. »Deiner lautet Greene, richtig? Mit einem ›e‹ am Ende?«

»Woher weißt du das?«

»Du hast letzte Woche in der Notaufnahme den Namen deines Sohns aufgeschrieben.«

»Ach ja, stimmt.«

»Stammst du aus Seattle?«, will er wissen.

Wir telefonieren seit fünf Minuten und er hat bisher keinerlei sexuelle Anspielungen gemacht. Stattdessen bombardiert er mich mit einer Frage nach der anderen, als ob er mich für einen Zeitungsartikel interviewt.

»Ich bin in Miami geboren und aufgewachsen«, berichte ich. »Mein Vater war ein kubanischer Immigrant und meine Mutter ist Norwegerin. Und du?«

»Ich stamme aus New Jersey, bin aber in Ohio geboren. Wir sind nach dem Tod meines Vaters umgezogen.«

»Das tut mir leid.«

»Was denn?«

»Das mit deinem Vater.«

»Das ist schon okay. Ich kann mich kaum an ihn erinnern. Ich war neun oder zehn, als er gestorben ist. Er hat gern getrunken und meine Mom geschlagen, daher denken wir nicht unbedingt häufiger als nötig an ihn zurück.«

»Hast du Geschwister?«, will ich wissen. Mir wird klar, dass Dante mehr ist als nur ein attraktives Gesicht auf dem Körper eines Adonis. Er hat ein Herz und eine Vergangenheit, eine Familie und Vorlieben und Abneigungen. Quasi vor meinen Augen wird er zu einem richtigen Menschen statt einer erotischen Fantasie.

»Vier Brüder«, bestätigt er.

»Eure arme Mutter.«

Dante lacht. Das Telefonat fühlt sich wie ein Date an. Ein gutes Date.

»Ja, ich weiß«, gibt er zu. »Hast du Brüder oder Schwestern?«

»Ich bin ein Einzelkind.«

»Was hat dich hierher verschlagen? Seattle ist ziemlich weit von Miami entfernt.«

»Die Ehe. Die Familie meines Exmannes wohnt hier, daher haben wir uns nach dem College hier niedergelassen. So übel ist es gar nicht. Die Miami-Hitze fehlt mir nicht, eigentlich liebe ich den Regen sogar. Hier ist es friedlich und immer grün. Außerdem ist der Pazifik wunderschön.« Ich seufze und frage mich, ob er wohl das Lächeln aus meiner

Stimme heraushören kann. »Und du? Was hat dich hierher gebracht?«

»Ich hatte ein Vollstipendium für die Oregon State University«, erzählt er. »Dort habe ich Computerwissenschaft studiert. Ursprünglich wollte ich danach im Silicon Valley anfangen, bis mir ein Start-up-Unternehmen in Seattle einen Job angeboten hat. Nebenbei habe ich freiberuflich einige Apps entwickelt und dann meine eigene Firma gegründet.«

»Das machst du also beruflich? Du entwickelst Apps?«

»Ja«, bestätigt er. »So ungefähr.«

»Ach.« Ich rolle mich auf die Seite, das Handy immer noch ans Ohr gepresst. Der Adonis ist klug. Das ist ... echt sexy.

»Ach?«, wiederholt er. »Was bedeutet das?«

»Du bist intelligent«, erkläre ich. »Das gefällt mir.«

Ich höre ihn leise lachen.

»Das überrascht dich?«, will er wissen.

»Ja«, gebe ich zu. »Um ehrlich zu sein, habe ich dich für einen reichen, verwöhnten Jetset-Playboy gehalten, der mit dem goldenen Löffel im Mund geboren wurde und in Saus und Braus lebt.«

»In Kansas City«, fügt er hinzu. »Mit einer Verlobten.«

»Genau.«

»Verpasst du allen neuen Bekannten gleich deine eigene Version ihrer Lebensgeschichte?«

»Eigentlich schon, ja«, bestätige ich. »Das mache ich schon, solange ich denken kann.«

»Schon mal davon gehört, jemanden zuerst einmal kennenzulernen?«, zieht er mich auf.

»Sicherlich. Das ist es doch, was wir hier machen, oder? Übrigens sehr raffiniert von dir, diese Handy-Date-Sache.«

»Das hier ist kein Date«, widerspricht er. »Bei einem echten Date würde ich dich an einem Freitagabend abholen. Ich würde einen Anzug tragen und du ein kleines Schwarzes, das sich an den richtigen Stellen an deinen Körper schmiegt. Ich würde dir die Autotür aufhalten und mit dir in ein schnuckeliges kleines Restaurant fahren, eins mit frischen Blumen und Kerzen auf den Tischen. Dort wäre ich den ganzen Abend über nicht in der Lage, den Blick von dir loszureißen. Wir würden lachen und reden, und wenn wir anschließend das Restaurant verlassen, würde ich dich an mich ziehen, dich gegen die Hauswand pressen und dich unter dem Nachthimmel küssen.«

»Das klingt sehr … schön.«

Ich spüre eine Enge in der Brust.

Niemand hat mich jemals auf so ein Date ausgeführt.

Nicht mal Nathan.

Er war nie romantisch oder aufmerksam. Seine Vorstellung von einem Freitagabend mit mir bestand aus ein paar Bier in einer Sportsbar in Jeans und Poloshirt und danach der neueste Actionfilm im örtlichen Kino.

Obwohl er ein erfolgreicher Anwalt aus einer reichen Familie ist, war Nathan notorisch einfallslos und außergewöhnlich unromantisch.

»Würdest du mir auch Blumen mitbringen?«, frage ich mit Tränen in den Augen. Ich hatte ja keine Ahnung, dass seine kleine Geschichte bei mir beinahe einen Weinkrampf auslösen würde, aber Gott sei Dank kann er mich ja nicht sehen. Dass man so schnell etwas vermissen kann, was man nie erlebt hat, überrascht mich.

»Ja«, bestätigt er. »Aber keine Rosen. Rosen sind viel zu

abgedroschen. Ich würde dir blaue Hortensien mitbringen, die sind elegant und anders. Genau wie du.«

Ich beiße mir auf die zitternde Unterlippe und lache leise über mich. Normalerweise bin ich keine emotionale Person, die sich schnell in etwas hineinsteigert. Das ist doch lächerlich.

Hormone.

Wahrscheinlich kriege ich meine Tage.

Das scheint mir die einzig logische Erklärung zu sein.

»Darf ich dich zu einem Date ausführen, Maren?«, bittet er. »Eine richtige Verabredung. Nur du und ich. Mit Blumen und Abendessen. Und allem, was du gern tun möchtest?«

Meine Antwort bleibt mir im Hals stecken. Seine Frage kommt völlig unerwartet.

Ich atme tief aus. »Na schön.«

Eine Verabredung kann vermutlich nicht schaden. Und ich muss ja nicht zwangsläufig mit ihm schlafen.

»Am Freitag?«, will er wissen. »Ich kann dich um acht abholen.«

»Da sind die Jungs bei mir.«

»Samstag?«

»Ja.« Ich nicke, obwohl er mich gar nicht sehen kann. »Samstag geht.«

»Gute Nacht, Maren«, verabschiedet er sich.

»Gute Nacht.«

Ich setze mich auf, lege das Handy weg und hole aus meiner Nachttischschublade mein Notizbuch und einen Stift. Ich brauche eine To-do-Liste.

Für alle Fälle enthaaren lassen!
Haare schneiden ... Spitzen?

Kleines Schwarzes kaufen!
Neuen Lippenstift besorgen. Chanel, grellpink. Vielleicht hält ihn das davon ab, mich zu küssen. Oder mich davon, ihn zu küssen.
Das Haus putzen, falls er an die Tür kommt!

Ich lese noch einmal meine Liste durch, lösche das Licht und krieche wieder unter die Decke.

Es fühlt sich völlig surreal an und ich kann nicht fassen, dass ich einer Verabredung zugestimmt habe, aber jetzt gehen wir aus.

Gleichzeitig fürchte ich mich davor und freue mich darauf.

14. KAPITEL

Maren

FREUST DU DICH AUF SAMSTAG? DENN DAS SOLLTEST DU, schreibt mir Dante am Mittwochnachmittag.

Grinsend antworte ich beinahe sofort. ICH BIN BEI DER ARBEIT. WEGEN DIR BEKOMME ICH SCHWIERIGKEITEN. Und lasse eine weitere Nachricht folgen. ABER JA, ICH FREUE MICH EIN BISSCHEN.

Er reagiert. WANN MACHST DU MITTAGSPAUSE?

ICH HATTE HEUTE SCHON MITTAGSPAUSE. FALLS DU VERSUCHST, EIN VORAB-DATE AUS MIR RAUSZUQUETSCHEN, MUSS ICH DICH ENTTÄUSCHEN. ICH HABE DIR SCHON DEN SAMSTAG ZUGESTANDEN. ÜBERTREIB ES NICHT.

DU WEISST DOCH, DASS ES NUR EINE FRAGE DER ZEIT IST, BIS WIR EINANDER ÜBER DEN WEG LAUFEN. DIE INNENSTADT VON SEATTLE IST GROSS, ABER NICHT SO GROSS.

Keegan schlendert an meinem Schreibtisch vorbei. Ihr Blick fällt auf den Stapel Akten darauf.

»Viel beschäftigt, wie ich sehe.« Ich habe keine Ahnung, ob das Sarkasmus ist oder ob sie nur Small Talk machen will. Sie hat das Handy am Ohr und schenkt mir nicht allzu viel Aufmerksamkeit, also habe ich vermutlich nichts zu befürchten.

Ich halte mein Handy unter den Schreibtisch, außerhalb ihrer Sichtweite. Diesen Job habe ich erst seit einigen Wochen. Ich will nicht rüberkommen wie eine Faulenzerin, obwohl meine Chefin der Inbegriff einer solchen ist.

Mein Handy vibriert.

Ich blicke nach unten. Er hat mir eine weitere Nachricht geschickt. Darin steht einfach: MAREN.

Ich kann ihm nicht antworten, er weiß, dass ich arbeite. Er wird warten müssen.

Erneut ein Vibrieren.

Schon wieder eine Nachricht und ich lache leise vor mich hin. Bestimmt glaubt er, dass ich es ihm schwer machen will, und das treibt ihn vermutlich in den Wahnsinn.

Gut.

Geschieht ihm recht.

WENN DU NICHT INNERHALB VON FÜNF SEKUNDEN ANTWORTEST, SCHICKE ICH DIR EIN DICK PIC. KEIN WITZ.

Oh Gott.

»Ich gehe in eine späte Mittagspause«, verkündet Keegan und kommt wieder an meinem Schreibtisch vorbei, diesmal mit Handtasche über der rechten Schulter. Es ist zwei Uhr. Und ich hätte schwören können, dass sie bereits eine Mittagspause gemacht hat. Aber das werde ich natürlich nicht sagen.

»Viel Spaß«, wünsche ich ihr mit einem erfreuten Lächeln, das aber völlig an ihr vorbeigeht.

Mein Handy vibriert.

Da ist es.

Ich fürchte mich davor, nachzusehen. Was, wenn er mir tatsächlich ein Foto von seinem Schwanz geschickt hat?

Andererseits möchte ich auch gern nachschauen …

Ich glaube, ich *sollte* nachsehen.

Mit einem tiefen Atemzug hole ich das Handy unter dem Schreibtisch hervor und halte es hoch …

… wo mir ein Foto entgegenleuchtet, das ein Screenshot von Richard Nixon zu sein scheint, der mit »Tricky Dick« untertitelt ist.

Das ist sein Dick Pic.

So flach der Witz auch ist, er bringt mich zum Lachen.

Attraktiv, intelligent *und* humorvoll.

Irgendeine Macke muss er doch haben. Niemand kann so perfekt sein.

Ich lehne mich auf meinem Stuhl zurück und suche nach der passenden Antwort.

Und dann fällt mir etwas ein.

Eine schnelle Suche bei Google Bilder liefert mir ein Katzenfoto, von dem ich einen Screenshot mache und an ihn schicke.

Wenn er mir ein »Dick Pic« schicken kann, kann ich ihm auch eins von meiner »Pussy« senden.

Einen Moment später klingelt mein Handy. Bevor ich abnehme, schließe ich schnell die Bürotür.

»Du hältst dich wohl für sehr clever?«, frage ich breit grinsend.

»Nicht clever«, kontert er. »Klug. Dick Pics zu verschicken gilt in den meisten Bundesstaaten als Straftat und ich bin zu attraktiv fürs Gefängnis. Außerdem hat es funktioniert, ich habe jetzt deine Aufmerksamkeit. Ich werde nicht gern ignoriert, Maren.«

»Ich hab dich nicht ignoriert. Mein Boss war im Zimmer. Ich versuche lediglich, Schwierigkeiten zu vermeiden.«

»Ah. Dein Chef scheint ein Arschloch zu sein. Was zahlt er dir? Kündige und arbeite für mich.«

»Meine *Chefin* ist eine reizende Vierundzwanzigjährige«, erkläre ich. »Zu ihren Hobbys zählen Verabredungen und Verabredungen. Sie möchte sehr, sehr, sehr gerne Mutter werden. Sobald wie irgendwie möglich.«

»Klingt heiß«, witzelt er. Zumindest glaube ich, dass das ein Scherz war.

»Sie will mich außerdem mit ihrem Dad verkuppeln, weil sie glaubt, ich wäre eine Superstiefmutter.«

Dante macht ein gurgelndes, spuckendes Geräusch, als hätte er sich an einem Getränk verschluckt. »Oh Gott. Wir müssen dich dort rausholen.«

Kichernd drehe ich mich in meinem Stuhl und genieße die kurze Pause vom Scannen und Archivieren.

»Tu's nicht«, rät er mir. »Lass dich nicht mit dem Vater deiner Chefin ein.«

»Und warum nicht?«

»Weil du mich datest.«

»Ich *date* dich nicht. Ich *habe ein Date* mit dir. Das ist ein Unterschied.«

»Heißt das, du willst dich auch mit anderen Männern treffen?« Er atmet hörbar aus. »Das wird aber ein Problem für mich, ich habe nämlich noch nie gern geteilt.«

»Mir war nicht klar, dass ich mich komplett vom Markt nehme, wenn ich dir erlaube, mich einmal auszuführen.«

»Noch bist du nicht vom Markt«, korrigiert er. »Aber bald.«
»Hat dir schon mal jemand gesagt, dass du verrückt bist? Also richtiggehend irre?«
»Ich bin nicht verrückt«, widerspricht er. »Nur zuversichtlich.«

15. KAPITEL

Maren

»Mom, warum lächelst du denn immerzu?«, will Beck wissen, als er Mittwochabend von seinen Hausaufgaben aufsieht.

»Ja«, stimmt Dash ihm zu. »Seit du heimgekommen bist, läufst du mit einem breiten Grinsen umher. Was ist denn so lustig?«

»Nichts.« Ich mache mir einen Kamillentee und setze mich zwischen die beiden. Um mein Lächeln zu kaschieren, hebe ich mit beiden Händen die warme Keramiktasse an den Mund.

Ich kann mich gar nicht erinnern, wann ich zum letzten Mal an einem einzigen Tag so viel gelächelt habe. Es ist beinahe, als hätte ich ein gesundheitliches Problem.

Das kann nicht normal sein.

Oder gesund.

Drehe ich gerade durch?

Muss ich eingewiesen werden?

Oh Gott. Ich kann nicht damit aufhören.

Sogar meinen Kindern fällt schon auf, dass ich mich wie eine Verrückte benehme.

»Was auch immer der Grund dafür ist, ich freue mich, dass du glücklich bist, Mom«, sagt Dash und klingt damit vielleicht älter als zwölf. »Dad ist sehr glücklich und du solltest es auch sein.«

Ich gebe nicht zu bedenken, dass ihr Dad vermutlich so glücklich ist, weil er regelmäßig Sex mit einer Frau hat, die halb so alt ist wie er, und er sich deshalb wohl eher wie ein echt toller Hecht fühlt statt wie ein dickbäuchiger, zur Glatze neigender Anwalt in mittleren Jahren mit einem kleinen Penis.

Irgendwas sagt mir, dass dies vielleicht kein geeignetes Thema für ein kinderfreundliches Gespräch wäre.

»Wie geht es denn eurem Vater so?«, frage ich ehrlich neugierig, da ich ihn immer nur im Vorübergehen sehe, wenn die Kinder abgegeben oder abgeholt werden. »Was treibt er so? Spielt er immer noch so oft Golf? War er in letzter Zeit mal bei seinen Eltern? Ich vermisse eure Großeltern. Wie geht's ihnen?«

»Warum stellen Erwachsene bloß ständig so viele Fragen?«, antwortet Beck mit einer Gegenfrage.

Ich drehe mich zu ihm um. »Was meinst du denn damit, Schatz?«

»Dad fragt immer nach dir, wenn Lauren nicht dabei ist«, erklärt Dash. »Und wenn Dad nicht da ist, fragt Lauren nach dir.«

Schockiert lege ich mir eine Hand auf die Brust und setze mich auf. »Moment, wie bitte? Was für Dinge wollen die beiden denn wissen?«

Ich beobachte, wie Beck Dash einen Blick zuwirft, und dann verdrehen sie beide die Augen, als wäre ich nur eine weitere Erwachsene, die sie nach Erwachsenenkram aushorchen will.

»Lauren fragt immer, was du uns zu Hause kochst. Wo du gern einkaufst. Wie du bestimmte Dinge machst, zum Beispiel die Wäsche zusammenlegst und so«, erklärt Dash.

»Das ist echt merkwürdig«, erwidere ich, auf sonderbare Weise geschmeichelt. »Warum will sie das wissen?«

»Weil sie das besser machen will als du«, antwortet Dash.

Lachend schüttele ich den Kopf. »Das kann nicht sein. Sie hat gar keinen Grund, sich in irgendetwas mit mir zu messen.«

»Dad behauptet immer, dass sie es falsch macht«, fügt Beck hinzu. »Er sagt dann: ›Maren hat das aber so gemacht‹ oder ›Das ist aber nicht, was Maren immer gemacht hat‹.«

»Das ist aber nicht sehr nett von ihm.« Ich nehme einen Schluck Tee und verstecke mein selbstgefälliges Grinsen. Was ich da höre, macht mich unvernünftig glücklich. Ich weiß, dass ich dafür in die Hölle komme, aber es ist mir egal.

Karma.

»Ich verstehe überhaupt nicht, warum sie das so sehr interessiert«, gebe ich zu bedenken. »Wenn sie wirklich so neugierig auf mich ist, sollte sie mich einfach kennenlernen, statt mir bei jeder sich bietenden Gelegenheit aus dem Weg zu gehen. Ich meine, sie lebt mit eurem Vater zusammen. Früher oder später werden wir sowieso aufeinander treffen.«

»Dad möchte nicht, dass du in Laurens Nähe bist«, verkündet Beck. »Ich habe zufällig mit angehört, wie sie letzte Woche darüber gesprochen haben. Er findet, das wäre sehr bizarr.«

Schnaubend verdrehe ich die Augen. Natürlich fände er es bizarr. Schließlich ist er für wer weiß wie lange mit uns beiden gleichzeitig ins Bett gegangen. Uns zusammen im selben

Raum zu sehen, wäre sehr unangenehm für ihn; letztendlich weiß doch jeder, dass sich die Welt um Nathan Greene zu drehen hat.

»Egal«, winke ich ab. Ich möchte die Kinder nicht noch mehr in diesen Erwachsenenblödsinn mit hineinziehen. »Wie war's heute bei euch? Was habt ihr in der Schule gelernt? Beck, was für Hausaufgaben machst du da gerade?«

Die Jungs gehen problemlos auf meinen Themenwechsel ein. Beck plappert irgendwas über Dinosaurier und Dash unterbricht ihn, um mir zu berichten, dass es seinem Knöchel besser geht und er nach der fünften Stunde heute nicht mal mehr die Krücken brauchte.

Den Rest des Abends über weiche ich ihnen nicht von der Seite und schenke ihnen bis zum Zubettgehen meine ungeteilte Aufmerksamkeit. Dash lässt sich von mir nicht mehr ins Bett bringen, aber Beck schon. Ich warte, bis er den Schlafanzug anhat und unter der Decke liegt, ehe ich das Zimmer betrete und mich auf die Bettkante setze.

Ich streiche ihm durch die federleichten, kaffeebraunen Haare und drücke ihm die Lippen auf die glatte Stirn.

Mein Baby.

»Wie läuft es so, Beck?«, frage ich mit geneigtem Kopf.

Er schenkt mir einen verwirrten Blick.

»Gu… gut, Mom. Warum fragst du?«

»Ich will nur sichergehen, dass alles in Ordnung ist. Ihr beiden habt dieses Jahr eine Menge Veränderungen durchstehen müssen«, erkläre ich. »Du sollst wissen, dass du mir immer alles erzählen kannst. Wenn dir etwas zu schaffen macht oder du traurig oder unglücklich bist, dann sagst du mir das sofort, okay?«

Beck nickt.

»Mir geht's gut, Mom.«

»Ganz ehrlich?«

Er nickt erneut und zeigt mir sein zahnlückiges Lächeln.

»Du und dein Bruder werdet immer an erster Stelle stehen«, verspreche ich ihm. »Das sollt ihr wissen. Ihr bleibt für immer meine Nummer eins, alle beide. Auf ewig. Nichts und niemand kann das ändern.«

»Ich hab dich lieb, Mom.«

»Ich dich auch.«

Ich stehe auf und greife nach dem Lichtschalter.

»Mom?«

»Ja, Schatz?«

»Glaubst du, dass du irgendwann wieder heiraten wirst?« Beck hat die dunklen Augenbrauen hochgezogen. Ich kann seinen Gesichtsausdruck nicht deuten und habe keine Ahnung, worauf er hinauswill.

»Warum fragst du?«

»Ich fände es gut. Dad hat gesagt, dass er Lauren bald einen Antrag machen will. Ich möchte nicht, dass du einsam bist.«

»Ich bin nicht einsam, Schatz«, versichere ich ihm liebevoll. »Ich habe doch dich. Und Dash.«

»Aber wir werden doch irgendwann erwachsen, nicht wahr? Und dann ziehen wir aus und heiraten.«

»Richtig.«

»Und dann wirst du ganz allein sein«, erklärt er.

»Das ist kein Problem«, versichere ich ihm.

»Ich könnte bei dir bleiben. Ich muss nicht unbedingt aufs College gehen. Dann wohne ich einfach hier und du bist nicht allein.«

Seine Miene ist ernst und ich weiß, dass er jedes Wort seines Vorschlags auch so meint. Für den Bruchteil einer Sekunde stelle ich mir einen dreißigjährigen Beck vor, der noch zu Hause wohnt und seine Tage mit Pizzaessen und Videospielen verbringt.

»Nein«, wiegele ich ab. »Nein, nein, nein. Das ist nicht nötig.«

Beck zieht sich grinsend die Bettdecke bis ans Kinn und kraust seine kleine Nase.

Ich werfe ihm einen Handkuss zu und schließe die Tür hinter mir. Auf dem Weg zurück ins Wohnzimmer werfe ich einen Blick hinein zu Dash. Er liegt im Bett und liest. Das Leselicht beleuchtet seine kantigen Gesichtszüge. Jedes Mal, wenn ich ihn ansehe, kommt er mir wieder ein kleines bisschen älter vor.

»Bleib nicht zu lange auf«, flüstere ich von der Tür aus.

Er ist so in sein Bibliotheksbuch vertieft, dass er mich gar nicht hört, also nutze ich das aus und beobachte ihn noch einige Sekunden länger.

Als ich selbst im Bett liege, finde ich endlich Zeit, meine Nachrichten abzurufen. Saige hat mir geschrieben, ob wir uns wieder zum Mittagessen treffen wollen, und Tiffin will wissen, ob Beck am Freitag nach der Schule vorbeikommen und mit Liam spielen will. Außerdem habe ich noch eine Nachricht von meiner Mom, die mir ein Foto von sich und Dad aus dem Urlaub auf Jamaica geschickt hat.

Nacheinander beantworte und lösche ich alle.

Ein wenig enttäuscht stelle ich fest, dass Dante mich heute Abend gar nicht belästigt.

Eigentlich mag ich seine Belästigungen.

Daher lese ich noch einmal unsere Nachrichten vom Nachmittag und schlafe mit einem glücklichen Lächeln auf den Lippen ein.

16. KAPITEL

Dante

Am Samstagabend klingele ich um acht Uhr an Marens Tür, einen Strauß blaue Hortensien in der Hand. Genauso gut könnte ich eine Ansteckblume am Revers tragen, denn die ganze Sache fühlt sich an wie eine Verabredung zum Highschoolball. Sogar mein Auto ist frisch gewaschen und gewachst.

Einen Moment später geht die Tür auf und gut dreißig Sekunden lang habe ich extreme Atemschwierigkeiten.

»Maren«, sage ich, nachdem ich endlich wieder Herr meiner Sinne bin. »Du siehst wie immer wunderschön aus.«

Sie schenkt mir ein halbherziges Lächeln, strafft die Schultern und fährt sich mit den Händen seitlich an ihrem sehr figurbetonten, wunderbar kurzen schwarzen Kleid entlang. Ihre Brüste quellen beinahe aus dem Ausschnitt und ihre Lippen sind grellpinkfarben geschminkt, doch sie wirkt elegant und ich fühle mich sehr geehrt, sie heute Abend ausführen zu dürfen.

»Hortensien.« Sie lächelt breit. »Die liebe ich. Vielen

Dank.« Sie nimmt die Blumen entgegen und bedeutet mir, ihr ins Haus zu folgen. »Ich stelle sie nur schnell ins Wasser.«

Ich sehe mich ein wenig im Eingangsbereich um. Mein Blick fällt auf eine Wand mit Fotos von ihren Söhnen. Das Haus riecht nach Vanille, Zimt und sauberer Wäsche. Die Möbel sind eher auf Bequemlichkeit ausgelegt als auf Eleganz. Es wirkt wie ein Familienhaus und in vielerlei Hinsicht erinnert es mich an das, in dem ich aufgewachsen bin. Allerdings roch es in unserem eher nach Knoblauch und Oregano und unsere Couch war völlig hinüber, weil meine Brüder immer die Arm- und Rückenlehnen umbogen.

»Fertig?«, fragt sie, als sie zurückkehrt und eine kleine schwarze Tasche von einem Tischchen im Flur nimmt. Sie klappt sie auf, überprüft den Inhalt und klemmt sie sich unter den Arm. »Verrätst du mir, wo wir hingehen?«

»Hast du schon mal vom Onyx Key gehört?«

Ich warte, während Maren hinter sich abschließt.

»Ich glaube nicht.«

»Es handelt sich um ein Privatrestaurant, nur für Mitglieder«, erkläre ich, während uns eine warme Spätseptemberbrise umhüllt. »Es befindet sich auf dem Dach des Bluestone-Gebäudes in der Innenstadt. Die Aussicht ist grandios und das Essen göttlich. Ich verspreche dir, es wird dir gefallen.«

Lächelnd hakt sich Maren bei mir unter und ich führe sie zum Wagen. Als sie eingestiegen ist, schließe ich hinter ihr die Tür und stehle einen weiteren Blick auf sie. Ihre dunklen Haare sind im Nacken zurückgesteckt. Mit ihrer alterslosen Schönheit und der femininen Figur erinnert sie mich an eine moderne Sophia Loren.

Ich nehme den Platz neben ihr ein und lasse den Motor an.

Das Herz schlägt mir bis zum Hals und ich muss mich regelrecht zwingen, nicht nach ihrer Hand zu greifen, denn alles an ihr schreit förmlich danach, berührt zu werden. Ihre weichen Lippen, ihre glatte Haut. Die zarten Haarsträhnen, die ihr Gesicht umrahmen.

Eins ist klar: Der heutige Abend wird von mir eine ganze Menge mehr Selbstbeherrschung erfordern, als ich gewohnt bin.

17. KAPITEL

Maren

»Halt still.« Als wir den Onyx Key verlassen und zum Fahrstuhl gehen, streicht mir Dante mit dem Daumen über die Unterlippe. Während der vergangenen zwei Stunden haben wir miteinander gelacht, geredet, köstliche Speisen gegessen und wunderbaren Wein getrunken, alles umrahmt vom funkelnden nächtlichen Seattle und dem Sternenhimmel darüber. »Hier. Du hattest etwas im Mundwinkel.«

Ich presse die Lippen zusammen. Mein Lippenstift, dieses vorübergehende Kussabwehrmittel, ist längst verschwunden, doch das macht nichts, denn inzwischen fühle ich mich wunderbar entspannt. Ich bin nachgiebig. Falls er mich küssen wollte, würde ich ihn lassen. Ich würde ihn nicht aufhalten. Vermutlich würde ich heute Abend sogar noch eine ganze Menge andere Dinge mit ihm tun.

Allerdings sieht es bisher nicht danach aus. Er hat sich den ganzen Abend über wie ein perfekter Gentleman benommen.

Mit einem klingelnden Geräusch öffnet sich die Fahrstuhltür und wir betreten die Kabine. Die Spannung zwischen uns ist geradezu greifbar.

Dante hat mich den ganzen Abend über angesehen, als wolle er mich verschlingen. Ab und zu habe ich bemerkt, wie sich sein Körper angespannt hat. Manchmal hat er danach den Blick abgewendet, doch er flog immer wieder zu mir zurück, als könnte er nicht genug kriegen.

Im Prinzip hat er mich den ganzen Abend über mit den Augen ausgezogen.

Jetzt hatten wir also SMS-Sex und Augensex und das bedeutet, echter Sex wäre der nächste logische Schritt.

»Maren«, sagt er, als wir das Erdgeschoss erreichen. »Hast du dich heute Abend amüsiert?«

Der Boden scheint ein winzig kleines bisschen zu schwanken. Ich weiß nicht mehr genau, wie viel Wein ich getrunken habe, aber ich halte mich nicht für betrunken. Ein bisschen beschwipst vielleicht. Definitiv entspannt.

»Ja«, bestätige ich und bin mir sehr deutlich bewusst, dass sich hinter mir eine Backsteinwand befindet, gegen die er mich momentan nicht presst, dass seine Hand nicht durch meine Haare streicht und sein Mund nicht auf meinem liegt. »Ist das nicht der Moment, wo du mich eigentlich küssen solltest?«

Wir bleiben stehen und Dante dreht sich mit funkelnden Augen und zur Seite geneigtem Kopf zu mir um. Grinsend fährt er sich mit der Hand übers Kinn.

»Ja«, stimmt er mir zu. »Das ist die Stelle, wo ich dich küsse.«

Das Herz schlägt mir wie wild in der Brust und ich mache einen Schritt nach hinten. In mir toben Erregung und Furcht.

Ich habe bisher noch nie jemand anderen als Nathan geküsst, aber ich möchte Dante küssen. In der Theorie klingt es nach einer guten Idee, aber es in die Praxis umzusetzen, ist ein ganz anderes Paar Schuhe.

»Möchtest du denn von mir geküsst werden?«, fragt er. Offensichtlich spürt er meine Beklommenheit.

Ich versuche zu antworten, doch die Stimme bleibt mir im Hals stecken. Daher nicke ich nur.

Er umfasst mit einer Hand meine Wange, streicht mit den Fingerspitzen über mein Kinn und hebt es sanft an.

Ich versuche, den Kloß in meiner Kehle hinunterzuschlucken, damit ich das genießen kann, was gleich passieren wird. Ich lecke mir über die Lippen und atme genau in dem Moment tief ein, als Dante mich küsst.

Sein Mund liegt warm und weich auf meinem, und sobald sich unsere Zungen berühren, spüre ich weder meine Füße noch den Boden unter mir. Ich merke nicht, ob sich die raue Backsteinwand hinter mir in meinen Rücken drückt. Ich höre nichts mehr vom surrenden Großstadtverkehr, der an uns vorbeizieht. Ich spüre nur noch seine Hände in meinen Haaren und seine Zunge zwischen meinen Lippen und bin mir sehr bewusst, wie perfekt sich unsere Körper aneinanderschmiegen.

Er schmeckt nach süßem Rotwein und Pfefferminzkaugummi und sein herbes Aftershave macht mich ganz schwindelig vor Erwartung, denn ich möchte wissen, wie es auf seiner Haut riecht.

In Gedanken fahre ich bereits mit den Händen über seine glatte Brust, koste seine Lippen und spüre die Kraft seiner Stöße.

Dante zieht sich zurück und ich bin bereits atemlos. Seine Lippen leuchten kirschrot von unserem Kuss und wir lächeln beide.

Ich will mehr.

Mir hat das gefallen.

Sehr gefallen.

»So hat mich bisher noch niemand geküsst«, bringe ich heraus.

Er schiebt seine Hand in meine und zieht mich hinüber zum Stand des Parkservices unter der königsblauen Markise des Bluestone-Gebäudes.

»Komm mit zu mir nach Hause«, bittet er und zieht mich an sich. Sein warmer Atem kitzelt mich am Ohr und seine Worte schicken mir einen Schauer den Rücken hinab.

Vielleicht liegt es am Wein.

Oder möglicherweise liegt es daran, dass sich seit mehr als zehn Jahren nichts auch nur ansatzweise so magisch oder intensiv angefühlt hat wie das hier.

Heute Abend werde ich mit Dante Amato nach Hause gehen.

Ich werfe alle Bedenken über Bord.

Ich denke nicht an meine Listen oder daran, dass aus leichtsinnigem Verhalten meistens nichts Gutes entsteht.

Heute Abend will ich nur daran denken, wie gut er sich in mir anfühlen wird.

»Einverstanden«, sage ich. »Ich fahre mit zu dir nach Hause.«

18. KAPITEL

Dante

»Hier wohnst du?«, fragt sie, als wir uns meinem vorübergehenden Quartier nähern.

»Nur für die nächsten fünf Monate«, erkläre ich. »Mein Bruder hat mir diese Mietwohnung besorgt. Das Hotel Noir war nett, aber ich konnte es nur begrenzte Zeit in einem fünfundvierzig Quadratmeter großen Schuhkarton aushalten. Allmählich wurde mir das zu eng.«

»Ein luxuriöser fünfundvierzig Quadratmeter großer Schuhkarton, aber ich verstehe, was du meinst«, antwortet sie. »Es ist schön, wenn man zum Fenster hinausschauen kann, Platz hat und ein wenig Privatsphäre.«

Ich biege auf den Monserrat Drive ab und dann nach links zum Strawberry Hill.

»Mein Ex lebt in dieser Gegend«, sagt sie und betrachtet die Straßenschilder. »Wie klein die Welt doch ist.«

Auf der Belle Plaines fahre ich nach rechts.

»Genau genommen wohnt er sogar in dieser Straße«, fügt sie langsam hinzu und sieht sich um.

Ich halte vor meinem gemieteten Haus, das eher für eine fünfköpfige Familie geeignet wäre, und schalte den Motor aus.

»Wir sind da.« Ich ziehe den Schlüssel ab.

Maren starrt nach rechts. »Das ist Nathans Haus. Du wohnst direkt neben Nathan.«

»Das schert mich nicht, solange es dich nicht stört.« Schulterzuckend greife ich nach ihrer Hand. »Na los. Lass dir von deinem bescheuerten Ex nicht unseren Abend verderben.«

Maren dreht sich zu mir um und verzieht den Mund zu einem Lächeln. »Ja, du hast recht. Ich würde nie zulassen, dass er uns das hier vermiest.«

Wir steigen aus, und als sie um das Auto herumgegangen ist, nehme ich ihre Hand. Ich ziehe sie fest an mich und wir sprinten beinahe zur Haustür. Innerhalb von Sekunden sind wir im Haus und reißen wie von Sinnen an der Kleidung des anderen, die Münder aufeinandergepresst und rückwärts taumelnd.

Ich wohne seit zwei Tagen hier, kenne mich aber noch nicht genügend aus, um mich mit geschlossenen Augen zurechtzufinden, daher nehme ich meinen Mund von Marens und stattdessen ihre Hand, um sie nach oben ins Schlafzimmer zu führen.

Der linke Träger ihres Kleids hängt ihr von der Schulter, und ihre Lippen sind von unserem Kuss gerötet. Sie schenkt mir ein sinnliches Lächeln, nur für mich, und als sich unsere Blicke treffen, funkeln ihre braunen Augen.

»Bist du dir sicher, dass du das hier willst, Maren?« Ich lege ihr eine Hand auf die Hüfte und ziehe sie an mich heran. Mit der anderen Hand umgreife ich ihren Nacken, während ich meine Lippen auf ihre senke. Seidene Strähnen lösen sich aus ihrem Haarknoten, als sie sich auf die Zehen stellt. Sie streift die Schuhe ab und drückt sich an mich, fester diesmal. Ihre Hände gleiten zu meinen Schultern.

»Nein«, haucht sie. »Ich will das hier nicht, Dante.«

Mir bleibt das Herz stehen.

»Ich *brauche* es«, fügt sie hinzu und grinst, bevor sie wieder meinen Blick sucht.

»Gut«, murmele ich und ziehe am Reißverschluss auf ihrem Rücken. Das Kleid fällt hinab zu ihren Füßen und sie steht in nichts weiter als einem schwarzen Spitzenslip vor mir.

Ich knie mich vor sie, lasse einen Finger unter den Bund ihres Höschens gleiten und ziehe es langsam über ihre kurvigen Oberschenkel. Anschließend umfasse ich ihren Hintern und gleite mit der Zunge zwischen ihre Beine. Und dann warte ich ... auf den Seufzer, der mir verrät, dass sie sich fallen lässt. Ich möchte, dass sie sich mir hingibt. Ich will Emotionen in ihr wecken, die sie noch nie zuvor gespürt hat. Sie soll sich zeit ihres Lebens an diese Nacht erinnern.

Jeder Zentimeter an ihr ist glatt und unbehaart, bis auf einen schmalen Streifen oberhalb ihrer wunderbaren Pussy. Obwohl sie den Großteil der Woche so getan hat, als wolle sie das hier nicht, würde keine Frau der Welt sich frisch enthaaren lassen, wenn sie nicht gevögelt werden wollte.

»Du schmeckst so gut, Maren«, flüstere ich seufzend und hauche ihr einen heißen Atemzug zwischen die Beine, bevor ich ihre berauschende Erregung einatme.

Dann stehe ich auf, nehme sie bei der Hand und führe sie zum Bett.

»Leg dich hin«, kommandiere ich und öffne meinen Gürtel.

Ich beobachte, wie sie sich langsam zurücklehnt und keine Sekunde lang den Blick von mir nimmt, während ich mich vor ihr ausziehe. Ihr Körper ist weich und fraulich und an genau den richtigen Stellen gerundet. Ihre vollen Brüste betteln geradezu darum, berührt zu werden, und ihre Schenkel wollen auseinandergeschoben werden.

Sobald ich vollständig entkleidet bin, klettere ich über sie. Dann nehme ich eine ihrer festen Brustwarzen zwischen Daumen und Zeigefinger, zwicke sie sanft und senke meinen Mund darauf.

Jeder Zentimeter an ihr duftet nach Mandeln und Honig und schon jetzt kann ich nicht genug davon kriegen.

Ich lege mich zwischen ihre Schenkel und hebe ihre Beine an, bis sie auf meinen Schultern liegen. Langsam lasse ich meinen Blick über sie schweifen, während sie beklommen darauf wartet, dass ich beende, was ich begonnen habe.

Unterstützt von ihrer Erregung lasse ich einen Finger in sie gleiten und umkreise ihre Klitoris mit der Zunge. Sie zuckt mit den Hüften, ein sicheres Zeichen dafür, dass sie auf verlorenem Posten kämpft. Heute Abend übernehme ich die Kontrolle, und ihre Lust gehört mir.

»Entspann dich«, raune ich an ihre feuchte Haut und spüre ihre Schenkel erzittern, als ich erneut die Lippen auf sie senke. Mit den Fingern erkunde ich jeden weichen, sensiblen Punkt in ihr, und lasse meine Zunge vorschnellen und kreisen, bis Maren sich unter mir windet.

Tagelang könnte ich so weitermachen, aber ich möchte den innersten Teil von ihr spüren, und zwar mit meinem härtesten.

Ich schiebe mich zu ihr hoch. »Koste mal, wie unglaublich gut du schmeckst.«

Sie küsst mich, fest, und unsere Zungen spielen miteinander. Ich bin sicher, dass das noch nie zuvor jemand mit ihr gemacht hat, aber sie soll wissen, wie süß sie schmeckt und wie süchtig sie mich macht.

Ich rolle mich von ihr herunter und hole das Kondom aus meiner Brieftasche vom Boden, wo sie mir aus der Hosentasche gefallen ist. Mit den Zähnen reiße ich die Packung auf und ziehe mir den Schutz über. Ich bin steinhart, und Maren Greene liegt nackt und atemlos mitten auf meinem Bett. Sie betrachtet meinen Schwanz, als wäre er das Furcht einflößendste, was sie jemals zu sehen bekommen hat. Ihre mandelförmigen Augen sind weit aufgerissen und rund, und ihre Hand umklammert die linke Brust.

Ich lege mich hinter sie und drücke ihren Rücken an meinen Oberkörper. Meine Hand schlüpft unter ihrem Arm hindurch und ich halte sie fest, drücke Küsse auf ihre heiße Haut, ihren Nacken.

Ihr Körper ist abwechselnd angespannt und gelöst, und ihre Atmung beschleunigt sich. Unter meinen Handflächen spüre ich ihre Gänsehaut.

»Es ist okay«, hauche ich zwischen zwei Küssen und lasse meine Hände über ihren weichen Bauch und an ihren Schenkeln entlanggleiten. Dann ziehe ich ihr Bein höher und schiebe meinen Schwanz näher, bringe mich in Position, um von hinten in sie einzudringen.

Ihre Haare sind zerzaust, kleben an ihrem Hals und an meinem Gesicht, und als sie meine Schwanzspitze an ihren Schamlippen spürt, drängt sie mir ihr Becken entgegen. Ich schiebe mich langsam in sie hinein, wobei ich jeden Zentimeter von ihr genieße, den ich ausfülle.

Als ich vollständig in ihr bin, seufzt sie.
»Fühlt sich das gut an?«, flüstere ich.
Sie nickt, während meine Hand über ihre Seite gleitet, zwischen ihren Brüsten entlang bis zu ihrem Hals. Mit dem Daumen streiche ich ihr über die Unterlippe und lasse mir viel Zeit, erobere sie mit langsamen, tiefen Stößen, die sie mit atemlosen Seufzern aus ihren vollen, perfekten Lippen beantwortet.
»Streichle dich.« Ich führe ihre Hand zu ihrem Kitzler und drücke ihre Fingerspitzen auf ihre empfindlichste Stelle.
Ihre Frisur hat sich inzwischen völlig aufgelöst und die Haare fallen ihr über die Schultern. Ich fasse hinein und ziehe sanft daran, während ich schneller und härter in sie hineinstoße. Ihr warmer Körper fühlt sich großartig an meinem an.
Ihr sanftes Stöhnen kommt rascher, verzweifelter. Mit den Fingern treibt sie sich an den Rand der Klippe und schlingt ihre Schenkel um meine Hüfte. Ich vergrabe meinen Schwanz noch tiefer in ihr, und als sie aufschreit und sich ihr Körper zuckend anspannt, spüre ich, wie auch meine Hoden fest werden.
»Schneller, hör nicht auf«, bittet sie flüsternd. »Mach weiter, weiter ...«
Ich vögele sie schneller, den Unterarm über ihre Brüste gelegt und die Hand an ihrem Nacken. Ich spüre, wie sie in meinen Armen kommt, ihr Körper verschmilzt regelrecht mit meinem, und als ich ein letztes Mal in sie stoße, explodiere ich in einem Höhepunkt, der meinen ganzen Körper erbeben lässt.
Erschöpft lassen wir uns aufs Bett sinken, und ich verharre noch einige Minuten in ihr, um das wunderbare, berauschende Hoch auszukosten.

Einen Moment später mache ich mich von ihr los und gehe ins Bad, um mich zu säubern. Mit einem warmen Waschlappen in der Hand kehre ich zum Bett zurück. Damit streiche ich ihr vorsichtig zwischen den Schenkeln entlang und küsse zum hundertsten Mal an diesem Abend ihre geschwollenen Lippen.

»Das war unglaublich.« Lächelnd fährt sie über meinen Bizeps. »Großer Gott, *das* habe ich also all die Jahre verpasst?«

Ich rolle mich neben sie und bewundere das Ergebnis meiner Arbeit. Ihre geröteten Wangen. Wie sie sich auf die Unterlippe beißt. Das Funkeln ihrer dunklen Augen im Mondlicht, das durch das Fenster hereinfällt. Sie schlägt sich vor die Stirn und starrt hinauf zur Decke.

»Ich bin *gekommen*, Dante. Beim Sex.« Lächelnd schüttelt sie den Kopf. »Wann können wir das wiederholen?«

Als ich ihr die Hand auf den Bauch lege, entdecke ich eine verblasste Narbe unterhalb ihrer Hüftknochen. Sie ist nur noch schwach zu erkennen und zieht eine gezackte Linie über ihre glatte Haut. Ich habe zwar noch nie zuvor eine Kaiserschnittnarbe gesehen, aber ich wüsste nicht, was es sonst sein sollte.

Sie bemerkt meinen Blick und versucht, ihr Knie anzuziehen, aber das lasse ich nicht zu. Ich drücke ihre Beine nach unten, setze mich auf und küsse sie auf den Bauch, immer tiefer, bis ich die gezackte Narbe erreicht habe, und dann bekommt auch die einen Kuss.

»Alles an dir ist verführerisch, Maren«, versichere ich ihr.

Ich lege mich neben sie und ziehe sie in meine Arme. Ihre Haare fallen ihr über die Schulter und auf mene Brust, und ihre Wange liegt an meinem Herz.

»Darf ich dir etwas anvertrauen?«, frage ich und blicke hinauf zur Decke.

Sie nickt und ich höre, wie sie tief einatmet und die Luft anhält.

»Als ich dich zum ersten Mal im Hotel Noir gesehen habe, konnte ich den Blick nicht abwenden. Du warst sexy und selbstbewusst und hattest dieses ansteckende Lachen, diese charismatische Aura wie aus einer anderen Welt, als würdest du von innen heraus strahlen. Ich war vollkommen fasziniert. Und extrem angetörnt. Doch dann habe ich einen dringenden Anruf bekommen und als ich vom Telefonieren zurückkam, warst du weg. Ich war wirklich froh, als mir deine Freundin deine Nummer zugesteckt hat und musste dich unbedingt sofort kontaktieren. Das ist normalerweise nicht meine Art, Maren, aber ich konnte einfach nicht warten. Ich wollte nicht, dass du mir entwischst oder ich meine Chance vertue. Dich eine Woche später anzurufen wäre merkwürdig gewesen, oder? Deshalb habe ich dir sofort geschrieben. Und als du mich abgewiesen hast, wollte ich dich nur noch mehr.«

Da gibt es noch etwas, das ich ihr sagen will, etwas, das sie wissen sollte, aber das wird warten müssen.

Sie hebt den Kopf, ihre Hand an meine Brust gelegt. »Dir gefällt es, wenn sich eine Frau nicht so schnell rumkriegen lässt, oder?«

Lächelnd beiße ich mir auf die Unterlippe. »Oh ja. Was hat letztendlich deine Meinung geändert? Eine ganze Weile lang warst du fest entschlossen, nicht mit mir ins Bett zu gehen.«

»Du hast mich zum Lachen gebracht.« Sie neigt den Kopf und unsere Blicke treffen sich. »Und du siehst mich auf eine

Weise an, auf die mich noch kein anderer Mann betrachtet hat.«

Ich lege eine Hand an ihre weiche Wange und drücke meine Lippen auf ihre, wo ich Wein und die Überreste ihrer Erregung schmecke.

»Möchtest du noch eine Runde?«, frage ich und atme ihren Duft ein.

Sie greift nach unten und umfasst mein Glied, das beim Gedanken daran, sie noch einmal zu spüren, bereits wieder hart wird und pocht. Meine Haut brennt überall da, wo sich unsere Körper berühren.

»Ja«, sagt sie. »Das möchte ich.«

***

Die Haare fallen ihr in unordentlichen Wellen über die Schulter. Die klassische Nach-dem-Sex-Frisur. Sie steigt in ihr kleines Schwarzes und sucht ihre Pumps.

»Ich würde dir gern Frühstück anbieten, aber ich habe buchstäblich nichts Essbares im Haus«, erkläre ich.

Sie winkt ab und bückt sich nach einem Schuh. »Kein Problem.«

Als sie angezogen ist, streife ich eine marineblaue Jogginghose und ein graues T-Shirt mit V-Ausschnitt über und schnappe mir meine Brieftasche und den Autoschlüssel, um sie nach Hause zu fahren. Auf dem Weg zur Tür fasse ich ihr an den Hintern und drücke sie ein letztes Mal an die Wand im Flur, wo ich mit den Lippen eine Spur aus Küssen über ihr Schlüsselbein ziehe.

Maren lächelt, bevor sie mich wegschiebt. »Na los, lass

uns gehen. Du müsstest mich doch inzwischen längst satthaben.«

Aber da irrt sie sich gewaltig.

Ich bin ein Serienmonogamist.

Der Typ Mann für eine einzige Frau.

Ich weiß, was ich will, und wenn ich sehe, was ich will, dann nehme ich es mir. Keine Ausreden, keine Entschuldigungen.

Und momentan will ich Maren.

Wir gehen zur Einfahrt, wo mein Auto auf uns wartet. Ich bin nicht besonders begeistert darüber, meinen Porsche nachts vor dem Haus stehen lassen zu müssen, aber es handelt sich um eine der besten Wohngegenden in Seattle und es ist auch nur vorübergehend, denn der Hauseigentümer hat versprochen, die Garage bis zum nächsten Wochenende freizuräumen.

Per Fernbedienung entriegele ich die Türen und Marens Absätze klappern auf dem Beton, während die Vögel in den Bäumen über uns zwitschern.

»Dante?« Diese Stimme habe ich an diesem verträumten Sonntagmorgen nicht erwartet. »Willst du mich verarschen?«

Ich blicke über die getrimmte Hecke hinweg, die mein Grundstück von dem von Marens Ex trennt. Dort steht meine Ex, Lauren Chamberlain, die Hände in die Hüften gestützt und in voller Joggingmontur. Sie hat die Stirn gerunzelt und blickt zwischen Maren und mir hin und her.

Es war lediglich eine Frage der Zeit, bis wir einander wiederbegegnen. Früher oder später wäre es sowieso passiert.

»Ihr kennt euch?«, fragt Maren.

»Ja«, erwidere ich trocken. »Das ist meine Exverlobte.«

19. KAPITEL

Maren

»Steig ein, Maren.« Sein Kommandoton lässt keinen Widerspruch zu, so gern ich auch hier stehen und Lauren anstarren würde.

Zum ersten Mal sehe ich sie leibhaftig. Sie ist größer als ich dachte. Hager. Ein Knochengerüst mit großen, runden Silikonbrüsten. Ihre Haare sind dünn und ihr tiefsitzender Pferdeschwanz reicht bis auf ihren Rücken. Sie ist platinblond gefärbt und ihre tief liegenden Augen sind braun und rund. Sie ist fürs Joggen gekleidet, aber in ihrem Gesicht erkenne ich mindestens ein halbes Dutzend Make-up-Produkte. Vermutlich gehört sie zu den Frauen, die beim Trainieren nicht in Schweiß ausbrechen.

Ich wende den Blick ab und setze mich auf den Beifahrersitz in Dantes Auto, wobei ich krampfhaft versuche, nicht noch einmal zu Lauren hinzusehen.

Aber ich bin neugierig.

Hauptsächlich will ich wissen, warum eine Frau wie Lauren einen Mann wie Dante für einen Typen wie Nathan verlässt.

Das ergibt überhaupt keinen Sinn.

Die meisten Frauen, besonders solche wie sie, wollen sich verbessern.

Und mich interessiert auch, wieso ein Mann wie Dante sich nach einer Frau wie Lauren mit einer Frau wie mir einlässt. Sie und ich, wir sind absolut gegensätzlich, zumindest äußerlich. Ich nehme an, dass wir charakterlich ähnlich wenig gemeinsam haben.

Dante steigt ein und knallt die Tür zu.

»Die Welt ist klein, hm?«, versuche ich die Situation aufzulockern, die ihm offensichtlich zu schaffen macht. »Wie unwahrscheinlich ist denn das?«

Er lässt den Motor an, legt den Rückwärtsgang ein und blickt mit zusammengekniffenen Augen in den Rückspiegel. Ich kann nicht genau sagen, ob er wütend ist oder grüblerisch, aber ich traue mich nicht, weitere Fragen zu stellen, aus Angst, dass er womöglich explodiert.

Die Fahrt zurück zu mir ist unangenehm und peinlich. Ich schweige. Für einen Sekundenbruchteil überlege ich, ob er die ganze Zeit über längst wusste, dass seine Exverlobte jetzt mit meinem Exmann zusammen ist. Vielleicht wollte er bloß mit mir ins Bett, um sich an Nathan zu rächen.

Eigentlich ergibt das alles Sinn.

Ich meine, warum sonst sollte ein siebenundzwanzigjähriger Hengst so beharrlich eine langweilige, geschiedene, alleinerziehende Zweifachmutter anbaggern?

Bis wir den halben Weg zurückgelegt haben, schäume ich vor Wut und bin fest davon überzeugt, dass ich genau durchschaue, was hier gespielt wird. Und ich bin völlig durcheinander, denn der Sex letzte Nacht war der beste, den ich in meinem gesamten Leben je hatte, und ich wünsche mir so sehr, dass es kein Racheakt war. Ich wünsche mir, dass Dante diese Nacht auch etwas bedeutet oder zumindest der Anfang für etwas sein könnte ...

Als er in meine Straße einbiegt, löse ich meinen Sitzgurt. Sobald Dante meine Einfahrt hochfährt, greife ich nach dem Türgriff. Ich gebe ihm nicht mal Gelegenheit, den Gang rauszunehmen.

»Maren«, sagt er, als ich die Tür aufstoße.

Ich steige aus.

Das Klacken meiner Absätze auf dem Weg wird von dem leisen Geräusch seiner Turnschuhe hinter mir begleitet. Er legt eine Hand auf meinen Rücken, fasst mich am Ellbogen und dreht mich zu sich um.

Als sich unsere Blicke treffen, verschränke ich die Arme vor der Brust.

»Es tut mir leid«, erklärt er, die Hände auf meinen Hüften. Wir stehen jetzt auf meiner Veranda, direkt unter dem Vordach. »Ich habe einfach nicht damit gerechnet, sie zu sehen. Es war das erste Mal, seit sie mich für einen anderen verlassen hat.«

Ich runzele die Stirn und warte auf eine Erklärung.

Dante stößt den Atem aus, fährt sich mit der Hand durch seine dunklen, zerzausten Haare und blickt zur Seite. Er zuckt zusammen, als ob er sich eine schmerzhafte Erinnerung ins Gedächtnis ruft. »Wir waren seit dem College zusammen. Verlobt. Ich habe viel gearbeitet, lange ... manchmal siebzig oder achtzig Stunden pro Woche, um meine Firma aufzubauen. Ich habe Lauren vernachlässigt und ich vermute, dass sie jemanden gefunden hat, der besser auf ihre Bedürfnisse eingeht.«

»Aber Nathan? Ich meine, ernsthaft?« Ich verziehe angewidert das Gesicht. »Das ist, als hätte sie einen Porsche gegen einen Pinto eingetauscht.«

Dante grinst. Es ist schön, ihn wieder lachen zu sehen.

»Irgendwas ist bei der Sache für sie drin«, ist er sich sicher. »Hat Nathan eine dreißig Meter lange Jacht vor Puget Sound liegen? Oder ein Chalet in Frankreich?«

Schnaubend verziehe ich den Mund. Allmählich ergibt das Ganze einen Sinn.

»Er ist stinkreich«, erkläre ich. »Seine Familie hat extrem viel Geld.«

»Siehst du, da haben wir's.«

»Aber davon wird sie keinen Cent sehen. Falls er sie jemals heiratet, wird sie einen Ehevertrag unterschreiben müssen.«

»Dann ist die Sache wohl nach hinten losgegangen.«

»Egal.« Ich atme die köstliche Sonntagmorgenluft ein und schaue zu dem Mann auf, der gestern Nacht meine Welt auf den Kopf gestellt hat. Nicht nur einmal, sondern zweimal. Und dann noch mal heute Morgen. Ich bin ein bisschen wund, aber diesen köstlichen Schmerz möchte ich so lange wie möglich genießen. Und sobald er verschwindet, will ich ihn zurück.

»Wie schnell kann ich dich wiedersehen?«, will er wissen.

»Möchtest du mit reinkommen?«, biete ich an. »Ich könnte uns Frühstück machen. Im Gegensatz zu dir habe ich Lebensmittel im Haus.«

Dante antwortet mit einem langsamen Nicken. »Ja, das wäre schön.«

20. KAPITEL

Dante

»Du hast heute ja fürchterlich gute Laune.« Ridley nimmt einen Schluck Kaffee und setzt sich auf die Kante seines Schreibtischs. Ich komme nicht jeden Tag hierher zu Starfire Industries. Meistens versuche ich, es zu vermeiden. Doch heute Morgen hat er mich per E-Mail ums Vorbeischauen gebeten und behauptet, er würde mir ein Angebot machen, das ich nicht ablehnen könnte.

Es ist nicht das erste Mal, dass er das sagt, und auch nicht das erste Mal, dass ich vorbeikomme, nur um ihm einen Gefallen zu tun.

Ganz sicher wird er mir gleich erklären, dass ich den Wert meiner Firma total überschätze und er stattdessen den wahren Wert kennt. Und dass es der größte Fehler meines Lebens wäre, sein Angebot nicht anzunehmen.

Ich sitze mit verschränkten Armen in einem Ledersessel in seinem extravagant opulenten Büro und bin ganz Ohr.

»Und du siehst heute eher aus wie Christian Grey«, gebe ich zurück.

Er richtet seine schmale schwarze Krawatte. »Was soll das heißen?«

Ich zucke mit den Schultern. »Keine Ahnung. Vielleicht liegt es an deiner Frisur. Und all diesen verdammten Grautönen in deinem Büro. Schon mal was von Farbe gehört?«

»Es ist gerade frisch renoviert. Gefällt es dir nicht?«

»Es ist scheußlich. Ich sollte dich mit meiner Innenarchitektin bekannt machen. Sie leitet gerade meine Renovierung. Ich gebe dir ihre Nummer, aber versprich mir bitte, dass du nicht versuchst, sie ins Bett zu kriegen.«

Ridley grinst. »Kommen wir zum Geschäftlichen. Ich möchte deine kostbare Zeit nicht verschwenden, obwohl ich mir sicher bin, dass mein Unternehmen inzwischen ein wenig mehr wert ist als deines. Wir haben gerade Residio Games gekauft und werden damit ein Vermögen machen. Ich meine, ein noch größeres Vermögen als das, was wir längst gemacht haben.«

Ich verdrehe die Augen. Das hier ist Ridley Starworth in Reinform.

»Bist du bereit?« Ridley reibt sich die Hände.

»Ich bin bereit.« Ich täusche Aufregung vor.

»Sechzig Millionen Dollar«, sagt er und hält eine Hand mit ausgestreckten Fingern in die Höhe, als könne er die Zeit anhalten.

»Ha.« Ich stehe auf und wende mich zum Gehen.

»Was soll der Scheiß?« Er folgt mir auf den Flur.

»Mein Unternehmen ist das Dreifache wert, wenn nicht sogar das Vierfache. Danke, aber nein danke.«

Ich verlasse sein Büro und schwöre mir, dass heute das letzte Mal war, dass ich auf Ridleys Masche reingefallen bin. Er wird zukünftig nicht mehr meine Zeit verschwenden.

»Oh, lass den Scheiß, Dante!«, ruft er mir hinterher. »Du weißt, dass es keinen Cent über sechzig wert ist.«

Ich winke ihm über die Schulter hinweg zu und gehe zum Fahrstuhl. Sogar im Flur kann ich noch hören, wie er in seinem Büro laut Schubladen zuknallt. Er ist im Prinzip nichts weiter als ein großes Kind, das sich seinen Lebensunterhalt mit Trotzanfällen verdient, aber das wusste ich bereits vorher.

Vielleicht hat er recht.

Möglicherweise ist meine Firma nur sechzig Millionen wert, aber er hat auch keine Ahnung von den Projekten, an denen wir gerade arbeiten, und die werden den Wert von Cybonix in den neunstelligen Bereich katapultieren, da bin ich mir sicher.

Ich komme an einem kleinen Raum vorbei, der mit Tischen, Stühlen und Verkaufsautomaten gefüllt ist. Mein Blick fällt auf den Rücken einer dunkelhaarigen Frau in einem A-Linien-Kleid mit Blumenmuster und cremefarbener Strickjacke. So ein Outfit würde Maren tragen, und die Figur mit den geschwungenen Hüften und der schmalen Taille kommt mir recht vertraut vor.

Die Frau ist völlig gedankenversunken und betrachtet konzentriert die zahllosen Reihen von Chips, Schokoriegeln, Kaugummi, Keksen und Getränken.

Ich betrete den Raum, werde immer noch nicht bemerkt und je näher ich ihr komme, desto sicherer bin ich, dass es Maren ist.

Von hinten umfasse ich ihre Brüste und ziehe sie an mich heran. Sie wehrt sich, reißt an meinen Armen und macht sich los. Als sie zu mir herumwirbelt, ist ihre Miene wutverzerrt, aber sie entspannt sich, als sie mich erkennt.

Maren schlägt mir mit der Faust vor die Brust. »Du hast mich zu Tode erschreckt!«

»Vielleicht solltest du besser auf deine Umgebung achten.« Ich lege ihr die Hände auf die Hüften. »Ich wusste gar nicht, dass du für Ridley arbeitest.«

»Für wen?«

»Ridley Starworth«, erkläre ich. »Ihm gehört Starfire Industries. Wir waren zusammen auf dem College. Als Freunde würde ich uns nicht gerade bezeichnen, aber wir kennen uns schon lange.«

Sie stützt eine Hand in die Hüfte. »Das ist das erste Mal, dass jemand seinen Namen erwähnt. Bisher habe ich erst eine Handvoll Mitarbeiter kennengelernt – meine Chefin und einige Kollegen auf meiner Etage. Mir wurde geraten, mich von den ›hohen Tieren‹ fernzuhalten.«

Ich lache. »Ridley ist kein hohes Tier. Er hält sich lediglich dafür.«

»Was machst du eigentlich hier?«

»Er versucht seit einem Jahr, mich aufzukaufen«, erläutere ich. »Er wollte mir ein weiteres Angebot unterbreiten.«

»Hast du es angenommen?«

»Nein. Es lag völlig unter Wert. Wieder mal.«

»Wie viele Angebote hat er dir denn schon gemacht?«

Ich blicke hinauf zu der weiß gestrichenen Decke und dann wieder zu ihr. »Keine Ahnung. Ich zähle schon gar nicht mehr mit. Eigentlich halte ich ihn nur bei Laune. Ich hab Spaß dran, ihm seine Angebote abzuschlagen. Es ist billige Unterhaltung.«

»Wie heißt deine Firma?«

»Cybonix. Schon mal davon gehört?«

Maren zieht die Brauen zusammen. »Kommt mir irgendwie bekannt vor.«

»Wir bieten modernste Speicherclouds, Spiele, so was in der Art. Momentan entwickeln wir eine Social-Media-App, die alle anderen in den Schatten stellen wird, aber bis dahin wird es noch einige Jahre dauern.«

Sie mustert mich eindringlich, beinahe, als ob sie mich plötzlich in einem ganz neuen Licht sieht.

»Interessant«, sagt sie und versucht, ein Lächeln zu unterdrücken.

»Du findest meine Arbeit sexy, nicht wahr? Jetzt bin ich doch mehr als ein attraktiver Körper mit einem Schwanz.«

»Vielleicht.«

Ich lege die Hände um ihre Taille und hebe sie auf einen nahe gelegenen Tisch, wobei ihre Knie mein Becken streifen.

»Was machst du denn da?«, fragt sie mit amüsierter Stimme. Ihr Blick fliegt zur Tür, die weit offen steht. Jederzeit könnte jemand vorbeilaufen oder hereinkommen.

Ich lege ihr eine Hand an die Wange, senke meinen Mund auf ihren und ziehe sanft mit den Zähnen an ihrer Unterlippe, als wir uns voneinander lösen. Dann stehle ich mir noch einen Kuss, und noch einen, während mich ihr Honig-Mandel-Duft umfängt.

»Komm heute Abend zu mir«, bitte ich. »Ich möchte dich wiedersehen.«

21. KAPITEL

Maren

Ich habe sorgfältig darauf geachtet, erst nach Sonnenuntergang bei Dante einzutreffen, um sicherzugehen, dass die Jungs in Nathans Haus waren und nicht womöglich in der Einfahrt Basketball spielten oder mit den Fahrrädern auf dem Gehweg herumsausten. Ich bin noch nicht bereit, ihnen zu erklären, warum ich in engen Jeans, einer tief ausgeschnittenen Bluse und frisch geduscht auf der Schwelle eines Mannes auftauche, den sie nicht kennen.

Ich parke mein Auto neben seinem, steige aus und gehe mit heftig pochendem Herzen und prickelndem Körper zur Haustür.

»Maren?« Hinter den Hecken, die die Grenze zum Nachbargrundstück bilden, taucht plötzlich Nathans Kopf auf.

Ich wünsche mir inständig, dass ich ihn einfach ignorieren und weitergehen könnte, aber das wäre kindisch und ist nicht mein Stil, also bleibe ich stehen und drehe mich mit einem schmallippigen Lächeln zu ihm um.

»Was machst du hier?«, will er wissen.

»Einen Freund besuchen.«

Er mustert mich von oben bis unten und verharrt, den Blick auf meine schwarzen High Heels gerichtet, die meine Beine optisch verlängern und meinen Hintern ein wenig betonen.

»Einen *Freund*«, wiederholt er ungläubig.

»Den aus dem Krankenhaus neulich«, füge ich hinzu. »Er wohnt jetzt hier.«

Nathan kratzt sich an der schütter werdenden Schläfe.

»Er hat das Haus für einige Monate gemietet, solange seins renoviert wird«, erkläre ich. »Hat Lauren dir erzählt, dass sie ihn auch kennt? Die beiden haben sich neulich morgens zufällig getroffen. Wie klein die Welt doch ist, oder?«

Nathan zieht eine düstere Miene und schüttelt den Kopf. »Nein. Das hat sie nicht erwähnt.«

»Ist ja auch nicht so wichtig«, erwidere ich schulterzuckend, weil es mir tatsächlich egal ist. »Okay, hab einen schönen Abend. Wir sehen uns morgen, wenn du die Kinder bringst.«

Ich mache auf dem Absatz kehrt, gehe zur Haustür und klingele. Das Geräusch der Schritte auf der anderen Seite der Tür lässt mein Herz mit jedem Moment schneller schlagen. Das Schloss wird geöffnet und die Tür schwingt auf.

Es ist jedoch nicht Dante, der mir gegenübersteht.

Aber jemand, der ihm unglaublich ähnelt.

»Hi«, begrüßt er mich, einen Mundwinkel hochgezogen. Er hat Grübchen und die gleichen smaragdgrünen Augen. Allerdings sieht er ein wenig jünger aus, seine Haut ist glatter und weicher und eine Spur dunkler als Dantes. Er ist außerdem weniger muskulös, aber immer noch breitschultrig. »Du musst Maren sein.«

Ich entdecke einen verblassten blauen Fleck unter seinem linken Auge und erinnere mich an den Abend, als ich Dante in der Notaufnahme begegnet bin.

»Und du Dantes Bruder«, erwidere ich. »Was macht die Nase?«

Er grinst. »Der Arzt glaubt, es werden keine Schäden zurückbleiben.«

»Das freut mich.«

»Komm rein.« Er zieht die Tür weit auf und dreht mir dann den Rücken zu. »Dante, deine Freundin ist hier!«

Freundin?

Einen Moment lang bleibt mir der Mund offen stehen und ich will ihn gerade korrigieren, als Dante um die Ecke kommt.

»Maren.« Seine Augen leuchten auf. Er nimmt meine Hand in seine. »Wie ich sehe, hast du Cristiano schon kennengelernt. Er wohnt für eine Weile bei mir und wollte gerade gehen.«

Cristiano schlüpft in ein Paar Turnschuhe am Fuß der Treppe. »Ich treffe mich mit einigen Freunden im Seattle Social Club. Dort ist heute Bier-Pong-Abend.«

Bier-Pong habe ich wahrscheinlich vor fünfzehn Jahren zum letzten Mal gespielt. In diesem Moment komme ich mir uralt vor.

»Ich glaube, mein Fahrer ist da«, sagt er, stellt sich auf die Zehenspitzen und späht zum Fenster neben der Tür hinaus. »Warte nicht auf mich.«

Und schon ist er weg und wir haben das ganze Haus für uns. Zumindest nehme ich das an. Was weiß denn ich, vielleicht taucht gleich noch ein Amato-Bruder irgendwo auf.

»Sind wir jetzt allein?«, frage ich.

Dante umschlingt meine Taille, zieht mich zu sich heran und legt seinen Mund auf meinen.

»Oh ja«, brummt er und hebt mich hoch.

Er trägt mich zur Treppe und ich schiebe die Finger in die dicken, dunklen Haare in seinem Nacken, während ich seinen sauberen, betörenden Geruch einatme. Er hat gerade geduscht, das kann ich riechen. Er hat vor, heute Abend mit mir zu schlafen. Ich lächele an seinem Hals, spüre, wie er mich in den Po kneift, und quieke auf.

Nur wenige Sekunden später stellt er mich am Fußende seines Betts ab. Hektisch öffnet er seine Gürtelschnalle, und kurz darauf höre ich das metallische Geräusch seines Reißverschlusses. Mir stockt der Atem. Mein Körper erinnert sich noch ganz genau daran, wie sich Dante in mir angefühlt hat.

»Zieh dich aus«, kommandiert er und streift sich das Shirt über den Kopf. Seine Haare sind jetzt zerzaust und ich stelle mir vor, wie ich mit den Fingern darin herumwühle.

»Jawohl, Sir«, gebe ich spielerisch zurück und lege in Zeitlupe die Kleidung ab, die ich für den heutigen Abend strategisch sorgfältig ausgewählt habe.

Offensichtlich war das jedoch totale Zeitverschwendung.

Als ich endlich nackt bin und die glatten Satinbettlaken an meinem Rücken und die kühle Nachtluft auf meiner Haut spüre, dreht er ein Kondom zwischen den Fingern und schiebt sich zwischen meine Schenkel.

Sein Mund findet meinen Venushügel, seine Zunge spielt und kreist, und ich lasse den Kopf nach hinten fallen. Unter seinen Liebkosungen entspannt sich mein Körper und Dante berührt mich, als hätte er es schon tausende Male getan, dabei fühlt sich jede seiner Zärtlichkeiten neu und magisch an.

Das hier soll niemals enden.
Ich könnte ewig so weitermachen.
Er lässt seine Hand über meinen Bauch gleiten, bis zu meiner Brust und stöhnt auf.
Die Welt da draußen existiert nicht mehr.
Schnelle Atemstöße verlassen meinen Mund, als ich spüre, wie ich mich der Erlösung nähere. Dante nimmt das als Stichwort und löst sich von mir. Ans gepolsterte Kopfende des Bettes gelehnt, zieht er sich das Kondom über.

Anschließend hebt er mich rittlings in seinen Schoß und ich senke mich sehnsüchtig und erregt auf seine beeindruckende Länge ab.

Eine Hand an meiner Wange, streift er meine Lippen mit seinem Mund und lässt die Hände an meinen Seiten bis zu den Hüften hinabgleiten. Sein Blick tanzt über meinen Körper und erforscht jeden Winkel und jede Kurve, während ich auf seinem Schoß kreise, mich wiege und den perfekten Rhythmus finde.

Dante umfasst meinen Hintern und drückt mich jedes Mal, wenn ich auf ihm nach unten rutsche, tiefer und weiter hinab, und dann stößt er stärker in mich hinein, als könne er mir nicht schnell genug nah genug sein. Meine Brüste hüpfen auf und ab. Eigentlich hatte ich befürchtet, ihretwegen unsicherer zu sein, aber die Art und Weise, wie er jeden Zentimeter von mir anbetet, jede noch so kleine Unvollkommenheit, lässt mich alles andere vergessen.

»Du fühlst dich so unglaublich gut an«, raunt er, als sich unsere Blicke treffen.

Lächelnd beuge ich mich vor, um seinen Mund erneut zu schmecken, und erhalte dabei unbeabsichtigt eine Kostprobe von mir. Auch das ist etwas, das ich zuvor noch nie erlebt habe, und es ist aufregend erotisch ... etwas zu teilen, das es nur zwischen uns geben kann.

»Ich könnte die ganze Nacht lang mit dir schlafen«, sagt er seufzend.

»Dann hör nicht auf«, bitte ich und lasse mein Becken schneller und härter auf ihn niederfahren. Ich würde auch gern die ganze Nacht lang mit ihm Sex haben, allerdings muss ich morgen arbeiten.

Er umfasst meine Hüften, presst seinen linken Daumen auf meine Klitoris und streichelt mich, was mich in Blitzgeschwindigkeit an den Rand der Klippe führt.

Am liebsten würde ich diesen Moment ewig auskosten, doch mein Körper verlangt nach Erlösung wie nach einer Droge.

Dante stößt in mich, füllt mich tief aus, während eine Welle explosionsartig durch meinen Körper schießt und sich von der Mitte aus überall hin ausbreitet. Ich beobachte, wie er den Nacken anspannt und sich mit einem leisen Stöhnen in mich ergießt. Als es vorbei ist, sinke ich mit heftig pochendem Herzen auf ihn.

Da ich nicht warten will, bis er meiner überdrüssig wird und ich ihm außerdem beweisen will, dass ich nichts weiter als guten Sex von ihm erwarte, stehe ich auf und suche auf dem Boden des dunklen Zimmers nach meinen Sachen.

»Was machst du denn da?« Er hat sich aufgesetzt und beobachtet mich.

»Ich ziehe mich an.« In der einen Hand halte ich meinen BH, in der anderen meine Hose.

»Nein, das tust du nicht.« Er rutscht an den Bettrand

und greift nach mir. Dann zieht er mich am Arm zurück ins Bett.

»Oh«, mache ich. Als wir neulich Abend das erste Mal miteinander geschlafen haben, hat er mich anschließend in die Arme gezogen und wir sind so eingeschlafen. Er scheint zu den Männern zu gehören, die nach dem Sex gern noch schmusen, eine Seltenheit. Zumindest habe ich das bisher immer geglaubt. »Das hatte ich ganz vergessen. Du magst das ja.«

»Was mag ich?«

»Kuscheln.«

Er lacht. »Ich hab dich einfach gern im Arm, Maren. Ich mag es, wie dein Körper sich an meinem anfühlt.«

Mit der Wange auf seiner Brust lausche ich dem steten Rhythmus seines Herzens. Unsere Körper sind aneinander geschmiegt, unsere Beine miteinander verschlungen. Ich hatte ganz vergessen, wie gut es sich anfühlt, so gehalten zu werden.

Ich schließe die Augen und erlaube mir, einen Moment lang zu entspannen.

Um mich herum wird alles dunkel, die Welt draußen ist immer noch weit, weit weg.

Und dann höre ich Vögel zwitschern.

Meine Augenlider haben die Farbe von warmem Sand.

Als ich aufspringe, erkenne ich die ersten Sonnenstrahlen durch Dantes Jalousien blitzen.

»Shit, Shit, Shit!« Ich winde mich aus seinem Griff und spüre, wie er sich regt.

Er stöhnt, immer noch im Halbschlaf, während ich im Zimmer umhersause und mir hektisch die Sachen vom Vorabend überwerfe. Ich blicke in den Spiegel. Meine Haare sind zerzaust und strubbelig. Unter den Augen verlaufen schwarze Wimperntuschespuren und ich rieche nach Sex.

»Was ist los?« Dante setzt sich auf, die Lider immer noch auf Halbmast.

Ich blicke hinüber zum Wecker auf dem Nachttisch. »Ich muss in einer halben Stunde bei der Arbeit sein.«

»Okay, ruf einfach an und gib Bescheid, dass du dich verspätest«, schlägt er vor, als hätte er das schon eine Million Mal so gemacht.

Doch so einfach ist das nicht. Ich bin nicht die Chefin, sondern die Aushilfskraft. Ein einziger Anruf bei der Agentur reicht und ich bin Geschichte.

Das hasse ich.

Es gibt nur sehr wenig, was mich noch mehr stresst als Zuspätkommen. Am meisten stört mich daran dieses Gefühl der Machtlosigkeit. Ich kann mir schließlich keinen Jetpack auf den Rücken schnallen und in siebeneinhalb Sekunden im Büro sein.

»Ich muss los«, verkünde ich das Offensichtliche.

»Maren«, sagt Dante lachend. »Beruhige dich. Du kommst doch bereits zu spät. Ich möchte nicht, dass du auf dem Weg zur Arbeit vor lauter Hektik noch einen Unfall baust. Warum rufst du nicht einfach an, sagst Bescheid und kommst dann noch mal für eine Minute zurück ins Bett?«

Ich würde ihm am liebsten eine verpassen. So funktioniert das nicht. Ich bin eine Erwachsene mit Verpflichtungen. Er hat nicht die geringste Ahnung, wie es ist, nicht nur für sich selbst verantwortlich zu sein.

»Ich kann nicht riskieren, dass ich entlassen werde«, erkläre ich. »Ich muss Berufserfahrung sammeln, weil ich nichts weiter vorweisen kann außer dem Job, den ich einige Jahre nach meinem Collegeabschluss hatte. Ich kann es mir nicht leisten, diese Stelle zu verlieren, auch wenn es nur ein Aushilfsjob ist. Ich muss Referenzen sammeln und ...«

»Maren.« Er reibt sich über die Augen. Dann schwingt er die Beine aus dem Bett und stützt die Ellbogen auf die Knie. Er ist immer noch nackt, sein Körper gebräunt und muskulös, und wenn ich nicht gerade so frustriert über die Situation – und ihn – wäre, hätte ich großes Interesse daran. »Alles wird gut.«

»Das weißt du doch gar nicht.« Ich zwänge mich in meine enge Jeans und atme entnervt aus, als mir klar wird, dass ich die jetzt den ganzen Tag lang anbehalten muss. Wirklich bequem ist sie nämlich nicht gerade. Ich flitze in sein Bad, wo ich ein Stück Seife auf dem Waschbecken entdecke und den Wasserhahn so weit aufdrehe, bis warmes Wasser fließt. Dann wasche ich mir das Make-up vom vergangenen Abend ab und putze mir mit Dantes Zahnpasta und den Fingern die Zähne.

Meine Haare.

Keine Ahnung, was ich da retten kann.

Zu dreiundneunzig Prozent bin ich sicher, dass ich im Auto einen Zopfgummi habe. Damit könnte ich mir die Haare zu einem Knoten hochbinden, das müsste reichen.

Als ich fertig bin, steht Dante im Türrahmen, rote Sportshorts tief auf den Hüften. Eine Spur aus dunklen Haaren über dem Bund erinnert mich daran, was wir gestern Abend nach Sonnenuntergang getan haben, und trotz meiner Panik muss ich lächeln.

Aber nur für einen Sekundenbruchteil.

»Okay, tschüss«, sage ich, stelle mich auf die Zehenspitzen und küsse ihn. »Shit. Was mache ich denn da? Ich hab dich gerade geküsst, als wärst du mein …«

Ich winke ab und er fährt sich mit der Hand über den Bartschatten auf seinem Kinn.

»Was machst du heute in der Mittagspause?«, will er wissen.

»Du bist verrückt.« Ich weiß genau, worauf er hinauswill.

»Wir treffen uns um zwölf im Skulpturenpark.«

22. KAPITEL

Dante

Ich bin extra früh hergekommen, um noch eine freie Bank unter einem schattigen Baum zu ergattern, denn zur Mittagszeit füllen die sich hier rasch. Dass Maren schon da ist, hätte ich jedoch nicht erwartet.

»Hey«, begrüße ich sie.

Sie sieht auf, doch sie lächelt nicht. Im Schoß hält sie ihre Handtasche.

»Was ist los?«, will ich wissen.

»Nun ja.« Sie senkt den Blick und knetet die Hände. »Sie haben mich entlassen. Offensichtlich gibt es bei Starfire Industries eine Null-Toleranz-Regel gegenüber Unpünktlichkeit.«

Völlig verblüfft krame ich nach meinem Handy.

»Ich rufe Ridley an.«

»Nein.« Sie legt ihre Hand auf meine. »Tu's nicht. Ich möchte dort nicht mehr hin. Es ist vorbei. Du brauchst keine Gefallen einzufordern.«

»Das wäre kein Gefallen«, erwidere ich. »Diese Firmenregel

ist absolut lächerlich. Es kommen immer mal wieder Leute zu spät.«

»Eigentlich war Keegan diejenige, die mich gefeuert hat«, gibt sie zu.

»Wer?«

»Meine vierundzwanzigjährige Chefin.« Ihre Worte klingen verbittert. »Angeblich hätte sie das gern vermieden, aber sie müsse sich an die Firmenpolitik halten.«

»Keegan ... Chamberlain?«, erkundige ich mich vorsichtig. »Ach du liebe Zeit.«

»Was?«

»Sie ist Laurens kleine Schwester.« Meine Hände bilden ein Dreieck und ich atme hinein. »Sie hat dich nicht wegen Unpünktlichkeit gefeuert, sondern weil du mit mir zusammen bist.«

»Aber woher sollte sie das wissen?«

»Sie und Lauren stehen sich sehr nahe. Vermutlich haben sie eins und eins zusammengezählt, nachdem Lauren uns am Sonntag zusammen gesehen hat.« Ich schüttele den Kopf. »Ich bin sicher, sie hat nur auf einen Grund gewartet, um dich zu entlassen.«

Ich atme tief aus und lege ihr die Hand auf den Oberschenkel.

»Es tut mir sehr leid, Maren. Ich habe das Gefühl, als wäre es meine Schuld.«

Sie schüttelt den Kopf. »Nein. Du kannst nichts dafür.«

»Arbeite für mich«, biete ich ihr an, ohne groß darüber nachzudenken.

Schnaubend rückt Maren ein Stück von mir ab. »Ich weiß, dass du dich momentan schuldig fühlst, aber für dich zu arbeiten ist eine ganz miese Idee. Das geht keinesfalls gut, und ich habe nicht die geringste Absicht, zwei Arbeitsstellen kurz hintereinander zu verlieren. Außerdem ist die ganze Chef-Angestellte-Sache schrecklich klischeehaft, findest du nicht? Da stehen wir doch eigentlich drüber.«

Ich nicke stöhnend. Bei einer Zusammenarbeit mit der Person, mit der man auch schläft, ist die Katastrophe geradezu vorprogrammiert. Ich bin nicht bereit zuzulassen, dass die Sache zwischen uns den Bach runtergeht.

»Was möchtest du denn gerne mal werden, wenn du groß bist?«, frage ich.

Maren runzelt die Stirn. »Findest du nicht, dass es für diese Frage ein bisschen spät ist?«

Da bin ich anderer Meinung. Ich schüttele den Kopf. »Wo hast du gearbeitet, bevor du Kinder hattest? Was hast du studiert?«

»Ich war stellvertretende Personalleiterin bei einer Versicherung.«

»Hat dir das gefallen?«

Sie verzieht den Mund. »Es war ein Job. Ich meine, ich hab das gut gemacht, aber ich habe nicht dafür gebrannt, falls du darauf hinauswillst.«

»Okay, wofür brennst du dann?«

Einen Moment lang leuchtet ihre Miene auf, doch sie zögert, auch wenn ich keine Ahnung habe, warum.

»Du kannst es mir sagen«, beschwöre ich sie. »Es ist mir egal, ob du es für lächerlich hältst, ich verspreche, nicht zu lachen.«

Maren atmet tief aus, ihre Schultern heben und senken sich.

»Na gut. Ich verrate es dir. Aber ich warne dich, es ist wirklich albern.«

Ich schüttele den Kopf. »Wenn du leidenschaftlich dahintersteshst, ist es garantiert nicht albern.«

»Ich stehe auf Papier«, gibt sie zögernd zu, als warte sie nur darauf, dass ich mich darüber lustig mache. »Ich liebe die altmodische Art, mit Stift auf Papier zu schreiben, und ich sammele Notizblöcke und Briefpapier. Außerdem schreibe ich ständig Listen.«

»Was für Listen?«

»Alle möglichen«, erklärt sie. Mit jedem Wort wird ihre Körpersprache lebhafter. »Einkaufslisten, To-do-Listen, Checklisten, Listen über Vor- und Nachteile. Einfach alles.«

»In Ordnung. Das tun viele Menschen.«

»Aber ich habe bisher noch kein Papier gefunden, das mir richtig gut gefällt«, fährt sie fort. »Es muss ein bestimmtes Gewicht haben, eine gewisse Weichheit, darf aber nicht zu teuer sein. Und Stifte! Da bin ich sehr eigen. So viele Leute wissen gar nicht, dass man den Stift auf das Papier abstimmen sollte, eine bestimmte Strichbreite für gewisse Papierdichten und so weiter.«

Es ist sehr süß, sie so lebhaft zu sehen. Bisher habe ich sie noch nie so erlebt.

»Sprich weiter«, ermuntere ich sie.

»Ich würde gern eine Schreibwarenfirma leiten«, verrät sie. »Aber darüber hinaus möchte ich individuelle Druckdienste anbieten, vielleicht sogar mit einem firmeneigenen Designer. Außerdem möchte ich gern vom Homeoffice aus arbeiten. Ich möchte in der Lage sein, meine Kinder von der Schule abzuholen und abends Zeit mit ihnen zu verbringen, denn bevor ich mich versehe, gehen sie aufs College. Dann möchte ich nicht all diese Jahre damit verschwendet haben, in einem Großraumbüro zu sitzen und kaum genug zu verdienen, um die Hypothek abzubezahlen, verstehst du?«

»Dann solltest du genau das tun. Was hält dich davon ab?«

»Ich glaube, ich habe noch nie ernsthaft darüber nachgedacht«, gibt sie zu. »Das ist alles nur ein alberner Traum von mir. Völlig unrealistisch. Aber du hast mich gefragt, was ich gern machen würde, und das ist meine Antwort.«

»Lass es uns umsetzen.«

»Was?« Ihr Blick sucht meinen, halb hoffend und halb skeptisch.

»Lass es uns umsetzen. Wir ziehen das auf. Hast du dir schon einen Firmennamen überlegt? Wir müssen dich handelsgerichtlich eintragen und markenrechtlich schützen lassen und die Gründungsausgaben durchgehen. Ich nehme an, dass es sich um ein Onlineunternehmen handeln wird, weil du von zu Hause aus arbeiten willst?«

Sie nickt. »Das wäre ideal.«

»Okay, das macht es einfacher. Deine Gründungs- und Fixkosten sollten damit relativ niedrig sein. Du brauchst allerdings eine Website, und zwar die beste, die du dir leisten kannst. Und du brauchst ein Marketingbudget für Anzeigen und Plakatwände und Fernsehwerbung.«

»Das klingt alles ganz wunderbar, aber ich glaube nicht, dass ich mir das leisten kann. Ich habe aus der Scheidung ein wenig Geld zurückgelegt, aber das ist meine Notreserve«, erklärt sie. »Wenn ich das jetzt für die Gründung einer Firma verpulvere und die dann baden geht, würde ich mir das niemals verzeihen.«

»Ich gebe dir das Geld.«

»Nein!« Maren rutscht mit ernster Miene einige Zentimeter von mir ab.

»Doch.«

»Ich kann dein Geld nicht annehmen. Du kennst mich noch nicht einmal vier Wochen. Und du weißt überhaupt nicht, ob ich dir das jemals zurückzahlen könnte.«

»Ich habe Vertrauen in deine Fähigkeiten.«

»Vielleicht möchtest du das gern, aber du kannst meinen Fähigkeiten unmöglich tatsächlich vertrauen!«

Lachend nehme ich ihre Hand in meine. »Ich weiß, dass du ein sehr rationaler, vernünftiger Mensch bist. Du wirst das Geld nicht verschwenden oder leichtfertig ausgeben. So wie deine Augen leuchten, wenn du ausgerechnet über Papier sprichst … Man merkt dir deine Leidenschaft dafür an. Ich weiß, dass du erfolgreich sein möchtest und dass du alles dafür geben wirst.«

Maren hält meinen Blick fest, als ob sie beinahe kurz davor steht, mein Angebot ernsthaft in Erwägung zu ziehen.

»Ein halbes Jahr«, schlage ich vor. »Lass mich dich für ein halbes Jahr finanzieren. Falls es nicht funktioniert, betrachten wir es als einen Schlag ins Wasser und ich schreibe es ab wie eine schlechte Investition. Falls deine Firma jedoch erfolgreich wird, kannst du mir alles in deinem eigenen Tempo zurückzahlen.«

»Das ist sehr, sehr großzügig von dir, Dante. Ich weiß gar nicht, was ich sagen soll.«

»Dann sag ja.«

»Was, wenn die Sache mit uns den Bach runtergeht?«, will sie wissen. »Wenn wir uns verkrachen?«

»Worüber sollten wir uns denn streiten? Wir tun nichts weiter, als miteinander zu schlafen und uns schmutzige Nachrichten zu schicken. Vertrau mir, wegen dieser beiden Dinge fange ich garantiert keinen Streit mit dir an.«

Marens Mundwinkel zucken. »Bei dir klingt das so einfach.«

»Weil es einfach ist.« Ich beuge mich vor und drücke ihr einen Kuss auf die Stirn. »Vertrau mir. Es wird genau das passieren, was passieren soll.«

»Na schön«, gibt sie nach. »Ich vertraue dir.«

Seufzend blicke ich auf meine Uhr. »Ich habe in zwanzig Minuten eine Besprechung. Ich muss leider zurück.«

Maren steht auf.

Ich ebenfalls. »Tu mir einen Gefallen«, bitte ich. »Stell einen Geschäftsplan für mich auf. Behandle mich wie jeden anderen Investor. Ich möchte die Kalkulation für die Fixkosten und die Produkte sehen und einen Marketingplan. Das ganze Programm.«

»Auf jeden Fall.«

»Ich weiß, dass du die Sache nur für ein Hirngespinst hältst, keine ernsthafte Karriereoption, aber ich sage dir, Maren, du kannst es schaffen.« Als wir zwischen der Skulptur eines Kindes, das einen Drachen steigen lässt, und der von einem fahrradfahrenden Bären durchgehen, nehme ich ihre Hand. »Ich glaube an dich. Tust du es auch?«

Sie leckt sich über die Lippen und blickt mich an. Der wolkenverhangene Himmel spiegelt sich in ihren Augen.

»Das tue ich«, bestätigt sie. »Es ist lediglich ein bisschen aufwühlend, verstehst du? Ein Schritt ins Unbekannte.«

»Das ist es immer.«

Wir erreichen eine Kreuzung und ich lege ihr die Hand um die Taille, um sie noch einmal zu küssen, bevor ich gehe.

Eine Frau Anfang zwanzig kommt vorbei und verzieht abfällig die Miene und ich hoffe, dass Maren es nicht gesehen hat.

Doch das hat sie. Sie macht sich los, legt sich die Finger auf die Lippen und tritt schweigend einen Schritt nach hinten. Ich versuche, ihren Gesichtsausdruck zu deuten. Fühlt sie sich albern, wenn man sie mit mir zusammen sieht? Sie ist eine unglaublich attraktive Frau, aber jeder aufmerksame Beobachter ist in der Lage, unseren kleinen Altersunterschied zu erkennen.

Die Fußgängerampel schaltet auf Grün und die Menschen um uns herum laufen los, aber ich bleibe stehen. Ich ziehe sie wieder zu mir heran und flüstere ihr ins Ohr: »Maren, es ist mir scheißegal, was die anderen denken. Und dir sollte es das auch sein.«

23. KAPITEL

Maren

»Gott, ich mache so gerne blau.« Stöhnend lässt sich Saige in den Pediküre-Massagestuhl zurücksinken, den Körper in einen flauschigen Bademantel gewickelt und gekühlte Gurkenscheiben auf den Augen.

Die Schlammmaske auf meinem Gesicht trocknet gerade, bekommt Risse und beginnt zu jucken, aber ich konzentriere mich stattdessen auf die wunderbare Fußmassage, die ich gerade erhalte.

»Es tut mir sehr leid, dass du deinen Job verloren hast, Mar. Das ist echt Kacke. Aber ich finde die Idee mit dem Schreibwarenhandel richtig gut. Niemand, und ich meine wirklich niemand, kennt sich so gut mit Papier aus wie du.«

»Macht mich das zu etwas Besonderem oder zu einem Nerd?«

»Zu beidem«, gibt sie ohne zu zögern zu. »Aber genau deshalb mag ich dich so.«

Grinsend inhaliere ich die Pfefferminz- und Eukalyptusdüfte, die derzeit unseren Wellnessraum durchfluten.

»Ich warte immer noch darauf, dass du zugibst, dass ich recht hatte«, schnaubt Saige stolz.

Ich stelle mich dumm. »Womit denn?«

»Dass es alle deine Probleme löst, wenn du mit einem Millionär ins Bett gehst«, sagt sie so leicht dahin, als wäre das alltäglicher Gesprächsstoff.

Ich schüttele den Kopf. »Ich bin immer noch völlig baff über seine Großzügigkeit.«

»Reiche Menschen sind eben so«, behauptet sie. »Ich korrigiere mich: die meisten reichen Menschen.«

»Ich bin also ein Fall für die Wohlfahrt?«

»Nein, du bist jemand, den er unbedingt in seinem Leben haben möchte, und er braucht einen Grund, falls der Sex allein nicht ausreicht.«

Ich lache. »Das klingt überhaupt nicht nach ihm. So unsicher ist er nicht.«

»Dann ist er einfach ein netter Kerl. Darf ein Mann nicht einfach mal nett sein, ohne dass jemand gleich alles auf Hintergedanken analysiert?« Saige räuspert sich vielsagend. »Hör auf, das zu hinterfragen, und mach einfach mit.«

»Es ist trotzdem komisch. Er ist nicht mal mein Freund, obwohl er mich ganz offensichtlich mag. Und er küsst mich ständig, berührt mich, schickt mir Nachrichten und ruft an. Aber wir haben nicht darüber gesprochen, was wir füreinander sind, oder was das alles bedeutet und wo es hinführen soll. Und dann lässt er mir einfach diese Menge Geld in den Schoß fallen, als wäre es nur Klimpergeld aus seiner Portokasse.«

»Genau«, kommentiert Saige sarkastisch. »Weil die Dinge in Marens Welt immer auf eine bestimmte Art und Weise ablaufen müssen. Man lernt sich zuerst kennen, verabredet sich einige Male, dann macht man die Sache offiziell. Dann kommt der erste Sex. Dann wird sich verlobt und geheiratet und erst dann darf er seinen Reichtum mit dir teilen.«

»So habe ich das nicht gemeint.« Ich setze mich aufrecht hin. »Du kennst mich doch. Ich weiß gern, wo ich stehe. Ich mag Kategorien und habe es gern, wenn alles schön in eine Schublade passt.«

»Du bist ganz klar ein Kontrollfreak«, bestätigt Saige. »Glaub mir, Schatz, das weiß ich. Wir alle wissen das. Aber so funktioniert die Welt eben nicht immer. Manchmal gibt es keine Reihenfolge. Manchmal muss man eben die Quadratur des Kreises versuchen.«

»Ich weiß ja, dass du recht hast«, gebe ich seufzend zu.

»Möchtest du denn mit ihm zusammen sein? Als seine Freundin?« Saige setzt sich auf, lässt die Gurkenscheiben in ihren Schoß fallen und wendet sich mir zu.

»Wir kennen uns erst seit wenigen Wochen, woher soll ich wissen, was ich will?«

Sie neigt den Kopf. »Du weißt es, das weiß *ich*. Und du weißt, dass ich weiß, dass du ganz genau weißt, was du willst.«

Lachend verdrehe ich die Augen. »Okay, vielleicht wäre ich gern mit ihm zusammen. Aber ich glaube nicht, dass er das auch will. Sonst hätte er längst etwas in dieser Richtung gesagt. Er hält nicht mit seiner Meinung hinterm Berg. Wenn er wollte, dass mehr aus uns wird, hätte er das inzwischen sehr deutlich gemacht.«

»Genau, weil du ihn nach diesen wenigen Wochen so gut kennst.« Saiges Stimme trieft vor Sarkasmus. »Vielleicht wartet er ja auf einen Vorstoß von dir? Oder zumindest ein Zeichen. Oder vielleicht hat er einfach Spaß und genießt es, weil das nämlich genau das ist, was die meisten Menschen an seiner Stelle tun würden.«

Ich schnappe mir eine Zeitschrift aus dem Seitenfach meines Massagestuhls und schlage sie auf. Ich überfliege die Wörter und Bilder, aber eigentlich nehme ich nichts wahr. In Gedanken bin ich immer noch bei der Situation an der Kreuzung heute Mittag.

»Fällt es sehr auf, dass er jünger ist als ich?«, frage ich.

Saige zieht die Augen zusammen. »Nicht übermäßig …«

»Bist du sicher? Heute hat uns eine Frau zusammen gesehen. Er hat mich geküsst und sie hat uns mit diesem wirklich abfälligen Blick angestarrt …«

»Diese blöde Kuh.« Saige zieht die Brauen hoch und entschuldigt sich dann bei der Frau, die ihr die Füße massiert. »Sorry.«

»Es ist wohl doch ziemlich auffällig, wenn es sogar schon Fremde auf der Straße bemerken«, erkläre ich.

»Ich frage mal anders«, beginnt Saige. »Wenn du mit ihm zusammen bist, bemerkst du da einen Altersunterschied?«

Ich lasse mir ihre Frage durch den Kopf gehen und beantworte sie dann im Stillen mit Nein. Manchmal kann ich nicht mal geradeaus denken, wenn er mich ansieht, und nicht geradeaus sehen, wenn er mit mir schläft, und die ganze Zeit über spielt sein Alter überhaupt keine Rolle.

»Nein«, gebe ich zu.

»Dann ist es einfach. Hör auf, etwas darauf zu geben, was die anderen denken.« Saige zuckt mit den Schultern. »Die meisten von denen sind sowieso bloß eifersüchtig.«

***

Quietschende Reifen in meiner Einfahrt um fünf Uhr zeigen mir an, dass Nathan gekommen ist, um die Jungs abzuliefern. Zum ersten Mal seit ewigen Zeiten fühle ich mich frisch. Die Damen im Spa Ciesto haben mich heute endlos massiert und geknetet und geglättet und verwöhnt, und bei Gott, das habe ich auch gebraucht. Und mit der Aussicht auf meinen eigenen Schreibwarenhandel am Horizont bin ich insgesamt in verdammt guter Stimmung.

Ich beschließe sogar, Nathan mit einem Lächeln zu begrüßen.

»Hey, wie geht's?« Ich stehe im Eingang und sehe zu, wie er die Taschen der Jungs den Gehweg entlangschleppt.

Er erwidert meine Begrüßung mit einem unwirschen Blick und mein Lächeln verblasst. Ich muss mich sehr zusammenreißen, um nicht nachzufragen, ob es zu Hause Ärger gegeben hat.

Ich begrüße meine Jungs und strubbele ihnen durch die zerzausten Haare, als sie an mir vorbeigehen und schnurstracks in Richtung Küche marschieren. Keine Ahnung, warum es ihrem Vater so schwer fällt, ihnen etwas zu essen zu geben, bevor er sie hier abliefert, aber ich bin heute nicht in der Stimmung, um mich deswegen mit ihm zu streiten. »Im Kühlschrank steht noch Kartoffelsuppe!«, rufe ich ihnen hinterher.

Nathan steht in der Tür und starrt mich an. Diesen Blick habe ich schon häufig gesehen, und in der Regel folgt darauf immer ein Streit.

»Was?«, frage ich schulterzuckend. »Warum starrst du mich so an?«

»Du hast es gewusst«, behauptet er.

»Was gewusst?« Ich lache, weil ich nicht die geringste Ahnung habe, wovon er spricht, aber dass sich seine blasse Gesichtsfarbe jetzt in ein Tomatenrot verwandelt, finde ich sehr lustig.

»Du wusstest, dass Dante der Ex von Lauren ist«, erklärt er. »Und deshalb vögelst du mit ihm. Genau genommen ist er garantiert nur nebenan eingezogen, damit ihr beide mich verspotten könnt.«

Mir bleibt der Mund offen stehen. »Genau, Nathan. Weil sich die ganze Welt nur um dich dreht. Wir treiben es wie die Karnickel und dabei lachen wir die ganze Zeit über dich.«

Nathan lächelt nicht. »Du willst also behaupten, das wäre alles nur Zufall?«

Ich stütze eine Hand auf meine rechte Hüfte und nicke. »Ja.«

»Du laberst doch nur Scheiße, Maren«, presst er zwischen den Zähnen hervor. Ich beobachte, wie er über meine Schulter blickt, aber die Jungs machen eine Menge Krach in der Küche, daher bin ich mir relativ sicher, dass sie unseren Austausch von Freundlichkeiten nicht mithören können.

»Du kannst nicht einfach in mein Haus kommen und so mit mir reden!« Ich mache einen Schritt auf ihn zu. »Krieg dich in den Griff, Nathan!«

Er schnaubt. »Ich habe dieses verdammte Haus gekauft. Du hast nichts weiter getan, als ein Stück Papier zu unterschreiben.«

Ich knirsche mit den Zähnen und deute auf mich. »Ich hab nichts getan? Wirklich? Gar nichts? Ich habe nicht zwei deiner Kinder geboren? Meine Karriere geopfert? Mich um den Haushalt gekümmert, während du hinter meinem Rücken dieses Skelett mit den falschen Möpsen gevögelt hast?«

Ich sehe rot und mein Körper steht in Flammen. Alles brennt – meine Augen, meine Brust, meine Lippen. Nicht mal mein Gesicht kann ich mehr spüren. Jede Zelle in meinem Körper vibriert. Lebendiger habe ich mich noch nie gefühlt. Falls Saige das hier damit gemeint hat, als sie von gesunder Wut sprach, dann muss ich ihr wieder einmal zustimmen, dass sie recht hatte, denn es fühlt sich verdammt fantastisch an.

Aus dem Augenwinkel erblicke ich eine Glasvase, die Nathan mir zu unserem zweiten Hochzeitstag geschenkt hat. Ich habe sie nur behalten, weil sie hübsch ist, aber jetzt erinnert mich ihr Anblick an ihn und daran, in welch seliger Unwissenheit wir damals gelebt haben. Es gab nur Nathan, Dash und mich, und wir standen uns sehr nahe.

Aber das spielt inzwischen keine Rolle mehr.

Nathan hat getan, was er getan hat, und jetzt bedeutet diese Vase nichts mehr.

Sie ist nur ein Gegenstand.

Einen Gegenstand, den ich genauso zerstören will, wie er es mit unserer Ehe getan hat.

Also schnappe ich sie mir und werfe sie in seine Richtung.

Sie fliegt an seinem Kopf vorbei und knallt gegen die Haustür, wo sie auf den Fliesenboden fällt und in eine Million winzige Splitter zerbricht.

Nathan reißt die Augen auf und zieht die Brauen hoch. Er wirkt jetzt richtiggehend eingeschüchtert, und das liegt vielleicht auch an dem breiten Lächeln auf meinem Gesicht.

»Maren.« Er klingt wie ein Psychiater, der einen Patienten beruhigen will, was mich schon wieder zum Lachen bringt. »Maren, ich glaube, du solltest dich besser hinsetzen.«

»Was war denn das?« Dash steckt den Kopf um die Ecke.

»Nichts. Geh wieder in die Küche!«, fährt Nathan ihn an.

»Maren. Setz. Dich. Hin.«

»Fick dich ins Knie, Nathan.« Ich funkle ihn an. »Verschwinde aus meinem Haus und lauf zurück zu Lauren. Und übrigens, einen lieben Gruß an sie. Sag ihr, ich schulde ihr was.«

Er kneift die Augen zusammen. »Wofür?«

»Sie hat dafür gesorgt, dass ihre Schwester Keegan mich heute feuert«, erkläre ich. »Aber das macht nichts. Mein *Freund* wird dafür sorgen, dass es mir nie wieder an etwas fehlt.«

Okay, okay.

Das war gelogen.

Dante ist nicht mein Freund. Zumindest noch nicht.

Und er überlässt mir auch keineswegs bedenkenlos seine Kreditkarte.

Aber der Ausdruck in Nathans Gesicht ist alle Notlügen der Welt wert.

In seinen Augen entdecke ich eine Spur Schmerz, einen eifersüchtigen Zug um seinen Mund und er lässt die Schultern auf eine Weise hängen, die ich so nicht von ihm kenne. Er dreht mir den Rücken zu und stürmt zur Tür, wobei er mit seinen Anzugschuhen Glassplitter zermalmt, und dann knallt er sie hinter sich zu.

Ich habe gewonnen.

Endlich habe ich einmal gewonnen.

24. KAPITEL

Dante

»Dante.« Als ich Freitagmorgen mein Auto aufschließe, höre ich eine männliche Stimme meinen Namen rufen. Ich sehe mich in der Einfahrt um, bis mein Blick auf Nathan fällt. Er steht hinter der Hecke, die unsere Grundstücke trennt, aber sobald er meinen Blick auffängt, kommt er herüber. »Ich muss mit Ihnen reden.«

»Ich habe es eilig.« Ich wende den Blick ab. Um acht will ich mich mit Maren in meinem Büro treffen. Sie bringt die Kalkulation vorbei, an der sie die ganze Woche gearbeitet hat, und davon abgesehen freue ich mich wirklich darauf, sie zu sehen. Sie hatte seit Dienstag die Kinder, daher mache ich derzeit einen akuten Marenentzug durch.

»Es dauert nur eine Minute«, behauptet er. Offensichtlich akzeptiert er Nein nicht als Antwort.

Ich steige ins Auto und lasse den Motor an, dann fahre ich das Fenster herunter. Den Fuß auf dem Bremspedal, lege ich den Rückwärtsgang ein. Dieser Blödmann soll ruhig wissen, dass ich keine Zeit für seinen Quatsch habe.

Nathan beugt sich durch mein Fenster, legt seine moppeligen Arme ab und füllt den Innenraum meines Wagens mit einem Aftershave, das ich wiedererkenne. Lauren hat es mir vor zwei Jahren zu Weihnachten geschenkt. Es war teuer und ich habe es gehasst. Ich fand, es roch wie Pferdeäpfel in nassem Moos, aber sie liebte es. Witzig, dass sie diesen Loser davon überzeugen konnte, es zu tragen.

»Was kann ich für Sie tun?«, frage ich unaufrichtig und stoße ungeduldig den Atem aus.

»Ich muss mit Ihnen über Maren sprechen.«

25. KAPITEL

Maren

»Ich habe deine Assistentin überredet, mich reinzulassen. Ich wollte dich überraschen.« Ich sitze an Dantes Schreibtisch, meine gebräunten Kurven in ein kleines schwarzes Negligé gezwängt, das nur sehr wenig der Fantasie überlässt.
»Was bedeutet das hier?«, fragt er und kommt um den Schreibtisch herum.
Er lächelt nicht.
Noch nicht.
Aber das wird er.
Bald.
»Ich hoffe, Sie lassen sich von dem hier nicht ablenken, während wir meinen Geschäftsvorschlag durchgehen, Mr Amato«, verkünde ich zwinkernd. Ich stehe auf und lege ihm die Hände auf die Aufschläge seiner Anzugjacke. Sein Blick hält meinen fest, und ich stelle mich auf die Zehenspitzen, um ihn zu küssen. Doch die Art und Weise, wie er meinen Kuss erwidert, lässt mich innehalten. »Was? Was ist los?«

»Dein Ex hat mich heute Morgen angesprochen«, presst Dante hervor.

»Oh Gott. Was wollte er denn?« Ich lache, denn ich kann mir nur zu gut vorstellen, welche verrückten Dinge vermutlich nach der Sache neulich Abend aus Nathans Mund kamen.

»Er sagt, du hättest behauptet, ich würde mich um dich kümmern«, erklärt Dante.

Meine Wangen brennen. »Oh Shit. Das hab ich tatsächlich gesagt.«

Er zieht die Brauen hoch und verlangt stumm eine Erklärung. Ich zerbreche mir den Kopf, um eine zu finden, die nicht den Eindruck erweckt, als würde ich ein doppeltes Spiel spielen. Dass ich Nathan eifersüchtig machen wollte, kann ich nicht sagen, denn es klingt, als würde ich mir immer noch etwas aus ihm machen. Aber wenn ich das nicht sage, wird er glauben, dass ich seine Großzügigkeit ausnutze und damit angebe, was überhaupt nicht meiner Art entspricht.

»Hör mal.« Dante stößt den Atem aus. »Ich möchte dir helfen, Maren, aber das muss niemand wissen. Ich habe schon häufig Menschen Geld gegeben, und sobald sich das rumspricht, stehen zehn weitere mit offenen Händen und der Bitte um Startkapital vor der Tür. Ich habe geglaubt, unser kleines Arrangement bliebe unter uns.«

»Das tut es«, erwidere ich, lege die Hände flach auf seine Brust und blicke ihm in die Augen. »Dante, es tut mir unglaublich leid. Es ist nicht so, wie es sich anhört, das schwöre ich.«

»Er hat auch gesagt, dass du mich als deinen ... Freund bezeichnet hast.«

Meine Wangen brennen jetzt noch heißer.

Ich kann nicht fassen, dass ich Dienstagabend zugelassen habe, dass mein Ärger die Oberhand gewinnt. Aber verdammt noch mal, ein bis zwei Minuten lang hat es sich großartig angefühlt.

»Als er neulich Abend die Kinder vorbeigebracht hat, haben wir angefangen zu streiten«, erkläre ich. »Er war total gereizt und hat mir vorgeworfen, wir würden nur miteinander schlafen, um uns an ihm und Lauren zu rächen. Das hat sich dann schnell in eine handfeste Brüllerei verwandelt und eventuell habe ich erwähnt, dass Laurens Schwester mich gefeuert hat, und möglicherweise habe ich eine Kristallvase nach ihm geworfen, und unter Umständen habe ich dann diese Dinge behauptet, die er dir heute Morgen freundlicherweise zugetragen hat. Aber ich habe das nicht so gemeint, das habe ich alles nur aus Trotz gesagt.«

Dante mustert mich.

»Ich weiß, es klingt übel«, gebe ich zu. »Es tut mir wirklich wahnsinnig leid. Ich habe mich von ihm provozieren lassen und die Beherrschung verloren, und alles ist mir einfach so herausgeplatzt, aber das war falsch. Ich hätte nicht sagen dürfen, dass du mein Freund bist oder dich finanziell um mich kümmerst. Ich weiß, dass das nicht der Fall ist.«

»Maren.« Dante räuspert sich. »Ich verstehe dich. Aber bitte sorg dafür, dass es nicht wieder vorkommt.«

»Das verspreche ich dir.« Ich greife nach meinem Kleid. Es liegt zusammengefaltet in seinem Bücherregal. Nach diesem schwierigen Gespräch meinen Geschäftsvorschlag in Unterwäsche zu diskutieren, kommt mir plötzlich reichlich lächerlich vor. Ich wollte lediglich witzig sein, ihm ein Lächeln entlocken.

»Was machst du denn da?«, will er wissen.

»Mich anziehen.«

»Warum?«

Ich falte mein Kleid auseinander und ziehe die Brauen hoch.

»Weil ...«

Innerhalb weniger Sekunden höre ich seine entschlossenen Schritte auf dem Teppich und dann schlingt er mir von hinten einen Arm um die Taille.

»Du gefällst mir so«, sagt er.

Ich entdecke die Spur eines Lächelns in seiner Stimme und atme erleichtert auf. Niemals wieder werde ich über den Status unserer Beziehung lügen.

Ganz egal, was passiert.

Selbst wenn es mich umbringt, Nathan nicht Paroli bieten zu können.

Ich spüre Dantes Lippen warm auf meinem Nacken, die mir Schauer über die Wirbelsäule jagen. Der harte Umriss seines erigierten Schwanzes presst sich gegen meinen Hintern. Er zieht am Saum meines Negligés und fährt dann mit den Fingern zwischen meine Schenkel.

»Schrittoffen«, flüstert er mir ins Ohr.

»Gefällt dir das?«

»Mm hm.« Er dreht mich zu sich herum, drückt seinen Mund fest auf meinen und führt mich rückwärts zu seinem Schreibtisch. Dort hebt er mich hoch und schiebt sich zwischen meine Beine. Dann vergräbt er den Kopf an meinem Hals und atmet tief ein. Ich lege den Kopf in den Nacken.

»Du hast doch abgeschlossen, richtig?«, frage ich.

»Natürlich hab ich die verdammte Tür abgeschlossen.« Er greift nach seinem Gürtel. Das Klappern der Schnalle gegen den Reißverschluss ist ein Vorbote für das Unvermeidliche.

Gut zu wissen, dass er mir die Sache mit Nathan nicht nachträgt – zumindest nicht langfristig.

»Hierauf warte ich schon die ganze Woche«, flüstert er warm an meiner Haut.

***

»Ich hasse es, die Hälfte der Zeit über so zu tun, als gäbe es dich nicht«, sagt Dante, als wir uns in seinem privaten Badezimmer frisch machen. Ich ziehe mir das Kleid über den Kopf und schüttele meine Haare aus. »Dass ich dich nicht sehen oder berühren kann … das bringt mich um.«

»Meine Kinder kommen an erster Stelle«, erwidere ich. »Das weißt du.«

»Warum darf ich sie nicht kennenlernen?«

Ich lache. »Weil du nur ein Mann bist, mit dem ich ins Bett gehe. Sie brauchen dich nicht kennenzulernen.«

Seine Miene verdüstert sich. Mir war nicht bewusst, wie harsch meine Worte laut ausgesprochen klingen würden.

»Es tut mir leid«, entschuldige ich mich. »So habe ich es nicht gemeint. Aber du musst verstehen, ich möchte ihnen nicht jemanden vorstellen, den sie vielleicht nie wieder sehen. Sie sind leicht zu beeindrucken und gewöhnen sich dann womöglich an dich.«

»Aber dass sie Nathans Freundin kennen, ist okay?«

»Nathan und Lauren sind ein Paar«, erkläre ich seufzend. »Ganz offiziell. Sie leben zusammen.«

»Ja, aber was, wenn sich deine Jungs an sie gewöhnen? Und die beiden sich dann trennen? Vor so etwas kann man Kinder nicht schützen.«

»Was wir beide miteinander haben, ist ein bisschen weniger ...« Ich weiß nicht mal genau, was ich sagen will, oder wie ich es formulieren soll, damit es nicht unbesonnen klingt und unser Nachglühen ruiniert.

»Weniger was?« Er kommt auf mich zu. »Ich schlafe mit niemandem sonst. Du etwa?«

»Nein.«

»Ich verabrede mich auch mit niemandem außer dir. Du?«

»Nein.«

»Möchtest du, dass wir zusammen sind?«

Mein Mund öffnet sich, aber es kommt kein Geräusch heraus. Diese Frage habe ich nicht erwartet. Nicht heute, nicht so bald.

»Immerhin hast du mich deinem Ex gegenüber als deinen Freund bezeichnet«, erinnert er mich grinsend. »Du kannst mir also nicht weismachen, du hättest bisher nicht mal darüber nachgedacht.«

»Möchtest du denn mein ... dass wir zusammen sind?«, erkundige ich mich. »Möchtest du, dass ich deine Freundin bin?«

Das Wort fühlt sich komisch an. Seit dem College habe ich es nicht mehr in den Mund genommen. Als ob man sich in eine alte Jeans zwängt, die man früher geliebt hat, die sich jetzt aber anders anfühlt.

Beinahe dreizehn Jahre lang war ich eine Ehefrau.

Und jetzt will jemand, dass ich seine Freundin bin.

Es hat etwas ganz Neuartiges.

»Ja, das möchte ich«, bestätigt er, ergreift meine Hand und hebt sie an seinen Mund. Dann hält er meinen Blick fest und küsst meinen Handrücken. »Ich mag dich, Maren Greene. Ich mag dich sogar sehr.«

»Ich mag dich auch.«

Sehr.

26. KAPITEL

Dante

Am Montagmorgen verlasse ich Marens Dusche und ziehe mir die Sachen über, die ich am Vorabend für die Arbeit mitgebracht habe. Ich habe das ganze Wochenende über gewartet, um sie zu sehen, und damit ihren Wunsch respektiert, erst Sonntagabend vorbeizukommen, wenn die Jungs wieder bei ihrem Vater sind.

Wir sind jetzt offiziell zusammen.

Maren ist meine Freundin.

Wir gehen die Sache jedoch im Schneckentempo an, denn warum soll man etwas Gutes leichtfertig überstürzen?

Dash und Beck werde ich kennenlernen, wenn die Zeit dafür reif ist. Bis dahin lasse ich mir von ihr Fotos von ihnen zeigen und Geschichten erzählen, und ich freue mich tatsächlich schon darauf, sie irgendwann persönlich zu treffen.

Während ich mich fertig mache, zieht der Duft eines herzhaften Frühstücks nach oben. Wie ich feststellen durfte, ist Maren eine ausgezeichnete Köchin, daher nehme ich mir nur zu gerne die Zeit zum Essen, ehe ich los muss.

»Was machst du denn da?«, frage ich und bleibe wie angewurzelt stehen, als ich um die Ecke komme und meine wunderbare sexy Freundin in nichts weiter als einer pinkfarbenen Blumenschürze am Herd stehen sehe. Als sie mich erblickt, lächelt sie breit. »Was ist denn das?«

»Ich dachte, ich mach dir schnell Frühstück, bevor du los musst«, erklärt sie. »Das würde jede gute Freundin tun.«

Ich stelle mich hinter sie, presse mein Becken an ihres und lege ihr die Hände um die Taille. Dann drücke ich ihr kleine Küsse auf die Schulter, während sie in einer Pfanne die Eier verrührt.

»Warum vergessen wir nicht einfach das Frühstück und ich vernasche stattdessen dich?« Ich drehe sie zu mir um.

Maren stellt sich lächelnd auf die Zehenspitzen und gibt mir einen Kuss. »Ich befürchte, ich mache nicht sehr satt.«

»Da bin ich anderer Meinung.« Diesmal küsse ich sie fester.

Und in diesem Moment hören wir beide ein Geräusch.

Wie erstarrt lauschen wir in Richtung Wohnzimmer und versuchen, über das Zischen der bratenden Eier hinter uns etwas zu erkennen.

»Mom!«, ruft eine Kinderstimme. »Mom, wo bist du? Ich hab meinen Rucksack vergessen. Wo ist er?«

»Shit, Shit, Shit!« Maren blickt mich panisch an. Bis auf die Schürze ist sie splitterfasernackt.

Ich muss lachen, woraufhin sie mir einen bösen Blick zuwirft. Sie zieht an dem Stoff, aber die Schürze bedeckt kaum etwas.

»Mom?«, ruft die Kinderstimme erneut.

In einem Moment der Verzweiflung und aufgrund begrenzter Möglichkeiten zieht Maren die Pfanne vom Herd, schießt hinüber zur Speisekammer und verschwindet darin.

»Mom, mein Rucksack!« Die Kinderstimme klingt jetzt lauter und schwere Turnschuhschritte auf den Fliesen verraten mir, dass der Junge näher kommt.

An die Kücheninsel gelehnt wappne ich mich und warte.

Wenig überraschend bleibt der etwa acht- oder neunjährige Junge mit den strubbeligen Haaren wie angewurzelt stehen, als er mich erblickt.

»Hi.« Ich winke ihm zu.

Seine Miene spiegelt blankes Entsetzen. »Mom! Da ist ein Mann in unserem Haus. Mom! Mom!«

Ich strecke die Hand aus und versuche ihm zu erklären, dass ich ein Freund seiner Mutter bin, und dass er sich beruhigen soll, aber er kreischt, brüllt, flippt aus und weigert sich, mir zuzuhören.

»Was hast du mit meiner Mom gemacht?«, will er wissen, das Gesicht feuerrot. »Dad! Dad!«

Der Junge rennt zur Tür und knallt sie hinter sich zu.

Na toll.

Einfach toll.

Innerhalb von Sekunden ist er zurück, Nathan im Schlepptau, und er deutet auf mich und verlangt von seinem Dad, dass er die Polizei ruft.

»Mensch, Beck, du hast mich zu Tode erschreckt«, erklärt Nathan. »Das ist der Freund deiner Mutter.«

»Mom ... hat keinen Freund«, behauptet der Junge.

»Ach, das hat sie euch gesagt?«, spottet Nathan.

Beck nickt langsam und mustert mich.

»Nun ja, wenn sie angezogen wäre, könnte sie dir das selbst erklären. Na los, such deinen Rucksack, wir sind schon spät dran.« Nathan wirft mir einen bösen Blick zu, der mich an einen alten Hund erinnert, dem der neue Welpe verhasst ist, der sich in seinem Revier breitmacht, und dann macht er auf dem Absatz kehrt.

Beck hält den Blick weiterhin fest auf mich gerichtet, während er den Raum nach seiner Tasche absucht. Als er nach der Tür zur Speisekammer greift, halte ich ihn auf.

»Warte.«

Er hält inne.

»Glaubst du wirklich, dass dein Rucksack in der Speisekammer ist? Bei den Lebensmitteln?«

Er zuckt mit den Schultern. »Keine Ahnung.«

»Ich glaube, deine Mom ist oben im Bad. Wie wär's, wenn sie dir den Rucksack gleich in die Schule bringt? Ich bin sicher, dass sie ganz genau weiß, wo er ist. Ich möchte nicht, dass du deswegen zu spät kommst.« So versuche ich ein Kind zu überzeugen, das mich anstarrt, als wäre ich der personifizierte Teufel. Er kneift die Augen zusammen, als wäre er davon überzeugt, dass man mir nicht trauen kann. »Ich sorge dafür, dass sie dir den Rucksack bringt, okay? Versprochen.«

Beck zögert noch einen Moment, bis wir beide Nathan in der Einfahrt laut hupen hören.

»Du solltest los«, sage ich.

Mit schlurfenden Schritten verlässt er die Küche und einen Moment später höre ich die Haustür ins Schloss fallen.

»Du kannst jetzt rauskommen«, informiere ich Maren durch die Speisekammertür.

Sie steckt zuerst den Kopf heraus.

»Oh gut«, keucht sie. »Das war knapp.«

»Nun ja«, sage ich und gieße mir einen Kaffee ein. »Vielleicht solltest du uns offiziell miteinander bekannt machen.«

Maren vergräbt den Kopf in den Händen. »Sieht wohl so aus.«

Ich blicke hinüber zur Uhr an der Wand und berechne stumm meinen Fahrtweg. Dann fällt mir ein, dass ich noch eine Besprechung vorbereiten muss. Die Programmierer stellen uns heute Morgen eine neue App vor und ich habe sie in der vergangenen Woche schon zweimal vertröstet.

Maren kommt zu mir, schlingt mir die Arme um die Taille und sieht mich unter flatternden Wimpern aus ihren großen braunen Augen an.

»So gern ich noch bleiben würde«, beginne ich und trinke einen Schluck von meinem Kaffee. »Ich habe eine Besprechung. Aber heute Abend gehöre ich ganz dir.«

Maren lächelt und ich küsse dieses Lächeln und freue mich darüber, dass ich es auf ihr Gesicht gezaubert habe.

»Hast du denn gar keinen Hunger?«, will sie wissen. »Wir beide haben gestern Abend ziemlich viel Energie verbrannt.«

Schmunzelnd nicke ich. »Ich stehe kurz vorm Hungertod, Maren. Und das ist ganz allein deine Schuld.«

Sie antwortet mit einem breiten Grinsen.

»Wir sehen uns heute Abend.« Und mit diesen Worten gehe ich.

27. KAPITEL

Maren

»Hallo Jungs.« Meine Hände liegen auf dem Lenkrad, als Dash und Beck Freitagnachmittag auf den Rücksitz klettern. »Hattet ihr eine gute Schulwoche? Ihr habt mir gefehlt.«

Dash wirft mir einen Blick zu. Obwohl er noch kein richtiger Teenager ist, benimmt er sich schon wie einer.

»Dash musste gestern nachsitzen«, platzt Beck heraus.

»Nachsitzen? Wofür denn?« Ich ziehe die Nase kraus. Mein Dash gerät normalerweise nie in Schwierigkeiten.

»Weil er während der Mittagspause ein Mädchen geküsst hat. Sie haben sich in die Bibliothek geschlichen«, verrät Beck. »Autsch!«

»Wen hast du denn geküsst?« Ich bin mir nicht sicher, ob ich belustigt oder verärgert sein soll. Das ist der Beginn des Unvermeidlichen.

»Maddy Long«, antwortet Beck für seinen Bruder.

Dash verpasst ihm wieder einen Stoß mit dem Ellbogen.

»Das reicht, Dash.« Ich überprüfe den Verkehr im Rückspiegel und fädele mich ein. »Keine Küsse mehr in der Schule, okay? Dafür bleibt dir noch genügend Zeit, wenn du älter bist. Konzentrier dich einfach auf die Schule. Und darauf, ein Kind zu sein.«

Beim nächsten Blick in den Rückspiegel beobachte ich, wie sich Dashs Wangen rot verfärben, während er versucht, diesem unangenehmen Gespräch mit seiner Mutter zu entgehen.

»Hattest du eine schöne Woche?«, frage ich und richte meine Aufmerksamkeit auf Beck.

»Ja. Mrs Carsten hat mich nach der Pause die Tafel abwischen lassen«, verrät er und hüpft auf seinem Sitz umher, als wäre es das größte Privileg aller Zeiten.

»Warum bist du denn nicht genauso begeistert, wenn du dein Zimmer aufräumen sollst?«, witzele ich.

Mein Handy steckt links von mir in einem Getränkehalter und aus dem Augenwinkel erkenne ich, wie eine eingehende Nachricht das Display erhellt. Sie ist von Dante. Alles ist vorbereitet, schreibt er.

»Hey Jungs«, beginne ich. »Ich habe eine Überraschung für euch.«

Ein schneller Blick in den Spiegel verrät mir, dass ich jetzt die Aufmerksamkeit von beiden habe.

»Ihr lernt heute jemanden kennen«, erkläre ich weiter. »Und wir gehen an einen ganz besonderen Ort. Wo ihr noch nie zuvor wart.«

Beck stöhnt. »Geht es um diesen Typen? Der aus der Küche am Montag?«

Ich lache. »Vielleicht.«

Stöhnend legt er die Stirn ans Fenster.

»Du wirst ihn mögen«, behaupte ich. »Versprochen.«

Dash ist ungewöhnlich still und ich bin mir nicht sicher, ob es etwas mit dieser Maddy oder der Tatsache zu tun hat, dass er gleich den Freund seiner Mutter kennenlernen soll.

»Dash, ist bei dir da hinten alles in Ordnung?«, will ich wissen.

»Ja.« Ich kenne meinen Sohn und weiß, dass ich nichts weiter aus ihm herausbekommen werde, also lasse ich das Thema ruhen. Stattdessen konzentriere ich mich auf die Fahrt zum TeleStar Stadion, dem Heimatstadion des Baseballteams Seattle Warhawks.

***

»Mom.« Als wir auf den Parkplatz einbiegen, rutscht Beck auf seinem Sitz vor, die Augen groß wie Untertassen, während ich das Auto parke. »Sind wir …? Aber heute ist doch gar kein Spiel?«

»Dante hat ein spezielles Treffen arrangiert«, verkünde ich, während wir aussteigen. »Einige Spieler der Warhawks und der Trainer werden dabei sein. Und sein Bruder, der ehemalige Pitcher Ace Amato.«

»Was?!« Beck schlägt sich die Hände vors Gesicht und springt auf und ab. Dann kommt er auf mich zugelaufen und wirft mich beinahe zu Boden. Dieses Kind wird eines Tages ein großartiger Linebacker sein.

Ich blicke hinüber zu Dash und erkenne die Begeisterung in seinen dunklen Augen, aber ich weiß, dass er versucht, cool zu bleiben. Und das kann ich akzeptieren. Er kommt allmählich in ein Alter, wo man befangener wird und anfängt, sich Gedanken darüber zu machen, was die Leute von einem halten.

»Na los, Mr Zu-cool-um-sich-zu-freuen«, sage ich und lege ihm beim Laufen den Arm um die Schultern. »Dann wollen wir mal einige Baseballspieler kennenlernen.«

Dante erwartet uns am Haupteingang, ein stolzes Lächeln im Gesicht. Normalerweise stürmt er immer gleich auf mich zu, wenn wir uns sehen, aber heute hält er sich zurück. Sein Blick ruht auf meinen Jungs und er steht mit hinter dem Rücken verschränkten Händen da, beinahe respektvoll.

»Dash, Beck, das ist Dante«, stelle ich sie vor und blicke zwischen allen dreien hin und her. »Er ist mein Freund.«

Dante streckt zuerst Dash die Hand hin. Sie schütteln sich die Hände, ganz von Mann zu Mann, und dann wendet er seine Aufmerksamkeit Beck zu, der ihm böse Blicke zuwirft.

Dante kniet sich hin und holt einen Baseball hinter seinem Rücken hervor.

»Der ist für dich«, erklärt er. »Da oben sind eine Menge Spieler, da möchtest du dir sicher so viele Autogramme wie möglich holen.« Dante dreht sich wieder zu Dash um. »Für dich habe ich auch einen.«

Zögernd nimmt Beck den Ball entgegen, rollt ihn in seiner Hand hin und her und sieht zu Dante auf.

»Es tut mir sehr leid wegen Montag«, sagt Dante. »Ich wollte dir keine Angst einjagen, Kumpel.«

Beck wirft den Ball hoch und fängt ihn wieder auf, die Stirn gerunzelt und die Lippen zusammengepresst, als denke er darüber nach, ob er Dante eine Chance geben soll.

»Ist schon gut«, sagt er schließlich. »Solange du meiner Mom nicht wehtust, kriegen wir keine Probleme miteinander.«

Ich bemühe mich, nicht zu lachen, und auch Dante unterdrückt ein Lächeln.

»Darauf gebe ich dir mein Wort«, verspricht Dante und legt Beck eine Hand auf die Schulter. »Komm mit, sie warten auf uns.«

**

Am Ende des Abends ist mein Handy voller Fotos, unsere Bäuche sind voller Pizza und mir tut das Gesicht vom vielen Lachen über die liebenswerten Dinge weh, die Beck zu den Spielern gesagt hat.

Dante begleitet uns hinaus zum Parkplatz. Als die Jungs nicht hinsehen, legt er mir eine Hand auf den Rücken, und nachdem Dash und Beck eingestiegen sind und sich angeschnallt haben, gehen wir hinter das Auto, um uns rasch zu küssen.

»Vielen, vielen Dank«, sage ich leise. Der Himmel ist dunkel und Wolken haben sich vor die Sterne geschoben, von denen ich weiß, dass sie da sind. »Die Jungs hatten richtig viel Spaß. Ich auch. Dein Bruder war so nett zu ihnen.«

Dante küsst mich. Seine warmen Lippen schmecken nach Baseballstadion und Bier.

»Das war wirklich ein einmaliges Erlebnis für sie«, fahre ich fort. »Das werden sie ihr ganzes Leben lang nicht vergessen.«

Er lächelt. »Normalerweise greife ich nicht auf solche Tricks zurück, aber ich fand es eine schöne Möglichkeit, uns alle miteinander bekannt zu machen.«

»Auf jeden Fall.« Ich kann den Blick nicht von ihm nehmen, und auch er sieht mich unverwandt an. »Was haben Ace und du heute Abend vor?«

»Wahrscheinlich gehen wir mit Cris was trinken«, sagt er zwinkernd. »Uns gegenseitig aufmischen, so wie früher als Kinder.«

»Und am Sonntag?«, erkundige ich mich.

Er zuckt mit den Schultern.

»Beck hat ein Flag-Football-Spiel im YMCA«, erkläre ich. »Du brauchst nicht zu kommen, wenn du nicht möchtest, aber ich wollte es wenigstens mal erwähnt haben.«

»Natürlich komme ich. Schick mir Zeit und Adresse einfach per SMS. Ich werde da sein. Das möchte ich auf keinen Fall verpassen.«

28. KAPITEL

Dante

Bei einer Kindersportveranstaltung war ich das letzte Mal ... als Kind.

Die Anfeuerungsrufe der Eltern, das Klatschen, die kleinen Kinder in ihren übergroßen T-Shirts – all das fühlt sich vertraut an.

»Lauf, lauf, lauf, lauf!« brüllt Maren, als Beck über das Footballfeld sprintet. Die kleinen Bänder an seinem Gürtel flattern wild und ein anderes Kind ist ihm dicht auf den Fersen.

Er schafft einen Touchdown und unsere Seite des Spielfelds flippt aus.

Maren steckt sich die Finger zwischen die Lippen und pfeift laut, dann schreit sie seinen Namen, als wäre er ein berühmter Profi. Einen Moment lang dreht er sich in ihre Richtung und schenkt seiner Mutter ein breites Lächeln.

Aus dem Augenwinkel beobachte ich, wie zwei Personen auf uns zukommen, eine davon trägt Klappstühle. Beim genaueren Hinsehen erkenne ich Nathan und Lauren, die geradewegs auf uns zusteuern.

Wir mussten heute besonders früh hier sein, um einen Platz zu finden, aber das Spiel hat vor zehn Minuten begonnen und die meisten Plätze in diesem Bereich sind bereits mit Stühlen, Decken und Zuschauern gefüllt.

»Im Anmarsch«, flüstere ich Maren zu.

Sie blickt nach links und sieht, was auf uns zukommt. »Ach du liebe Zeit.«

»Dad!« Dash springt von seinem Stuhl neben Maren auf und rennt hinüber, um die beiden zu begrüßen. »Setzt euch zu uns, da ist noch haufenweise Platz.«

Maren und ich wechseln einen Blick, zucken mit den Schultern und richten die Blicke nach vorne, wo die Spieler gerade ihre Positionen an der Trennlinie zwischen Offense und Defense einnehmen.

Nathan und Lauren klappen ihre Stühle auf und Maren dreht sich um.

»Hi, Nathan«, begrüßt sie ihn. »Hallo, Lauren. Wie schön, dass ihr hier seid.«

Laurens Blick schießt zu Maren, einen entsetzten Ausdruck im Gesicht. Sie erwidert nichts, sondern starrt Maren einfach nur an.

Maren dreht sich schulterzuckend um. »Zumindest habe ich es versucht«, flüstert sie mir ins Ohr.

»Ignorier sie«, murmele ich und beobachte, wie Beck erneut übers Feld sprintet. »Verdammt, er ist echt gut.«

»Wem sagst du das«, antwortet sie und feuert ihn klatschend an. »Ich dachte, ich bekomme einen kleinen Linebacker, aber vielleicht wird er doch eher ein Quarterback.«

Aus dem Augenwinkel sehe ich, wie Nathan Beck anfeuert und Lauren sich in ihr Handy vertieft. Ganz offensichtlich will sie eigentlich gar nicht hier sein, und sie hat null Interesse daran, Beck beim Spielen zuzusehen.

»Möchtest du was trinken?«, frage ich Maren, als ich aufstehe.

»Eine heiße Schokolade wäre toll«, erwidert sie und reibt die Hände aneinander. Der heutige Vormittag ist ungewöhnlich kühl und bewölkt für September, und Marens fünfzigtausend Sweatshirts reichen offenbar nicht aus, um sie warm zu halten.

»Alles klar.« Ich verlasse unseren kleinen Bereich und sehe mich suchend nach einem Verkaufsstand um. Einige Minuten später stehe ich in der Schlange, angle meine Brieftasche aus der Hosentasche und versuche, mich zwischen Popcorn oder einer warmen Brezel zu entscheiden.

»Dante.« Eine weibliche Stimme hinter mir haucht meinen Namen.

Als ich mich umdrehe, sehe ich mich Lauren gegenüber. Ich wende den Blick wieder dem Stand zu, mache einen Schritt nach vorn und fixiere die Speisekarte. Ich habe ihr nichts zu sagen.

»Dante.« Diesmal ruft sie mich lauter und dann spüre ich ihre warme Hand auf meinem Unterarm. »Ich muss mit dir reden.«

Ich ignoriere sie, reiße mich aus ihren Klauen los und bestelle die heiße Schokolade für Maren, zwei Gatorades für die Jungs und einen Kaffee für mich. Sobald ich bezahlt habe, mache ich mich mit vollen Händen auf den Rückweg zu unserer kleinen Klappstuhlstadt, um den Rest des Spiels mitzukriegen.

»Dante, warte!« Sie folgt mir.

Stöhnend bleibe ich stehen. »Wenn du mir nicht gerade dabei helfen willst, die Sachen hier zu tragen, habe ich dir nichts zu sagen.«

Sie grinst, als ob sie sich darüber freut, meine Aufmerksamkeit erregt zu haben. »Ich möchte lediglich mit dir reden.«

»Worüber?« Frustriert ziehe ich die Brauen zusammen und atme tief aus.

»Diese Sache zwischen dir und Maren. Das machst du nur, um mich zu ärgern, richtig? Du willst mich eifersüchtig machen.«

Vor Lachen verschütte ich beinahe meinen Kaffee. »Nein.«

Sie verzieht das Gesicht. »Sie ist so ... alt.«

»Dann stehen wir wohl beide auf ältere Semester, nicht wahr?«, gebe ich scharf zurück. »Sie ist gar nicht so alt, Lauren. Sei nicht so boshaft. Sie ist lediglich einige Jahre älter als ich, ganz im Gegensatz zu Nathan, der verdammt noch mal dein Vater sein könnte.«

»Das ist was anderes«, behauptet sie. »Es ist was anderes, wenn der Mann älter ist. Andersherum ist es einfach nur komisch.«

»Da bin ich ganz und gar anderer Meinung. Und wenn du jetzt freundlicherweise damit aufhören könntest, eine eifersüchtige blöde Kuh zu sein, würde ich gern wieder Beck beim Spielen zusehen. Im Gegensatz zu dir bin ich nämlich deswegen gekommen.«

Lauren verschränkt die schlaksigen Arme vor der Brust und stampft mit ihrem Dior-Turnschuh auf. »Sogar Nathan glaubt, dass ihr beiden das nur macht, damit wir uns aufregen.«

Lachend antworte ich: »Nun ja, wenn Nathan das sagt, muss es ja stimmen. Er ist die Ehrlichkeit in Person.«

Ich lasse sie stehen, doch sie folgt mir und macht immer zwei Schritte für jeden von meinen. Als ich stehen bleibe, läuft sie beinahe in mich hinein.

»Oh, und wo wir gerade miteinander sprechen«, sage ich. »Eins noch. Benimm dich Maren gegenüber nicht wie eine blöde Kuh, okay? Sie ist die Mutter von Nathans Kindern. Sie hat dir nichts getan. Du kannst ihr gegenüber freundlich sein und sie begrüßen. Das wird dich nicht umbringen. Sobald du sie erst mal kennengelernt hast, wirst du vielleicht sogar merken, was für ein außergewöhnlicher Mensch sie ist.«

Lauren fällt die Kinnlade herab und ihre Augen sprühen Funken. Es ärgert sie, dass ich für eine andere Frau eintrete, und es ärgert sie, dass ich einfach gehe.

Sie folgt mir trotzdem wieder.

»Ich bin schwanger«, platzt sie heraus.

»Oh, na dann herzlichen Glückwunsch, Lauren.«

»Dante, bleib stehen.« Sie greift nach meinem Arm und zieht mich zurück. Ich werfe einen schnellen Blick auf ihren Bauch, der immer noch absolut flach ist. Von mir ist das Kind jedenfalls nicht, da bin ich mir verdammt sicher. Der letzte Sex mit Lauren ist beinahe ein Jahr her. »Ich habe Angst.«

Ich schnaube. »Soll ich jetzt Mitleid mit dir haben?«

»Ich habe Angst, einen Fehler gemacht zu haben. Vielleicht habe ich mich für den falschen Mann entschieden. Du fehlst mir, und ich wünsche mir, dieses Baby wäre unseres.«

»Ja, aber das ist es nicht. Gott sei Dank. Und dein Fehler war das Beste, was mir je passiert ist.«

»Wie kannst du nur so was sagen?« Ihre Augen werden feucht, aber ich weiß ganz genau, dass das nur gespielt ist. Sie ist ein kaltherziges Miststück und zu echten Emotionen wie

Bedauern, Kummer und Schuldgefühlen überhaupt nicht fähig. »Seit ich von der Schwangerschaft weiß, wünsche ich mir, ich könnte die Zeit zurückdrehen. Zu der Stelle, an der es nur uns beide gab und alles einfach und unkompliziert war.«

Sie macht einen Schritt auf mich zu und ich reagiere mit einem genauso großen Schritt nach hinten. Ich höre die Menge jubeln und bin sauer, weil ich sicherlich gerade wieder einen von Becks Spielzügen verpasst habe.

»Was sollen wir jetzt tun?«, will Lauren wissen. »Ich will dich zurück, Dante. Ich hätte dich nie verlassen dürfen. Du warst der Richtige für mich. Nur habe ich das leider erst gemerkt, als du nicht mehr da warst.«

So gern ich auch höre, dass sie Zweifel an dem schrumpeligen Vierzigjährigen hegt, für den sie mich verlassen hat, werde ich ihr nicht noch einmal ins Gesicht lachen.

Ich werde einfach gehen.

»*Wir* tun gar nichts«, antworte ich, kehre zurück zu Maren und hoffe, dass ihre heiße Schokolade immer noch warm ist.

»Was hat denn so lange gedauert?«, erkundigt sich Maren. Sie nimmt mir die Getränke aus der Hand und ich setze mich neben sie. »Lange Schlange?«

In diesem Moment bemerkt sie, dass Lauren weg ist.

»Ich musste einige Dinge klären«, flüstere ich.

»Und jetzt ist alles in Ordnung?«

»Ja«, bestätige ich. »Alles gut.«

Die Menge jubelt, als Becks Team einen weiteren Touchdown schafft und Maren quiekt, nimmt meine Hand, steht auf und pfeift. Ihre Begeisterung ist ansteckend und die Liebe zu ihren Söhnen ist uneigennützig und bedingungslos.

Das liebe ich so an ihr.

Genau genommen gibt es eine Menge Dinge, die ich an Maren liebe.

Vielleicht verliebe ich mich sogar gerade in *sie*.

29. KAPITEL

Maren

»Kannst du mir eine Schreibwaren-App programmieren?«, frage ich Freitagabend, als wir auf dem Sofa sitzen. Die Jungs sind übers Wochenende bei Nathan. Die ganze Woche über habe ich mich auf Zeit allein mit Dante gefreut.

»Kann ich dir eine Schreibwaren-App programmieren?«, wiederholt er mit hochgezogenen Augenbrauen. »Schätzchen, ich kann dir jede Art von App programmieren!«

»Ich möchte, dass die Kunden in der Lage sind, über die App einzukaufen und ihre eigenen Schreibwaren und Monogramme zu entwerfen«, erkläre ich.

»Kinderspiel.«

»Super.« Ich lege mir seinen Arm um die Schulter und presse meinen Kopf an seine Brust. Wir tragen Jogginghosen und er sieht sich einen Film an, der mich nicht unbedingt interessiert, also nutze ich den Moment, um meine Handtasche zu holen. Das Ding wird stündlich schwerer und ich grusele mich beinahe davor, was ich alles darin finden werde, aber momentan ist ein guter Zeitpunkt, um sie mal aufzuräumen.

»Wo gehst du denn hin?«, fragt er, als ich in die Küche sause. Wenig später stehe ich mit meiner großen Tasche wieder vor ihm.

Ich ziehe den Reißverschluss auf und lasse die Münzen, Pfefferminzbonbons, Haargummis, Kassenbons und Lippenstifte auf die polierte Holzoberfläche meines Couchtischs fallen.

»Ach du lieber Himmel.« Dante setzt sich auf. Immer noch fallen Dinge aus der Tasche und rollen überall hin. »Bitte sag nicht, dass ich dir beim Sortieren helfen soll.«

Lachend kann ich ihn beruhigen. »Nein, das musst du nicht. Genieß du deinen Film, ich werde solange mal ein wenig Ordnung hier reinbringen.«

Erleichtert lässt er sich aufs Sofa zurücksinken, während ich mich an die Arbeit mache. In der Werbepause läuft ein Infomercial über ein Gerät, mit dem man Wasserbomben füllen kann.

Dante beugt sich vor und blickt sich suchend auf dem Tisch um.

»Was brauchst du?«, frage ich.

»Papier. Und einen Stift.«

»Warum?«, will ich lachend wissen.

»Weil ich die Nummer aufschreiben will. Ich kaufe das«, erklärt er.

»Wofür brauchst du denn so ein Ding, das gleichzeitig fünfzig Wasserbomben füllt?«

»Nicht für mich, für Dash und Beck«, erklärt er. »Nun ja, und teilweise für mich. Das ist doch bestimmt lustig. Meinst du, das würde ihnen gefallen?«

»Als müsstest du da noch fragen.«

Ohne ein weiteres Wort hält er die Sendung an und greift nach dem jägergrünen Notizbuch vor ihm auf dem Tisch. Es ist der Block, den ich immer bei mir habe. Darin befinden sich all meine Listen, sogar die mit den Gründen, warum ich eigentlich gar nicht mit ihm schlafen wollte.

Bevor ich etwas sagen kann, schlägt er es auf. Dann blättert er mit dem angefeuchteten Zeigefinger Seite um Seite meiner Listen durch. Mir wird die Brust eng und die Luft knapp. Ich hoffe inständig, dass er die Liste über ihn überspringt und innehält, sobald er eine leere Seite findet.

Leider hat der Notizbuchgott mein Gebet nicht erhört.

»Was ist denn das hier?«, fragt er grinsend.

»Lies das nicht.« Ich versuche, ihm den Block aus der Hand zu nehmen, aber er ist schneller als ich. Er steht auf und hält es sich über den Kopf, und ich springe hoch und versuche, es ihm abzunehmen. »Dante, nicht. Das sind meine Listen.«

»Sind die geheim?«, fragt er, macht einen Schritt nach hinten und blättert die Seiten durch.

»Mehr oder weniger.«

»Darf ich sie lesen?«

»Sie sind albern. Gib mir einfach das Notizbuch zurück. Ich suche dir ein Blatt Papier.«

Wir tanzen im Wohnzimmer umher, er hält das Notizbuch immer noch hoch und ich folge ihm.

»Da drin gibt es eine Liste über mich, nicht wahr?«, will er wissen.

Wir bleiben auf gegenüberliegenden Seiten des Couchtischs stehen, auf dem immer noch der Inhalt meiner Handtasche verstreut ist.

Seufzend gebe ich es zu. »Ja.«

»Darf ich sie sehen?«

»Warum? Sie stammt aus der Zeit, als wir uns gerade kennengelernt hatten. Inzwischen ist das alles irrelevant.«

Er blättert sie auf und ich halte den Atem an. Ich bin ein bisschen sauer und hoffe gleichzeitig, dass er es mit Humor nehmen wird.

»*Ich kenne nicht mal seinen Nachnamen*«, liest er vor und blickt mich an. Dann nimmt er einen Stift vom Tisch und streicht diesen Punkt von meiner Liste. »Inzwischen kennst du ihn … *Er ist acht Jahre jünger als ich und ich weiß nicht genau, wie ich das finde.* Offensichtlich macht dir das nicht mehr allzu viel aus, da wir offiziell zusammen sind.« Ich grinse ihn mit verschränkten Armen an.

»*Vermutlich ist er im Bett besser als ich*«, liest Dante weiter. »Es ist kein Wettbewerb, Maren. Und du bist verdammt noch mal großartig im Bett. Verkauf dich nicht unter Wert. Deinetwegen bekomme ich so viele Ständer. Ständer im Überfluss. Eine ganze Armee an Ständern.«

Ich muss lachen. »Igitt, nenn es nicht Ständer. Da merkt man dir sofort dein Alter an.«

»*Ich habe meine Bikinizone schon lange nicht mehr enthaaren lassen*«, fährt er fort. »Ach wo. Wie es aussieht, hast du das vor einiger Zeit korrigiert. *Er wäre erst der zweite Mann für mich.* Und? Wir sind nicht auf der Highschool. Wen kümmert das? *Ich habe keine Zeit für Gelegenheitssex.* Ganz eindeutig hast du einen Weg gefunden, dir Zeit zu schaffen. Gut gemacht! *Vielleicht hat er ja eine Geschlechtskrankheit?!?!?!?*«

Dante legt sich eine Hand an die Wange und macht spöttisch die vielen Ausrufe- und Fragezeichen nach.

»Nein, habe ich nicht«, sagt er. »Ich habe mich tatsächlich testen lassen, nachdem Lauren mich verlassen hatte. Ich bin vollkommen sauber und du bist die einzige Frau, mit der ich seither geschlafen habe. Der Bericht muss noch irgendwo in meinen E-Mails sein, und ich zeige ihn dir gern, falls du dich damit besser fühlst. *Er findet mich vielleicht im Bett schrecklich.* Nein, ich finde dich toll, Maren. *Er flirtet zu gut, das sollte ein Warnsignal sein.*«

Dante drückt sich das Notizbuch an die Brust und lacht herzlich auf meine Kosten.

»Goldig. Es tut mir leid, dass ich so gut flirte. Aber zu deiner Beruhigung, ich flirte ausschließlich mit dir. Seit dem Tag, an dem wir uns begegnet sind, habe ich keine andere Frau mehr angesehen.«

Ich unterdrücke ein Lächeln, verstärke den Griff meiner Arme vor meiner Brust und warte darauf, dass er den letzten Grund vorliest.

»*Vermutlich hat er einen MILF-Fetisch. Das ist die einzig logische Erklärung, warum er nicht jüngeren, attraktiveren Frauen ohne Schwangerschaftsstreifen und Kaiserschnittnarben nachjagt.*« Dante kratzt sich übers stoppelige Kinn und blickt mich über den Couchtisch hinweg an. »Ich habe keinen MILF-Fetisch, aber wenn du es ganz genau nehmen willst, bist du eine Mom und ich bin scharf auf dich. Falls mich das zu einem MILF-Jäger macht, dann bin ich schuldig im Sinne der Anklage. Doch das ist nicht der Grund, warum ich dich mag, Maren. Nicht mal annähernd. Mir gefällt, dass dein Körper die Narben von Schwangerschaft und Geburt trägt, das ist heiß. Du bist eine starke Frau und bewältigst alle Schwierigkeiten, und das macht dich sexy.«

»Okay, sind wir hier fertig?« Ich gehe auf ihn zu und mache einen letzten Versuch, ihm das Notizbuch aus den Händen zu nehmen.

Doch leider ist er wieder zu schnell für mich.

»Nein«, widerspricht er. »Jetzt bin ich dran. Ich möchte auch eine Liste machen.«

»Eine Liste wovon?«

»Eine Liste all der Dinge, die ich mit dir machen möchte.« Er lässt sich in einen der Wohnzimmersessel fallen und legt die Füße hoch. Dann kritzelt er etwas in das Notizbuch. Mit der Stifthülle im Mund sieht er sehr nachdenklich aus, ehe er einen zweiten Stichpunkt aufschreibt, und dann einen dritten und vierten.

»Bist du fertig?«, will ich wissen.

»Nein, noch nicht. Aber beinahe.«

Er notiert sich wieder etwas, aber diesmal werde ich ungeduldig und schnappe ihm das Notizbuch aus der Hand.

»Hey, ich war noch nicht fertig!«, ruft er empört.

Blitzschnell sause ich davon und lese mit hochgezogenen Brauen seine Liste.

Ich möchte Maren beim Strippen zusehen.
Ich möchte Marens süße Pussy lecken.
Ich möchte Marens Mund um meinen Schwanz spüren.
Ich möchte Maren rückwärts rittlings vögeln, damit ich zusehen kann, wie ihr perfekter Hintern auf mir auf- und abwippt.
Ich möchte sie meinen Namen schreien hören, während sie kommt und ich in ihr bin.

Mir bleibt die Spucke weg. »Ich hätte nicht erwartet, dass es so …«

Dante steht auf und kommt zu mir herüber. Ich lasse die Arme sinken und das Notizbuch fällt mit einem dumpfen Schlag auf den Teppich, als er mir die Hände an die Wangen legt. Er drückt mir einen festen Kuss auf die Lippen und seine Zunge berührt meine.

»Komm, Maren«, flüstert er. »Lass uns die Liste abarbeiten …«

***

»Komm nächstes Wochenende mit mir«, bittet er, als ich atemlos auf seiner sich heftig hebenden und senkenden Brust liege. Er ist immer noch in mir. Meine Haut brennt und ich bin vollkommen erschöpft. Ich hebe den Kopf und blicke in seine eindringlichen smaragdgrünen Augen.

»Wohin mitkommen?«

»Nach Malibu.«

»Malibu?« Lachend gehe ich in Gedanken meine Termine durch. »Die Jungs sind wieder bei Nathan, also hätte ich vermutlich Zeit. Aber warum nach Malibu?«

»Mein Bruder hat zu Thanksgiving eingeladen«, erklärt er.

»Es ist September.«

»Ich weiß. Wir feiern ein bisschen früher. Alle werden dort sein und dieses Wochenende war das einzige, an dem alle Zeit hatten.«

»Ich weiß nicht.« Ich beiße mir auf die Unterlippe. »Hältst du es nicht für ein wenig verfrüht, dass ich deine Familie kennenlerne?«

»Vielleicht«, gibt er zu. »Aber das ist mir egal. Ich muss ständig daran denken, wie sehr sie dich mögen werden und wie gern ich mit dir angeben möchte.«

Ich verziehe den Mund zu einem Lächeln und küsse seine vollen Lippen.

»Dante Amato, du bist verrückt.«

30. KAPITEL

Dante

»Hey, hey.« Ace öffnet die Tür seines Strandhauses in Malibu und das Knoblauch- und Oreganoaroma der Kochkünste unserer Mutter zieht heraus.

»Schön, dich schon so bald wiederzusehen, Alessio«, begrüße ich ihn.

Er zieht mich für eine Männerumarmung zu sich heran und klopft mir ziemlich kräftig auf den Rücken, so wie früher. »Herzlich willkommen.«

Sein Blick wandert zu Maren, die hinter mir steht.

»Ich hoffe, ihr habt nichts dagegen«, sage ich. »Ich habe Maren gebeten, mich zu begleiten.«

»Natürlich ist das okay«, erwidert er, geht an mir vorbei und umarmt Maren. Ich versuche, meine Belustigung zu verbergen. Ace war nicht immer so ein gefühlsbetonter Umarmungstyp, erst seit er seine Verlobte Aidy kennt. Sie hat eine weichere Seite an ihm zum Vorschein gebracht, von der wir alle gar nicht wussten, dass sie existiert. »Kommt rein.«

Alessio ruft nach Aidy, die durch die Küche angehüpft kommt, in der Hand eine Schöpfkelle mit einer Kostprobe der berühmten Tomatensoße meiner Mutter.

»Dante!«, ruft sie und schlingt ihre Arme um mich. Wir sehen uns erst das zweite Mal, seit die beiden vor ein wenig mehr als einem Jahr zusammengekommen sind, aber Aidy gehört zu den warmherzigsten Menschen, die ich kenne. Sie gibt mir das Gefühl, dass wir uns schon ein ganzes Leben lang kennen. »Ich freue mich so, dich wiederzusehen.«

»Gleichfalls«, antworte ich, als sie mich loslässt. »Aidy, ich möchte dir Maren vorstellen. Meine Freundin.«

Aidy umarmt Maren so fest, dass ihr ein kleines Keuchen entschlüpft, bevor sie lächelt.

»Herzlich willkommen ihr beiden. Übernachtet ihr heute bei uns?«

»Nein, in einem Hotel«, erkläre ich. Ich wollte Maren keine Amato-Feuertaufe verpassen und war der Meinung, es würde uns guttun, wenn wir während des Aufenthalts hier unsere eigene Unterkunft hätten. »Aber trotzdem danke.«

»In Ordnung.« Aidy schmollt ein wenig. »Das verstehe ich. Fabrizio und Cristiano sind bereits hier, unten am Strand beim Lagerfeuer. Ich bringe euch hin. Oh, wartet! Ich möchte euch erst noch meiner Familie vorstellen.«

Aidy nimmt Maren am Arm und zieht sie durch die Glasschiebetür auf die überdachte Veranda hinaus, und ich folge ihnen.

»Okay, das hier ist meine Schwester Wren mit ihrem Ehemann Chauncey«, erklärt sie. »Dieses süße kleine erdbeerblonde Baby ist meine wunderhübsche Nichte Maeve und der Junge, der da unten hinter Cristiano hersaust, ist mein

Neffe Enzo. Meine Mom kommt erst morgen früh. Und das ist meine Familie. Klein, aber fein.«

»Ich freue mich, euch alle kennenzulernen«, sage ich. »Ich bin Dante und das hier ist Maren.«

Ein Schlag auf meine rechte Schulter weckt meine Aufmerksamkeit. Aus dem Augenwinkel erkenne ich einen dunklen Schatten in etwa meiner Größe, und als ich mich umdrehe, stehe ich meinem zweitältesten Bruder Matteo gegenüber.

Als Kinder standen wir beide uns am nächsten, aber als Erwachsene hat es uns in komplett unterschiedliche Richtungen verschlagen. Ich habe ihn seit Ewigkeiten nicht mehr gesehen. Genau genommen sehe ich keinen meiner Brüder so oft, wie ich es gern hätte.

Ich umarme ihn. »*Fratellone.*« Als er seine Arme um mich legt, bemerke ich, dass er viel trainiert. »Wie bekommt dir Hollywood?«

»Hast du mich schon irgendwo im Kino gesehen?«, will er wissen.

»Noch nicht«, gebe ich zu, »aber das werde ich noch. Eines Tages kommst du ganz groß raus!«

Er klopft mir auf den Rücken und wendet sich an Maren, der er sich vorstellt.

»Ich fasse es nicht, wie ähnlich ihr euch alle seht«, sagt Maren. »Ich fand schon, dass Dante und Cristiano sich ähneln wie ein Ei dem anderen, aber ihr beide seht aus wie Zwillinge.«

»Das hat man uns früher häufig gesagt«, gibt Matteo zu.

Die Schiebetür wird geöffnet und wieder geschlossen, und dann kommt laut Italienisch plappernd eine Frau auf mich zugeschossen.

»*Madre*.« Ich wappne mich, damit sie mich nicht umwirft. Sie ist ganze dreißig Zentimeter kleiner als ich und füllig. Ihre warmherzigen Umarmungen habe ich mehr vermisst, als ich sagen kann. »Du hast mir gefehlt, *madre*.«

Mit Freudentränen in den Augen blickt sie zu mir auf und legt mir eine Hand an die Wange. »Du besuchst mich gar nicht mehr.«

»Ich weiß, ich weiß. Ich habe viel Zeit in die Firma investiert«, entgegne ich. »Aber ich habe einige neue Entwickler eingestellt und die nehmen mir einen Großteil meines Pensums ab. Ich arbeite schon seit Monaten keine Sechzig-Stunden-Wochen mehr. Ich besuche dich bald, versprochen. Und wenn du nach Seattle kommen willst, musst du mir nur Bescheid sagen und ich buche dir sofort den nächsten Flug.«

Das Gesicht meiner Mutter hellt sich auf und sie wendet sich an Maren.

»Und wer ist diese *bella signora*?«, fragt sie mit deutlichem Akzent.

»Das ist Maren«, stelle ich sie vor. »Maren, das ist meine Mutter, Valentina.«

Lächelnd streckt Maren die Hand aus. Falls sie die vielen neuen Menschen überwältigen, lässt sie es sich auf jeden Fall nicht anmerken. Meine Mutter ignoriert ihre Hand und zieht sie stattdessen in eine feste Umarmung.

»Ich freue mich so, Sie kennenzulernen«, sagt Maren.

»Gleichfalls, *bella*«, erwidert sie. »Ich muss zurück in die Küche, aber ich freue mich darauf, mich später mehr mit dir zu unterhalten. Vielleicht trinken wir heute Abend nach dem Essen ein Glas Wein zusammen?«

»Sehr gerne«, entgegnet Maren.

Über dem Ozean geht die Sonne unter und das Rauschen der Wellen vermischt sich mit dem Gekicher von Aidys Neffen, der mit meinem jüngsten Bruder im Wasser herumplanscht.

»Das Abendessen ist gleich fertig!«, ruft Ace aus der Tür. »Kommt ihr rein?«

***

Maren spült nach dem Abendessen Weingläser aus. Ich lege ihr einen Arm um die Taille.

»Wie lief das Gespräch mit meiner Mutter?«, möchte ich wissen. Mom hat kurz nach dem Essen zwei Gläser Wein eingeschenkt und Maren zur Seite genommen. Dann saßen die beiden mehr als eine Stunde lang am Wasser und haben geredet. Ich habe mich zurückgehalten, um ihnen ein wenig Raum zu geben, aber ich konnte sehen, wie sie lachten. Und anhand der lebhaften Handbewegungen meiner Mutter vermute ich, dass sie Maren alle möglichen Geschichten erzählt hat.

»Ich finde sie klasse«, sagt Maren seufzend. »Und ich bin sicher, dass sie mich auch mag. Das ist alles, was du wissen musst.«

Ich streiche ihr die Haare zur Seite und küsse die nackte Haut auf ihrer Schulter. Dabei spüre ich, wie ihr Körper nachgibt.

»Wann möchtest du ins Hotel zurück?«, erkundige ich mich.

»Bald«, verspricht sie. »Ich würde gern noch ein wenig am Strand spazieren gehen. Es ist eine dieser Nächte, wo man sich unbedingt draußen unter den Sternen aufhalten möchte.«

Ich nehme sie bei der Hand und wir gehen durch die Schiebetür hinaus, über die Veranda, die Treppe hinunter zu den brandenden Wellen, die vom Halbmond und einer Milliarde Sternen erleuchtet werden. Wir sind barfuß und wirbeln beim Laufen Sand auf. Während unsere Hände verschränkt bleiben, bewegen sich unsere Körper beim Gehen aufeinander zu und voneinander weg.

»Amüsierst du dich gut bisher?«, will ich wissen.

»Auf jeden Fall. Es ist schön hier. Deine Familie ist toll«, sagt sie und blickt aufs Meer hinaus. Der Mondschein spiegelt sich in ihren dunklen Augen wider. Am liebsten würde ich sie in die Arme ziehen und küssen, aber sie genießt den Moment, also werde ich warten. Außerdem gehört sie nach der Rückkehr ins Hotel sowieso ganz mir. »Womit haben wir nur dieses Glück verdient?«

»Was meinst du damit?«

»Du warst nur ein Mann in einer Bar und ich war nur eine Frau, die Kerzen auf ihrem Scheidungskuchen ausgepustet hat«, sinniert sie. »Und jetzt sind wir hier. Keine Ahnung, wie es dir geht, aber ich war noch nie zuvor so glücklich mit jemandem.«

»Geht mir ganz genauso.« Ich hebe ihre Hand an die Lippen und drücke einen kleinen Kuss auf ihre weiche Haut.

»Du bist so ehrlich, Dante«, sagt sie. »Du bist genau das, was du zu sein scheinst, und das liebe ich so an dir. Weißt du überhaupt, wie selten das ist? Die meisten Menschen haben immer Hintergedanken und denken nur an sich. Du bist anders.«

Der Wind weht ihr die dunklen Haare ins Gesicht und sie streicht sie weg und schenkt mir einen Blick, dem man nur jemandem zuwirft, in dem man sich gerade Hals über Kopf verliebt.

»Wie ist das alles nur passiert?«, fragt sie.

»Schicksal«, erkläre ich. »Mit ein bisschen Hilfe von Saige.«

Maren lacht. »Vermutlich.«

Ich drücke beim Gehen ihre Hand und lasse die Mischung aus salziger Meeresluft und Marens Honig-Mandel-Duft in meine Lunge strömen.

»Danke«, sagt sie. »Danke, dass du so offen und ehrlich bist. Vom allerersten Tag an hast du nicht vorgegeben, jemand anders zu sein. Das bedeutet mir mehr, als ich dir sagen kann, erst recht nach einer Ehe, in der mein Mann mich völlig ungeniert Tag für Tag belogen hat.«

Ich räuspere mich und spüre ein leichtes Brennen in der Brust.

Ich muss es ihr sagen.

Und darauf hoffen, dass sie es verstehen wird.

»Maren, ich muss dir etwas beichten.«

Sie bleibt stehen, vergräbt die Zehen im Sand und ihre Miene verdunkelt sich. Ich spüre ihre Angst, also nehme ich ihre beiden Hände und drücke sie mir an die Brust.

»Nichts Besorgniserregendes«, beruhige ich sie. »Anfangs klingt es vielleicht übel, aber wenn du mich es dir erklären lässt, ist es gar nicht so schlimm, das verspreche ich dir.«

»Dante, du machst mir Angst.«

»Ich war immer ehrlich zu dir, Maren. Immer. Aber da gibt es etwas, das du wissen solltest.«

Sie blinzelt, die Lippen zusammengepresst und der Blick wachsam. »In Ordnung. Was ist es?«

»Erinnerst du dich an das Wochenende, wo wir uns in der Notaufnahme begegnet sind, als ich dich Freitagabend nicht angerufen habe und du mich den Rest des Wochenendes ignoriert hast?«

»Ja. Warum?«

»Weil die Rezeptionistin den Namen deines Sohns ständig falsch geschrieben hat, hast du ihn aufnotiert«, fahre ich fort.

»Okay.« Ihr Ton ist ausdruckslos und ihre Brust hebt und senkt sich. Ich kann praktisch spüren, wie sich ihr Puls beschleunigt, aber meiner schlägt noch tausendmal schneller.

»Ich habe im Internet nach dir gesucht, weil man das heutzutage so macht. Daran ist nichts ungewöhnlich«, rede ich weiter. »Ich habe alles recherchiert, was ich über eine Maren Greene herausfinden konnte, was nicht besonders viel war. Aber ich habe mir zusammenreimen können, dass du die Exfrau von Nathan Greene bist, dem Mann, für den mich meine Verlobte verlassen hatte.«

Maren entzieht mir ihre Hände. »Was willst du mir damit sagen?«

»Nur, dass ich vor unserer ersten gemeinsamen Nacht schon wusste, dass dein Ex und meine Ex zusammen sind.«

Sie macht einen Schritt von mir weg.

»Ich schwöre dir jedoch, Maren, das ist nicht der Grund dafür, warum ich dich wollte«, beteure ich. »Ich wollte dich schon, bevor ich deinen Namen kannte. Bevor ich wusste, wer du bist.«

»Dante, warum erzählst du mir das alles? Worauf willst du hinaus?«

Beschämt senke ich den Kopf. »Als wir das erste Mal miteinander geschlafen haben, hat sich ein kleiner Teil von mir bestätigt gefühlt, weil ich mich an ihr rächen wollte. Und an ihm. Ich würde lügen, wenn ich leugne, dass es sich gut angefühlt hat. Aber das war, bevor ich dich richtig kennengelernt habe. Bevor mir klar wurde, wie verrückt ich nach dir bin.«

Sie ringt nach Luft.

»Das war kindisch und passt eigentlich gar nicht zu mir, Maren. Das schwöre ich. Aber ich habe es so empfunden. Und anschließend habe ich mich schrecklich gefühlt, weil das Zusammensein mit dir so schön war und ich es unbedingt wiederholen wollte, immer und immer wieder. Um ganz ehrlich zu sein, hat mich das überrascht. Ich hatte dieses Gefühl nicht erwartet, aber ich …«

»Du bist absichtlich direkt neben ihnen eingezogen.« Ihr Ton ist ein einziger Vorwurf.

»Nein!«, widerspreche ich lautstark und erwidere ihren Blick. »Keineswegs. Cristiano hat das Haus für mich gemietet. Die Lage war reiner Zufall. Das schwöre ich dir, Maren!«

»Warum erzählst du mir das dann alles? Soll ich mich jetzt besser fühlen? Oder damit du dich besser fühlst?«

»Ich wollte vollkommen ehrlich zu dir sein«, erkläre ich. »Es hat mich belastet.«

Schnaubend wendet sie den Blick ab und sieht über die Schulter hinweg zu den hell erleuchteten Strandhäusern in der Ferne.

»An dem Morgen, als wir vor meinem Haus Lauren begegnet sind«, fahre ich fort. »Da hat sie uns diesen eifersüchtigen

Blick zugeworfen, bei dem ich mich wieder bestätigt gefühlt habe. Doch sobald dieses Gefühl mich durchzuckte, habe ich mich dafür geschämt. Deshalb war ich auf der Fahrt damals so schweigsam. Ich war sauer auf mich selbst.«

»Habe ich das richtig verstanden?«, fragt Maren. »Du magst mich. Du bist gern mit mir zusammen. Aber du ziehst auch einen Kick daraus, mit der Exfrau des Mannes zu schlafen, der dir deine Verlobte abspenstig gemacht hat.«

»Es ist so krank.« Ich fahre mir mit den Händen durch die Haare. »Kindisch, ich weiß. Aber ich musste dir das beichten, weil es mich belastet hat.«

»Es hat *dich* belastet?«, wiederholt sie ungläubig.

»Maren.«

»Um ehrlich zu sein, es wäre mir beinahe lieber gewesen, du hättest mir das nicht erzählt.« Sie blickt nach unten und schüttelt sich den Sand von den Füßen.

»Es tut mir leid«, versichere ich ihr. »Ich wollte dir reinen Wein einschenken, weil ich dich wirklich sehr gern habe, Maren. Sehr, sehr gern. Es soll keine Geheimnisse zwischen uns geben.«

Ich will ihr eine Hand an die Wange legen, doch sie weicht zurück.

»Maren!«, rufe ich, als sie sich abwendet und am Ufer entlang zurück in Richtung Haus geht. »Warte. Wo willst du hin?«

»Das ist so abartig, Dante!«, brüllt sie und wirft die Arme hoch. Dann dreht sie sich zu mir um. »Es ist mir egal, ob du dich bestätigt oder anschließend mies gefühlt hast. Tatsache ist, du wusstest vor dem Sex mit mir, dass ich Nathans Ex bin, und du hast nichts gesagt. *Das* ist echt krank.«

»Maren, so war das nicht. Okay, vielleicht war es ein wenig riskant, ein wenig rücksichtlos, aber jetzt sind wir hier. Wir sind zusammen. Es hat sich alles zum Guten gewendet.«

»Es ist mir egal, wofür du es hältst«, widerspricht sie mit brüchiger Stimme. »Verstehst du es denn nicht? Ich komme mir vor wie eine Idiotin. Du hast mich zum Narren gehalten, Dante!«

Maren eilt zurück zum Strandhaus und ich bleibe einige Schritte hinter ihr zurück, weil ich hoffe, dass sie die Sache noch einmal überdenkt und sieht, wie viel ich mir aus ihr mache und dass ich nur deshalb mit der Wahrheit herausgerückt bin. Ich wünsche mir, dass sie die Sache abhakt und zu mir zurückkommt.

Doch das tut sie nicht.

Wir nähern uns der Treppe, die zur Veranda von Ace und Aidy führt. Das Haus ist dunkel, vermutlich haben sich alle längst hingelegt und nur noch wir beide sind wach.

»Ich rufe mir ein Taxi«, erklärt sie. »Und dann nehme ich den nächsten Flug zurück nach Hause.«

»Was soll ich denn morgen meiner Familie sagen?«

»Dass es mir leidtut. Aber ich … ich kann das nicht. Ich kann dich nicht ansehen, Dante, ich will nicht mal im selben Raum mit dir sein. Es geht momentan einfach nicht.«

Ich bleibe zurück und gebe ihr Raum. Maren so verletzt zu sehen, bricht mir das Herz. Mir tut die Brust weh und ich wünsche mir mehr als alles andere, sie könnte erkennen, dass meine Absicht ehrenwert war. Ich wollte Farbe bekennen, damit wir unbelastet weitermachen können.

Ich bin verrückt nach dieser Frau und ich schulde ihr Ehrlichkeit.

Ich konnte mir nicht vorstellen, mich ganz auf sie einzulassen und ihr niemals zu beichten, dass ich schon vor unserer ersten gemeinsamen Nacht wusste, wer sie ist. Es wäre einfach nicht richtig gewesen.

Ich hole tief Luft und lasse sie gehen.

Aber nur, weil ich weiß, dass sie zurückkommen wird, wenn sie so weit ist.

Vielleicht bin ich ein Narr, aber so etwas wie mit ihr habe ich noch mit keiner anderen Frau erlebt.

Was uns verbindet, ist realer als alles andere, das ich kenne.

Ich weigere mich zu glauben, dass sie mich endgültig verlassen hat.

31. KAPITEL

Maren

»Ich fühle mich so benutzt«, jammere ich Saige am Telefon vor. »Und ich dachte, mir wäre etwas absolut Wundervolles passiert, ich hätte den sprichwörtlichen Mr Perfekt gefunden. Doch wie sich rausstellt, ist er genauso ein Arsch wie alle anderen Männer auch.«

Saige seufzt. »Wow. Das hab ich echt nicht kommen sehen. Hat er seit deiner Abreise aus Malibu versucht, dich zu kontaktieren?«

»Ach, jeden einzelnen Tag. Seit sieben Tagen ruft er an und schreibt Nachrichten, aber ich habe bisher alles ignoriert. Ich bin noch nicht so weit.«

Sein Verrat brennt immer noch wie Feuer.

Zwei Scheinwerferlichter biegen in meine Einfahrt, strahlen durch die Wohnzimmergardine und bringen mein Herz zum Stolpern, bis mir einfällt, dass es lediglich Nathan ist, der die Jungs bringt.

»Dash und Beck kommen gerade nach Hause«, erkläre ich Saige. »Ich ruf dich morgen wieder an.«

»Auf jeden Fall.«

Ich lege das Handy zur Seite und gehe zur Haustür. Seit meiner Rückkehr habe ich die Kinder nicht mehr gesehen und sie wie verrückt vermisst. Ich freue mich auf ein Wochenende, das nur uns dreien gehört. Ich werde mit ihnen hinfahren, wohin sie wollen. Ich werde sie Pizza und Süßigkeiten essen und lange aufbleiben und Filme gucken lassen.

Hauptsache, ich muss nicht an Dante denken.

Oder daran, wie dumm ich gewesen bin, in Reizwäsche herumzulaufen und mich zu benehmen wie eine Collegestudentin, die gerade ihre Sexualität entdeckt.

Ich komme mir so blöd vor.

Beim Gedanken daran, dass Dante im Bett mit mir seine verkorksten Rachegelüste ausgelebt hat, dreht sich mir der Magen um.

Ich habe ihn für etwas Besseres gehalten.

»Hey.« Ich öffne die Tür und wappne mich für die stürmischen Umarmungen der Jungs. Beck wirft mich beinahe um, während Dash nur schnell und cool seinen Arm um mich legt. »Ich habe euch vermisst.«

Ich will gerade die Tür schließen, als ich Nathan dort stehen sehe. Er kommt nicht immer mit zum Haus, wenn er sie abliefert. Manchmal bleibt er auch im Auto, das Handy am Ohr, wo er vermutlich die Abendessenbestellung von Lauren entgegennimmt.

Heute Abend wirkt er jedoch anders als sonst.

»Kann ich einen Moment mit reinkommen?«, fragt er.

»O… Okay.« Ich mache den Weg frei.

Er hält die ganze Zeit über den Blick auf mich gerichtet und seine Stirn ist von Stressfalten durchzogen. Ich schließe die Tür hinter ihm, wir stehen im Eingangsbereich und halten sorgfältig Abstand, denn ich habe nicht die geringste Ahnung, worum es geht.

»Die Jungs haben mir erzählt, dass zwischen dir und Dante Schluss ist«, sagt er.

Ich nicke. Im Lauf der Woche habe ich mit Beck telefoniert und dabei kam das Thema zur Sprache, als Beck fragte, ob wir am Wochenende wieder etwas mit Dante unternehmen könnten.

»Ja«, bestätige ich. »Es hat nicht funktioniert.«

Nathan schluckt und er sucht meinen Blick. »Lauren ist schwanger.«

Keine Ahnung, ob ich jetzt schockiert sein sollte.

Tatsächlich fühle ich überhaupt nichts.

»Okay«, erwidere ich und ziehe die Brauen hoch, weil ich nicht weiß, warum er mir das erzählt.

»Es war nicht geplant«, fährt er fort. »Sie ist auch nicht besonders begeistert darüber und ehrlich gesagt, ich genauso wenig.« Er macht einen Schritt auf mich zu. »Ich hab Mist gebaut, Maren.«

Das entlockt mir ein Schnauben. Nathan gibt normalerweise keine Fehler zu, und dass er jetzt hier mit sorgenvoller Miene und Bedauern in der Stimme vor mir steht, ist ein bedeutsamer Augenblick. Der wird in die Geschichtsbücher eingehen.

»Dich zu verlassen war ein Fehler«, setzt er hinzu. »Du warst die Liebe meines Lebens und ich habe das fortgeworfen. Ich bin ein gottverdammter Idiot. Du warst so gut zu mir, Mar. Und ich habe das nie richtig geschätzt. Ich habe dich als selbstverständlich betrachtet.«

Ich hänge an jeder Silbe, lasse alles auf mich wirken und ergötze mich an seinem Geständnis, dass er sich wie ein Arschloch verhalten hat.

»Aber es ist nicht zu spät«, behauptet er. »Ich liebe dich immer noch. Ich möchte wieder mit dir zusammen sein, Maren. Ich brauche dich. Du bist die Mutter meiner Kinder, die Liebe meines Lebens. Du bist die Einzige für mich.«

»Es *ist* zu spät, Nathan«, widerspreche ich ihm. »Wir sind geschieden.«

»Ja, aber es gibt ständig geschiedene Paare, die wieder zusammenfinden. Das passiert häufig.«

»Das wird nicht …«

Bevor ich meinen Satz beenden kann, liegt seine Hand in meinen Haaren und sein Mund verschmilzt mit meinem.

32. KAPITEL

Dante

Sieben Tage.
Seit sieben Tagen ist sie wieder zu Hause.
Seit sieben Tagen ignoriert sie mich.
Es wird Zeit, die Sache zu klären. Ich weigere mich zuzulassen, dass sie wegwirft, was wir miteinander haben, und ich bin davon überzeugt, dass wir die Sache bereinigen könnten, wenn wir uns hinsetzen und alles in Ruhe besprechen würde. Alles könnte sich zum Guten wenden. Sie würde erkennen, dass ich mich gerade in sie verliebe und ihr niemals wehtun wollte.
Als ich in ihre Straße einbiege, regnet es in Strömen. Vor ihrer Einfahrt verlangsame ich die Geschwindigkeit.
Ein Auto steht vor dem Haus.
Es scheint Nathans BMW zu sein.
Ich parke am Straßenrand und beschließe zu warten, bis er wegfährt, da er vermutlich nur die Jungs abliefert. Dann stelle ich die Scheibenwischer an, um einen besseren Blick auf Marens Haus zu bekommen.

Ich schalte den Motor aus, schnalle mich ab und warte. Das Verandalicht ist an und mein Blick ruht auf der Haustür. Der Blödmann mit der Fast-Glatze soll endlich verschwinden.

Jetzt müsste es jeden Moment so weit sein.

Mein Blick wandert zum Wohnzimmerfenster und dort sehe ich die beiden im Eingang stehen. Es sieht aus, als ob sie reden, und ich hoffe inständig, dass Maren ihm nichts vom Ende unserer Beziehung erzählt hat, denn ich kann mir nur zu gut ausmalen, wie glücklich ihn das machen würde. Jemand wie Nathan verdient so eine Schadenfreude nicht.

Ich hole tief Luft und denke an all die Dinge, die ich ihr sagen will, sobald ich die Gelegenheit dazu bekomme.

Als sich zwei Scheinwerfer nähern und vorbeifahren, wende ich einen Augenblick das Gesicht ab. Die roten Rücklichter verschwinden in der Ferne. Als ich zurück zum Haus blicke, sehe ich Nathan und Maren.

Sie küssen sich.

Mir wird der Mund trocken und mein Körper erstarrt. Blinzelnd versuche ich, dieses Trugbild loszuwerden. Das kann doch unmöglich gerade tatsächlich passieren! Doch ihre Münder liegen immer noch aufeinander und seine Hände schieben sich in ihre Haare.

Ich muss wegsehen.

Das ertrage ich keine Sekunde länger.

Ich lasse den Motor an, lege den Gang ein und trete das Gaspedal durch.

33. KAPITEL

Maren

»Lass mich los!« Ich schubse Nathan so fest, dass er beinahe über den Couchtisch hinter sich stürzt.

Er stolpert und wirkt einen Moment lang verblüfft.

»Ich fasse es nicht, was du da gerade getan hast!«, brülle ich, wobei es mehr ein geflüstertes Brüllen ist. Die Jungs stöbern nebenan in der Speisekammer nach etwas Essbarem und ich möchte nicht, dass sie unseren Streit mithören. »Du wirst zum dritten Mal Vater. Deine schwangere Freundin sitzt zu Hause. Und du stehst hier und versuchst, wieder mit deiner Exfrau anzubändeln? Du solltest dich schämen.«

»Ich wollte dir nur beweisen, dass ich es ehrlich meine.«

»Nichts, was du tust oder sagst, wird jemals etwas daran ändern, dass du ein egoistisches, verlogenes, fremdgehendes Arschloch bist, Nathan«, erkläre ich ihm ärgerlich. »Wie man sich bettet, so liegt man. Du hast es so gewollt.«

»Moment mal«, erwidert Nathan und streckt die Hände aus. »Lass uns erst mal in Ruhe darüber nachdenken, ehe wir überhastete Entscheidungen treffen.«

»Wovon sprichst du, Nathan? Hier gibt es nichts zu überdenken. Ich. Will. Nicht. Mit. Dir. Zusammensein. Muss ich es dir erst noch buchstabieren?«

Er wirkt ehrlich verletzt und ich verkneife mir, ihn an die erdrückende Traurigkeit zu erinnern, die mich an dem Tag überkommen hat, als ich herausfand, dass er fremdging.

Er ist den Aufwand nicht wert.

»Maren«, beginnt er, wird jedoch von einem hämmernden Klopfen an der Haustür unterbrochen.

Es erschreckt uns beide und ich blicke durch den Spion. Als ich die Tür aufziehe, sehe ich mich einem vor Wut schäumenden, rotgesichtigen, regendurchnässten Dante gegenüber, der den Blick fest auf Nathan gerichtet hält.

Oh Gott.

Er hat den Kuss gesehen.

»Dante«, sage ich, doch noch bevor ich ein weiteres Wort herausbringe, schiebt er sich an mir vorbei, marschiert geradewegs auf Nathan zu und verpasst ihm eine mitten ins Gesicht.

Jemand schreit und es dauert einige Sekunden, bis ich merke, dass diese Schreie aus meinem Mund kommen.

Dante hält sich die Faust und Nathan liegt am Boden.

Alles ist wahnsinnig schnell passiert.

»Ich habe gesehen, wie ihr euch geküsst habt«, knurrt Dante. »Ich habe es gesehen und bin fortgefahren. Doch dann bin ich umgekehrt, denn scheiß auf diesen Kerl.« Er deutet auf Nathan, der sich am Boden windet und sich die Nase hält. Er murmelt etwas vor sich hin. »Maren, du brauchst nicht mit mir zusammen zu sein, wenn du nicht willst, aber ich bitte dich inständig, geh nicht zu diesem Arsch zurück. Das kann ich nicht zulassen.«

Ich bringe kein einziges Wort heraus, weil mein Hirn immer noch versucht, all das zu verarbeiten, was gerade passiert ist. Ich öffne den Mund, doch kein Laut kommt über meine Lippen.

»Hier.« Dante reicht mir ein zusammengefaltetes Blatt Papier.

Und dann geht er.

Genauso schnell, wie er gekommen ist.

»Ich werde ihn verklagen!«, schreit Nathan, nachdem Dante die Haustür zugeknallt hat. »Maren, ruf die Polizei! Ich erstatte sofort Anzeige. Und hilf mir auf, verdammt noch mal!«

Ich stehe einfach nur da, immer noch wie betäubt, und komme erst zu mir, als Dash den Kopf aus der Küche steckt.

»Was ist denn los? Was ist denn hier für ein Krach?«, fragt er.

»Nichts«, beruhige ich ihn. »Wie wär's, wenn du dir mit deinem Bruder eine Kleinigkeit zu essen holst und ihr euch schon mal ins Wohnzimmer setzt? Ich komme gleich nach. Euer Vater wollte gerade gehen.«

»Steh nicht einfach nur blöd rum, Maren«, verlangt Nathan mit drohender Miene. »Schwing deinen Arsch rüber zum Telefon!«

»Verschwinde aus meinem Haus, Nathan. Falls du mich noch ein einziges Mal so küsst, sorge ich dafür, dass Lauren alles darüber erfährt.«

***

Den ganzen Abend habe ich auf dem Sofa zwischen meinen Jungs verbracht. Ich habe sie tausendmal geküsst. Sie ins Bett gebracht. Und in ihren Zimmern gewartet, bis sie eingeschlafen waren.

Erst als ich gegen zehn Uhr in meinem eigenen Bett liege und an die Decke starre, fällt mir das Blatt Papier wieder ein, das Dante mir bei seinem Abgang gereicht hat. Also stehe ich auf und gehe nach unten. Es liegt immer noch auf dem Konsolentisch, wo ich es hingelegt habe, nachdem ich Nathan rausgeworfen hatte.

Ich schalte eine kleine Lampe ein, falte es auf und halte es unters Licht.

Die Überschrift lautet: *Gründe, warum ich mich in Maren Greene verliebt habe (und warum ich nicht glaube, dass ich ohne sie leben kann)*

Er hat eine Liste gemacht.

Mein Herz setzt einen Schlag lang aus und ich spüre einen Knoten im Magen, während mein Blick seine Worte aufsaugt.

Ihre Lippen schmecken nach Kirschen.
Ihre Haut schmeckt nach Mandeln und Honig.
Ihr Lächeln ist ansteckend und ihr Lachen macht süchtig.
Sie ist unglaublich klug und manchmal geradezu übermäßig logisch.
Sie ist eine unglaublich tolle Mutter und ihre Kinder stehen immer an erster Stelle.
Sie ist kreativ und intelligent und interessiert sich leidenschaftlich für Papier.
Sie hat keine Angst, sich in meiner Gegenwart albern zu benehmen.
Sie ist ein Sexbolzen.
Ihr Mund ist geradezu magisch ...

Und zwischen ihren Beinen befindet sich das Tor zum Paradies.
Sie lacht über meine Witze, sogar wenn sie schlecht sind.
Auch nachdem ich ihr mein Dick pic geschickt hatte, hat sie noch mit mir geredet.
Sogar wenn wir nichts tun, ist es schön mit ihr.
Sie ist mein erster Gedanke nach dem Aufwachen.
Sie ist mein letzter Gedanke vor dem Einschlafen.
Mit ihr kann man gut kuscheln.;-)
Sie hat keine Angst davor, Neues auszuprobieren.
Sie ist wunderschön, äußerlich wie innerlich.
Meine Familie liebt sie (und ist sauer auf mich, weil ich es verbockt habe).
Ich würde sie gern mit meinem Baby schwanger sehen, und so etwas habe ich bisher bei noch keiner anderen Frau gedacht.;-)
Sie ist offen und ehrlich und ich weiß, dass ich sie nicht verdiene.
Aber ...
Leichtsinnige Liebe kennt keine Vernunft.
Ich liebe sie.

Ein kleiner Pfeil deutete auf die Rückseite des Blattes. Als ich es umdrehe, finde ich eine kleine gekritzelte Notiz.

Ich weiß, dass ich Mist gebaut habe. Es tut mir leid, es tut mir unglaublich leid. Ich liebe dich, Maren. Ich liebe das, was wir miteinander hatten. Es tut mir leid, es tut mir schrecklich leid.
Dein und nur dein,
Dante.

34. KAPITEL

Dante

»Hast du das wirklich alles so gemeint?«, begrüßt mich Maren an diesem kühlen Oktobermorgen im Skulpturenpark, die Hände in die Taschen ihres khakifarbenen Trenchcoats gesteckt. Sie hält den Kopf geneigt und mustert mich. »Die Liste. Hast du das ernst gemeint?«

Nur zu gern würde ich ihre Hände nehmen, aber ich weiß, es wäre vorschnell zu glauben, dass sie das will. Meine rechte Hand schmerzt immer noch von dem Schlag, den ich Nathan gestern Abend verpasst habe. Dabei hatte ich das gar nicht beabsichtigt. Ich wollte lediglich Maren bitten, sich nicht für ihn zu entscheiden, aber als ich seine Visage gesehen habe, seine Hände in ihren Haaren und seinen Mund auf ihrem, habe ich rot gesehen. Als ich wieder bei Besinnung war, haben mir die Ohren geklingelt, die Faust hat mir wehgetan und Nathan lag wie ein Waschlappen jammernd auf dem Boden.

Aber verdammt, in dem Moment hat es sich gut angefühlt.

Heute Morgen hat sie mir eine Nachricht geschickt und mich gebeten, mich mittags mit ihr hier im Park zu treffen.

»Ja, Maren«, antworte ich. »Das habe ich alles genauso gemeint.«

»Okay.« Sie leckt sich über die Lippen. »Falls es noch irgendetwas anderes gibt, das du mir beichten möchtest, egal was, dann möchte ich es jetzt hören. Ich möchte alles wissen, denn die vergangene Woche ohne dich war schrecklich. Ich habe dich in jeder Sekunde, jeder Minute, jeder Stunde jedes Tages vermisst, Dante, und obwohl das ein totales Klischee ist, kann ich es nicht anders beschreiben. Meine Tage waren leer und ich habe ständig an dich gedacht. Auf dich sauer zu sein war nicht schön.«

Ich atme tief ein und warte darauf, dass sie weiterspricht. Gleichzeitig beobachte ich, wie sich ihre Miene von distanziert und zögerlich zu warmherzig und versöhnlich verändert.

»Ich habe mich auch in dich verliebt«, gibt sie zu. »Unvernünftigerweise. Heftig. Leichtsinnig.«

Ein kleines Lächeln stiehlt sich auf mein Gesicht. Ich gehe hinüber zu ihr, lege meine schmerzende Hand an ihre Wange und gebe ihr einen Kuss. Ihre Zunge berührt meine und dann macht Maren einen Schritt nach hinten.

»Eigentlich sollte das nicht so geschehen«, sinniert sie. »Es geht viel zu schnell. Im Grunde sollten wir es langsam und sanft angehen lassen, nicht so rasch und heftig.«

»Wer das behauptet, weiß nicht, was es heißt, jemanden wie dich zu lieben.«

Ihre dunklen Augen leuchten auf und halten meinen Blick fest. »Wie geht es jetzt weiter?«

Schulterzuckend presse ich meine Lippen auf ihre Stirn und inhaliere den Duft ihres Mandelshampoos. »Wo auch immer wir es hinführen lassen wollen. Solange ich mit dir zusammen bin, ist mir alles andere egal.«

35. KAPITEL

Maren

»Lauf, lauf, lauf!«, ruft Dante und wirft Dash im Garten einen Football zu. Beck hat sich rechts neben mir auf die Hollywoodschaukel auf der Veranda gekuschelt.

Die Blätter strahlen in allen möglichen Schattierungen von Gold und Bernstein, Rostrot und Pflaumenblau und ich genieße das letzte bisschen gemeinsame Zeit, bevor die Jungs über Thanksgiving zu ihrem Vater gehen.

Ich bin jetzt seit mehr als zwei Monaten offiziell mit Dante zusammen.

Die Jungs lieben ihn.

Ich liebe ihn.

Zwischen uns allen hat es einfach ... geklickt.

»Ich mag Dante lieber als Lauren, Mom«, gibt Beck zu, während wir zuschauen, wie sich Dante und Dash den Ball hin- und herwerfen. Für einen Sekundenbruchteil denke ich daran, dass ich Nathan nie mit den Jungen habe spielen sehen. Kein einziges Mal. Er hat immer einen Trainer angeheuert und für teure Camps bezahlt, wo man ihnen Fangen oder

Werfen beigebracht hat, oder was auch immer zu der jeweiligen Zeit der aktuelle Modesport war.

»Das ist kein Wettstreit, Schatz«, erinnere ich ihn sanft.

»Lauren ist nicht so nett wie Dante«, fährt er fort. »Dante spielt mit uns Videospiele und geht mit uns ins Kino. Er zeigt uns, wie man den Rasenmäher schärft und wie man das Stuhlbein repariert, das immer wackelt.«

Ich lächle. Er ist handwerklich wirklich sehr begabt.

»Lauren sitzt einfach nur mit ihrem Handy herum und ruft ständig nach Dad, damit er ihr dies oder das bringt.« Er verzieht die Nase und gibt seiner Stimme einen jammerigen Klang. »*Nathan, bring mir meine Zeitschrift! Nathan, ich habe wieder Hunger! Nathan, massier mir die Füße!*«

Um ein Lächeln zu unterdrücken, lege ich mir die Hand auf den Mund.

»Sie ist schwanger, Schatz.« Ich kann kaum glauben, dass ich sie verteidige. Obwohl mir insgeheim der Gedanke gefällt, dass Nathan springen muss, um seine kleine schwangere Freundin bei Laune zu halten, denn das ist genau die Art von Leben, die er nicht wollte, als er mich verlassen hat.

»Trotzdem ist Dante viel cooler«, hält Beck dagegen. »Das findet sogar Dash.«

»Ach ja?« In der Hoffnung, einige Informationen aus ihm rausquetschen zu können, drehe ich mich zu Beck um. Je älter Dash wird, desto weniger gern spricht er über solche Dinge mit mir.

»Klar«, bestätigt Beck. »Wir reden da ständig drüber. Er mag Dante echt gern.«

»Das ist schön.« Wir schaukeln vor und zurück und meine Füße berühren die raschelnden Blätter und das hohe grüne

Gras. Die Nachbarn hinter uns verbrennen Laub. Ich liebe Washington State im Herbst. »Wie findet Dash es, dass er bald noch ein kleines Geschwisterchen bekommt?«

Beck macht ein Würgegeräusch. »Davon ist er überhaupt nicht begeistert. Ich auch nicht, Mom. Wir mögen keine Babys. Die sind langweilig.«

Ich lache. »Ob es euch nun gefällt oder nicht, dieses Baby wird zur Familie gehören. Ihr müsst ihm vieles beibringen und euch ein bisschen mit drum kümmern. Es gernhaben.«

Beck verdreht die Augen. »Hauptsache, wir müssen keine Windeln wechseln.«

Ich wuschele ihm durch die dunklen Haare.

»Glaubst du, du bekommst mit Dante auch noch mal ein Baby?« Er dreht sich zu mir um und blickt mich ernst aus seinen großen braunen Augen an.

»Ach Schatz ... Wir sind ja noch gar nicht so lange zusammen. Darüber haben wir bisher noch nicht mal gesprochen. Ich weiß nicht ...«

Seine Miene verdüstert sich.

»Möchtest du denn, dass wir noch ein Baby bekommen?«, frage ich aus reiner Neugier.

Er zuckt mit den Schultern. »Das wäre okay für mich.«

Lachend umarme ich ihn. »Momentan lassen wir es langsam angehen und dem Schicksal mehr oder weniger seinen Lauf. Aber ich bin froh, dass du ihn magst, Beck, denn ich habe ihn auch sehr gern.«

Ich blicke in den Garten und beobachte, wie Dante einen Arm um Dash legt und der sich zu ihm hinbeugt. Er schenkt ihm seine volle Aufmerksamkeit, wie ein Sportler seinem Trainer.

Dante kann so gut mit meinen Jungs umgehen.

So gut.

Ich werde den Gedanken nicht los, dass er auch einem eigenen Kind ein toller Vater wäre.

Bisher habe ich nicht wirklich über weitere Kinder nachgedacht. Ich war gerne schwanger mit meinen Söhnen, aber mir ist nie in den Sinn gekommen, vielleicht irgendwann noch mal eins zu bekommen.

Einen Moment lang schließe ich die Augen und versuche mir vorzustellen, wie ein Kind von mir und Dante aussehen würde. Dunkle Haare. Kubanische und italienische Züge. Wunderschön.

Träumen darf man ja schließlich noch.

***

»Was ist los?« Dante legt sich neben mich ins Bett. Er duftet nach Seife und Zahnpasta und trägt nichts weiter als eng anliegende Boxershorts. »Du warst den ganzen Abend über so still.«

Ich kuschele mich an seine Brust, lege seine Arme um mich und atme seinen beruhigenden, sauberen Duft ein.

»Ich werde zum ersten Mal Thanksgiving ohne die Jungs verbringen«, sage ich. »Das ist mir heute Abend erst so richtig klar geworden.«

Er küsst mich auf den Scheitel. »Das tut mir leid.«

Ich zucke mit den Schultern. »Lässt sich nicht ändern. Die nächsten acht Jahre werden wir uns abwechseln müssen.«

»Was möchtest du an Thanksgiving unternehmen?«

»Keine Ahnung. Herumsitzen und möglichst nicht darüber

nachdenken, dass ich ganz allein bin«, sage ich mit leisem Lachen, weil es ein Witz sein soll. Zumindest überwiegend.

»Du wirst nicht allein sein«, widerspricht Dante. »Ich bin bei dir.«

Sanft hebt er mein Kinn an und gibt mir einen Kuss.

»Wo möchtest du hin? Egal wo. Sag es mir, und ich bringe dich dorthin.«

Ich lache. Das kann er doch unmöglich ernst meinen.

»Willst du gern nach Hawaii?«, hakt er nach. »Denn dann fliege ich mit dir nach Hawaii. Wir steigen einfach morgen in den Flieger. Du möchtest nach Hawaii, richtig?«

Ich nicke schneller, und noch mal schneller, und dann klettere ich rittlings auf seinen Schoß.

»Ja, ich möchte nach Hawaii«, erkläre ich, streiche ihm durch die Haare und überschütte ihn mit Küssen. »Eigentlich würde ich überall gern mit dir hinfahren, aber Hawaii klingt gut.«

»Dann fliegen wir dorthin. Morgen buchen wir den Flug, packen und dann geht's los.« Seine Hände streichen über meine Oberschenkel und schlüpfen unter mein T-Shirt. Zwischen den Beinen spüre ich seine Härte und reibe mich an ihm, bis er die Mundwinkel nach oben verzieht. Ich weiß genau, was das bedeutet.

Morgen fliegen wir nach Hawaii.

Und heute Nacht lieben wir uns.

36. KAPITEL

Dante

Ich betrachte Marens Spiegelbild über der Kommode, als sie die Perlenohrringe anlegt, die ich ihr zum Valentinstag geschenkt habe.

Heute ist es genau sechs Monate her, dass wir uns kennengelernt haben, und gleichzeitig ist es unsere erste gemeinsame Valentinsverabredung.

»Warum starrst du mich so an?«, fragt sie mit geneigtem Kopf, als sie meinen Blick im Spiegel auffängt. Ich sitze bereits vollständig angekleidet auf ihrer Bettkante und warte darauf, sie ins The Onyx Key entführen zu dürfen.

»Ich starre nicht, ich bewundere«, korrigiere ich sie.

»Es ist trotzdem komisch.«

»Ich bewundere dich dauernd, Maren, es fällt dir sonst bloß nie auf.«

»Wirklich?«

»Ja, wirklich.«

Ihre Mundwinkel zucken und ihre Augen strahlen. »Das ist … irgendwie süß.«

Sie befestigt den zweiten Ohrring, neigt den Kopf dabei und summt eine Melodie.

»Ich habe nachgedacht«, beginne ich und wecke damit erneut ihre Aufmerksamkeit. »Vielleicht ist es an der Zeit, dass wir zusammenziehen? Ich bin ständig hier. Ich wohne praktisch bei euch. Alle meine Sachen befinden sich in deinem Bad und die Hälfte der Klamotten in deinem Kleiderschrank gehört mir.«

»Ich weiß nicht.« Sie seufzt unsicher. »Es wäre zwar praktisch, aber ich finde, wir sollten diesen Schritt nicht gehen, solange unsere Beziehung nicht in eine bestimmte Richtung steuert.«

»Und welche Richtung genau sollte das sein?«

»Du weißt schon, etwas Dauerhaftes.« Sie lockert ihre Haare, überprüft ihr Make-up aus jedem Winkel und dreht sich dann zu mir herum. »Wir sind erst seit einem halben Jahr zusammen, daher sollst du nicht glauben, dass ich dich unter Druck setzen will, aber ...«

Ihr Blick fällt auf das Etui in meiner Hand und ich beobachte ihre Miene, als sie mein gebeugtes Knie bemerkt.

»Ich weiß, dass es sehr früh dafür ist«, gebe ich zu, »und ich habe überlegt, zu warten, aber dann musste ich daran denken, wie schwierig es werden würde, für wer weiß wie lange mit diesem Ring in der Tasche herumzulaufen.«

»Dante ...« Maren legt sich eine Hand auf die kirschfarbenen Lippen, die Augen weit aufgerissen.

»Vielleicht bist du dir nicht ganz sicher«, fahre ich fort. »Aber ich bin es. Sicherer als ich mir jemals zuvor in meinem Leben bei etwas war. Ich möchte dich heiraten und zu meiner Frau machen, Maren.«

Ich nehme den Diamantring aus der kleinen blauen Schachtel, ergreife ihre Hand und halte ihn ihr mit Daumen und Zeigefinger entgegen. Er ist klassisch und zeitlos, genau wie sie, und er funkelt genau wie ihre Augen, wenn das Licht im richtigen Winkel darauf fällt.

»Diese ganze Sache mit der intensiven Chemie und dem Unzertrennlichsein war mir vor dir völlig fremd«, erkläre ich. »Wenn ich nicht bei dir bin, muss ich ständig an dich denken. Ich kann es nicht erwarten, zu dir nach Hause zu kommen. Und selbst wenn ich hier bei dir bin und du direkt neben mir stehst, bekomme ich immer noch nicht genug von dir. Ich möchte noch mehr. Und genau deshalb, Maren, und weil ich Hals über Kopf in dich verliebt bin und mich der Gedanke umbringt, dass du dich womöglich in einen anderen verliebst, möchte ich dich zu meiner Frau machen. Willst du mich heiraten?«

Sie zwingt mich zu einer endlosen Sekunde Warten, bevor sie sich vor mich hinkniet und an meiner Schulter in meinen Anzug weint. Ihr Schluchzen klingt jedoch nach Freudentränen.

»Vielleicht ist es ein wenig leichtsinnig«, ergänze ich, »das alles so schnell zu entscheiden. Aber das ist mir egal, solange es dich nicht stört. Also sag mir, Schatz, willst du? Bleiben wir zusammen?«

»Ja«, bestätigt sie mit bebenden Schultern. »Ich werde dich heiraten.«

Ich streife ihr den Ring über den Finger und sie schlingt ihre Arme um mich. Ihr Körper ist fest an meinen gedrückt und beim Gedanken daran, dass sie bald meinen Namen tragen wird, will ich sie gleich noch mehr. Jetzt und hier. Ich stehe auf, ziehe sie mit mir und lasse die Hände hinunter zum Saum ihres kleinen Schwarzen gleiten.

»Was machst du denn da?«, fragt sie.

»Feiern.« Ich schiebe ihr das Kleid hoch, zupfe am zarten Bund ihres seidenen Stringtangas und schiebe ihn ihr über den geschwungenen Po und dann weiter hinab über die Schenkel, bis er auf dem Boden liegt. Sie stellt sich auf die Zehenspitzen und tritt heraus. Ich umfasse ihren Hintern und hebe sie an. Sie schlingt die Beine um mich und ich trage sie hinüber zum Bett, *unserem* Bett, und setze sie am Rand ab.

Während ich meinen Gürtel löse, greift Maren nach meinem Reißverschluss und befreit meinen Schwanz aus den engen Boxershorts. Sie fährt mir über den Schaft und sieht mit dem teuflischsten Grinsen, das ich je gesehen habe, zu mir auf, ehe sie die Spitze in den Mund nimmt. Warm und feucht wirbelt ihre Zunge um meine Eichel, bevor sie über die gesamte Länge meines Glieds streicht.

»Oh Gott«, stöhne ich, die Hände in ihren Haaren vergraben. Ich halte eine Handvoll der seidigen Strähnen in der Hand und führe die Bewegungen ihres Mundes, der sich mit viel Enthusiasmus seiner Aufgabe widmet. »Ich wollte eigentlich erst dich verwöhnen, aber das hier ... das ist einfach unglaublich.«

Einige Minuten später entlässt sie mich aus ihren Lippen, sieht zu mir auf und fährt sich lächelnd mit der Zunge über die Unterlippe.

Gott, was ist meine zukünftige Frau sexy.

»Jetzt bin ich dran.« Ich drücke sie aufs Bett und sie zieht ihren Rock hoch, bis ihr Unterbauch entblößt ist.

Ich schiebe ihre Schenkel weit auseinander, lasse mich dazwischen nieder und lecke einmal über ihr Lustzentrum.

Sie schmeckt süß wie Honig und ist bereits mehr als feucht.

Ich lausche auf den Seufzer, den sie immer ausstößt, wenn sie vollkommen entspannt, und warte auf das Zittern ihrer Schenkel. Ich kenne diese Frau und ihren Körper.

Dann erspüre ich mit einem Finger ihr Innerstes und das macht mich nur noch härter. In einer Stunde haben wir einen Tisch reserviert, aber ich habe überhaupt kein Problem damit, das Abendessen ausfallen zu lassen und geradewegs zum Dessert überzugehen.

Inzwischen bin ich steinhart und sie ist feucht und wartet. Um nichts in der Welt gehe ich jetzt hier fort.

Ihre Finger wühlen sich in meine Haare und sie biegt den Rücken durch und presst die Hüften auf die Matratze. Ich könnte schwören, aus Marens Mund atemlos meinen Namen zu hören.

Mit den Lippen ziehe ich eine Spur über die Innenseiten ihrer Schenkel, von den Knien bis hinauf zu den Hüften. Ihre Haut ist weich und warm unter meinem Mund und ihr Körper erbebt unter meiner Berührung.

Ich lasse eine Hand unter ihr Kleid schlüpfen, über ihren flachen Bauch bis hinauf zu ihrem spitzenbesetzten BH, massiere ihre Brust und reibe sanft mit den Fingern über ihren Nippel.

Als ich mich auf sie lege, drückt mein Körpergewicht sie in die Matratze und mein Schwanz liegt an ihrer nackten Pussy.

Ungeduld flackert in Marens Augen auf, und ich erobere ihren Mund mit einem Kuss und suche ihre Zunge mit meiner. Sie legt mir die Beine um die Hüften und presst mir die Fersen in den Rücken.

Ich schiebe mich in sie und genieße das Gefühl. Einen Moment lang bin ich wie betäubt, und dann spüre ich alles. Sie umschließt mich komplett, mit allem, was sie hat, und ich stoße tiefer. Härter. Schneller. Der Duft ihrer Erregung füllt meine Lunge und ich kann nicht genug davon bekommen.

»Dante«, haucht sie meinen Namen, als ich meine Stöße beschleunige.

Marens Körper ist weich, geschmeidig, ihr Bauch hebt und senkt sich, während sie alles akzeptiert, das ich mit ihr anstelle.

Ich besitze sie.

Ihren Körper, ihren Geist, ihre Seele.

Sie ist perfekt, und sie gehört mir.

Genauso wie ich ihr.

Ich vergrabe mein Gesicht an ihrer Schulter, atme den süßen Duft ihrer Haare ein und presse meinen Mund an die weiche Haut ihres Halses, knabbere und sauge, küsse und atme.

Diese Frau wird meine Ehefrau.

Sie wird meine *Ehefrau*.

Der Gedanke bringt mich zum Lächeln, und als sich ihre Nägel in meinen Rücken graben, stoße ich tiefer in sie und meine Hoden ziehen sich zusammen.

»Oh Gott«, stöhnt sie, ihr Körper spannt sich an und ihre Hüften wölben sich mir entgegen. Ihre Miene ist verzerrt, doch einen Moment später wirkt sie völlig entspannt. Sie fährt sich mit der Zunge über die Unterlippe. Innerhalb von Sekunden gibt ihr Körper nach und ich verströme mich in ihr, meine Arme knicken ein und mein erschlaffender Schwanz verpasst ihr einen letzten Stoß.

Auf die Unterarme gestützt, bilde ich einen Moment lang einen Kokon um sie herum. Die Haare kleben ihr an Hals und Stirn, und ihre Brust hebt und senkt sich heftig.

Lächelnd sieht sie mich an. »So viel zum Thema Ausgehen. Wir haben gerade eine ganze Stunde Vorbereitung zunichtegemacht.«

»Beschwerst du dich etwa?«

»Niemals.«

Ich bedenke sie mit einem strafenden Kuss, bevor ich mich von ihr löse und vom Bett gleite. Ein Blick auf den Nachttischwecker verrät mir, dass wir es immer noch schaffen können, wenn wir innerhalb der nächsten zehn Minuten losfahren.

Maren klettert aus dem Bett, streicht ihr Kleid glatt und sammelt ihren Slip vom Boden auf. Ihre Frisur ist komplett zerzaust, aber zufällig finde ich das absolut sexy. Sie geht hinüber zum bodenlangen Spiegel, kämmt sich mit den Fingern die Haare aus dem Gesicht und glättet ihr Kleid.

»So schlimm ist es eigentlich gar nicht«, stellt sie fest.

Nachdem ich mich im Bad gewaschen habe, kehre ich zu ihr zurück und lege ihr von hinten die Hände auf die Hüften.

»Du siehst nach Sex und absolut toll aus«, bestätige ich. »Und wenn du ein Paar Schuhe angezogen und deinen Lieblingslippenstift aufgetragen hast, kommst du runter zu mir. Ich würde immer noch gern meine Verlobte zum Essen ausführen.«

Maren blickt wie hypnotisiert auf den Diamanten an ihrem linken Ringfinger.

»Gefällt er dir?«, möchte ich wissen.

»Er ist wunderschön. So elegant.« Sie neigt ihn hin und her und beobachtet, wie er das Licht einfängt und funkelt. Er ist subtil und gleichzeitig raffiniert. Klassisch und zeitlos. Wäre Maren ein Diamant, wäre sie genau dieser. »Ich hatte vorhin keine Gelegenheit, ihn zu bewundern. Du hast mich sozusagen überfallen.«

Grinsend zwinkert sie mir zu und stellt sich auf die Zehenspitzen, um mich zu küssen. Dann verschwindet sie in ihrem begehbaren Kleiderschrank und kommt einen Moment später in sehr sexy Pumps mit unglaublich hohem Absatz zurück, der Sorte mit der roten Sohle, die ihre Beine länger und ihren Hintern runder wirken lässt. Schon allein bei ihrem Anblick würde ich am liebsten gleich noch einmal mit ihr schlafen, aber ich nehme an, dafür bleibt uns später noch genügend Zeit.

Die Nacht ist noch jung.

Genau wie wir.

EPILOG

Maren

Zwei Jahre später

»Wir sind zu Hause!«, rufe ich, als wir an diesem Junimorgen durch unsere Haustür treten. »Alle drei.«
 Dante wartet hinter mir und balanciert vorsichtig die Babyschale mit unserer schlafenden, neugeborenen Tochter Alessia.
 »Mom!« Beck kommt die Treppe heruntergelaufen. Gleichzeitig brüllt er nach seinem Bruder, der im Flur um die Ecke späht und sich die Kopfhörer aus den Ohren zieht.
 Wir machen es uns im Wohnzimmer bequem und ich löse vorsichtig die Gurte der Babyschale und wickle Alessia rasch wieder ein, bevor sie aufwacht. Beck darf sie zuerst im Arm halten, danach Dash. Mit ihren großen, tief liegenden braunen Augen und den dunklen Haaren ähnelt sie beiden unglaublich. Gleichzeitig ist sie auf vielerlei Art das genaue Abbild von Dante. Sie hat seine Ohren und sein Kinn geerbt, vielleicht sogar seine Grübchen.

Wir haben sie nach seinem ältesten Bruder benannt, nachdem Dante mir erzählt hat, wie sehr Alessio zu ihrer Erziehung beigetragen hat, als sie noch Kinder waren. Während Valentina die Familie mit zwei Jobs über Wasser hielt, hat Alessio dafür gesorgt, dass alle satt waren und rechtzeitig in die Schule kamen. Nachdem er aufs College ging und später Profibaseballer wurde, hat er regelmäßig Schecks geschickt, damit es niemandem an etwas fehlte. Den jüngeren Brüdern hat er sogar das College bezahlt.

Dante hat mir erzählt, dass er als Kind nie das Gefühl hatte, vaterlos zu sein, weil Alessio immer da war.

»Wo sind Grandma und Grandpa?«, frage ich Dash.

»Grandpa schläft im Fernsehzimmer im Sessel«, erwidert er und reicht mir vorsichtig seine Schwester. »Grandma macht Frühstück.«

»Kannst du ihr bitte Bescheid geben, dass wir wieder da sind?«

Kurz nach unserer Strandhochzeit bei Ace und Aidy vor einem Jahr haben wir unsere Häuser verkauft und sind umgezogen. Wir wollten etwas, das ganz uns gehört und nicht an alte, unangenehme Erinnerungen geknüpft ist.

Ironischerweise liegt unser neues Haus nur wenige Blocks von Nathan und Lauren entfernt, aber wir bekommen sie kaum zu Gesicht. Letztendlich wollten wir, dass die Jungs im selben Schulbezirk bleiben können, insofern hat das gut gepasst.

Lauren hat vor gut anderthalb Jahren einen Jungen zur Welt gebracht. Sie haben ihn Hayden genannt. Ich bemühe mich, nicht allzu viele Fragen nach ihnen zu stellen, aber Nathan sieht dieser Tage viel älter und schrecklich übermüdet aus, während Lauren die Mutterschaft trägt wie einen Polyesteranzug.

»Ich habe sie so schrecklich lieb«, sagt Dante und legt seine Hand auf Alessias perfekt gerundeten Kopf. »Wie kann etwas so Kleines so perfekt sein?«

»Ich liebe sie auch«, entgegne ich. »Ich hätte nie gedacht, dass ich noch mal eine Tochter bekomme. Es ist beinahe, als hätte sie die ganze Zeit über hinter den Kulissen auf ihren Auftritt gewartet.«

Als Dante sich herabbeugt, um sie auf den Kopf zu küssen, regt sie sich ein wenig, schlägt die Augen auf und schließt sie gleich wieder, um in einen tiefen Schlummer zurückzugleiten, eingewickelt in eine rosafarbene Decke.

Das Handy meines Mannes vibriert in seiner Tasche. Schnell nimmt er es heraus, bevor es unser schlafendes Baby wecken kann.

»Moms Flug ist gerade gelandet«, liest er vor. »Ich hole sie rasch ab. Wir sind gleich zurück.«

»Kann ich mitkommen?«, will Beck wissen. Ich kann mir gut vorstellen, dass ihm die Decke auf den Kopf fällt, nachdem wir während der letzten Tage im Krankenhaus waren und Grandma und Grandpa hier das Zepter in der Hand hatten.

»Klar, Kumpel«, bestätigt Dante. »Hol deine Schuhe.«

Mein Ehemann steht auf, überprüft seine Hosentasche auf Autoschlüssel und Brieftasche und gibt mir dann einen Abschiedskuss.

»Ich liebe dich, Mrs Amato«, sagt der Mann, der mir eine zweite Chance auf ein Happy End geboten hat.

»Ich liebe dich auch.«

ITALIENISCH-GLOSSAR

Fratellone – älterer Bruder
Gesù Cristo – Jesus Christus
Per favore – bitte
Grazie – danke
Madre – Mutter
Bella signora – hübsche Frau

Was ist heißer als ein sexy Milliardär?
Ein sexy Milliardär mit Haustieren!

Helena Hunting
STAY
Aus dem amerikanischen
Englisch von
Beate Bauer
400 Seiten
ISBN 978-3-7363-0706-3

Ruby Scott ist sauer: Nachdem ein mysteriöser Typ sie auf einer Party erst küsst (superheiß!) und ihr dann mitten ins Gesicht hustet (supereklig!), wird sie so krank, dass sie ein wichtiges Casting vermasselt. Dabei braucht sie dringend einen Job. Das Angebot, sich um die Haustiere des reichen Hotelbesitzers Bancroft Mills (supersexy!) zu kümmern, kommt ihr da gerade recht. Doch sie ahnt nicht, dass Bane kein Geringerer ist als der Typ von der Party ...

»Bezaubernd, humorvoll und so heiß!« HARLEQUINJUNKIE

LYX

Die Community für alle, die Bücher lieben

Das Gefühl, wenn man ein Buch in einer einzigen Nacht verschlingt – teile es mit der Community

In der Lesejury kannst du
- ★ Bücher lesen und rezensieren, die noch nicht erschienen sind
- ★ Gemeinsam mit anderen buchbegeisterten Menschen in Leserunden diskutieren
- ★ Autoren persönlich kennenlernen
- ★ An exklusiven Gewinnspielen und Aktionen teilnehmen
- ★ Bonuspunkte sammeln und diese gegen tolle Prämien eintauschen

Jetzt kostenlos registrieren: www.lesejury.de
Folge uns auf Facebook:
www.facebook.com/lesejury